KB250216

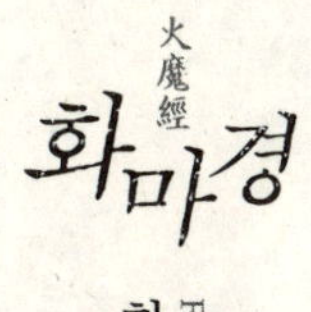

火魔經

화마경

FANTASTIC ORIENTAL HEROES

허담 新무협 판타지 소설

火魔經

화마경

화마경 4

허담 新무협 판타지 소설

초판 1쇄 찍은 날 § 2010년 10월 8일
초판 1쇄 펴낸 날 § 2010년 10월 18일

지은이 § 허담
펴낸이 § 서경석

편집팀장 § 서지현
편집 § 주소영 · 어정원

펴낸곳 § 도서출판 청어람
등록번호 § 제1081-1-89호
등록일자 § 1999. 5. 31
어람번호 § 제2-1986호

주소 § 경기도 부천시 원미구 심곡2동 163-2 서경B/D 3F (우) 420-822
전화 § 032-656-4452팩스 § 032-656-4453
http://www.chungeoram.com
E-mail § chungeoram@chungeoram.com

ⓒ 허담, 2010

ISBN 978-89-251-2314-1 04810
ISBN 978-89-251-2263-2 (세트)

FANTASTIC ORIENTAL HEROES

허담 新무협 판타지 소설

화마경

火魔經

4

신단평

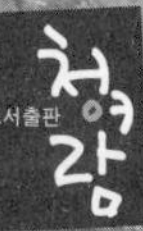
도서출판 청람

目次

第一章
그!

화마경

설죽암을 벗어난 태산오룡은 모든 공력을 끌어냈다. 그들은 가능한 빨리, 그리고 멀리 춘봉산을 벗어나기 위해 젖 먹던 힘까지 끌어 쓰고 있었다.

대련의 포구엔 그가 있다. 웃는 낯으로 수십 인의 무림인을 한순간에 도륙한 그. 첫인상은 온후한 선비지만 알아가면 갈수록 내면에 깃든 소름 끼치는 악마의 모습을 드러내는 그, 그래서 결국 그의 마성에 영혼마저 빼앗겨 버릴 것 같은 그가 대련의 포구에 있다.

오늘 돌아가지 않으면 내일 추격이 시작될 것이고, 그의 능력으로 보건대 그 추격으로부터 태산오룡이 벗어날 확률은 하루를 앞선다 하더라도 절반 정도. 그렇다면 아껴두었던 젖 먹던 힘을 뽑아 써도 전혀 아까울 것 없었다.

파팟!

춘봉산의 온화한 기온이 서서히 변하기 시작했다. 어느새 춘봉산의 경계를 벗어나고 있는 태산오룡이었다. 이제 동북으로 달려 압록을 건너 해동으로 들어가면 어느 정도 안심할 수 있었다.

해동에는 구산선문이 있다. 물론 구산선문 말고도 무림에 알려지지 않은 수많은 은자의 가문이 있다고 알려진 곳이 해동이었다. 사시사철 선기가 흐르는 땅, 그곳이라면 어쩌면 그 극마에 이른 듯한 자의 마기를 피할 수 있을지도 몰랐다.

"서두르세."

태산오룡의 맏이 종회가 아우들을 재촉했다. 충분히 빠르게 달리고 있었지만 누구 하나 종회의 재촉에 이의를 제기하지 않았다. 다섯 중 그들 뒤에 있는 자의 무서움을 모르는 사람이 없었기 때문이다. 그런데.

"그렇게 서두르지 않아도 된다."

한줄기 부드러운 음성이 어둠을 뚫고 들려왔다. 순간 태산오룡 다섯 고수가 얼어붙듯 그 자리에 멈춰 섰다. 그리고 차마 돌려지지 않는 시선을 목소리가 들려온 곳으로 향했다.

그는 옆으로 기듯이 자라다가 다시 하늘로 솟구친 기형의 소나무 위에 앉아 있었다. 마치 이곳으로 태산오룡이 올 것을 미리 알고 있었다는 듯 그렇게 그는 태산오룡을 기다리고 있었다.

겉으로 느껴지는 나이는 사십 세 전후, 부드러운 표정의 얼굴은 어느 귀한 집 후손처럼 느껴졌다. 손은 붓을 드는 학인의 것이었고, 갸름한 턱 선은 뭇 여인의 마음을 흔들 만했다.

"그래, 물건은 가져왔느냐?"

태산오룡 다섯 모두 그보다 나이가 많아 보였지만 그는 태산오룡을 향해 자연스럽게 하대를 했다. 그리고 그 하대가 결코 어색해 보이지 않는 것은 아마도 그에게서 흘러나오는 은은하지만 거부할 수 없는 무형의 기도 때문일 터였다.

"가, 가져오지 못했소이다."

종회가 얼른 대답했다.

"그래? 안타깝군."

그는 마치 자기 일이 아니라는 듯 대꾸했다.

"어쩔 수 없었소이다. 설죽암의 비구니들은 보통 사람들이 아니었소이다. 그녀들은 강호에 알려진 것보다 몇 배는 더 강한 사람들이었소. 우리의 실력으로는 도저히 그녀들에게서 빙정을 받아낼 수 없었소이다."

그러자 그의 눈빛이 살짝 변했다.

"그렇게 강하던가?"

"지금껏 만나본 무림인 중 가장 강한 여인들이었소. 물론 당신을 제외하고!"

종회의 말에 그가 흰 웃음을 한줄기 배어 물었다.

"좋아. 그 정도 실력을 가진 비구니들이라면 그녀들에게서 물건을 빼내오기가 쉽지 않았겠지. 그런데!"

그의 눈빛이 갑자기 차가워졌다. 그러자 장내의 분위기가 일신됐다. 그는 마치 지옥의 사자처럼 음산한 기운을 흘렸다. 그러자 그를 바라보고 있던 태산오룡의 얼굴이 순식간에 공포로 물들었다.

"왜 이 길로 돌아왔지?"

"그, 그게 무슨 말이오?"

"포구로 돌아오려면 남쪽 길을 택해야 하는데 왜 이 동쪽 길로 오고 있냐고 묻는 거야."

순간 종회의 말문이 막혔다. 그가 압록강을 넘어 해동으로 도주하려는 자신들의 의도를 눈치채고 있는 것이 분명했다. 그가 압록으로 향하는 이 길목에서 그들을 기다리고 있었다는 것은 곧 태산오룡이 그의 손바닥 위에 있었다는 것을 의미했다.

그는 전율적인 무공과 차가운 심성에 더해 뛰어난 심계까지 지니고 있는 인물이었던 것이다. 태산오룡이 설죽암에서 빙정의 획득에 실패하면 이후 어떤 결정을 할지 그는 이미 알고 있었던 것이다.

"그, 그건……."

"해동으로 가려고?"

"……."

종회의 말문이 막혔다. 자신들의 생각을 모두 읽고 있는 자에게 무슨 변명을 할 것인가?

"해동으로 가는 것도 좋은 선택이지. 솔직히 그 땅은 내가 갈 수 없는 곳이니까. 사실 이 땅도 내가 밟고 있기가 쉬운 땅이 아니야. 내가 너희들을 설죽암에 보낸 이유 중 하나는 내가 이 땅을 밟고 있다는 것이 누군가에게 알려지면 골치 아픈 일이 생길 수도 있기 때문이었지. 그래서 너희들을 설죽암에 보낸 건데… 날 실망시키는군.”

그의 말에 태산오룡이 부르르 몸을 떨었다. 말끝에 드러난 그의 안광에서 공포로 가득한 태고의 불빛 같은 적염이 내비쳤기 때문이었다. 그가 이런 안광을 보일 때는 항상 혈겁이 일어났다. 그리고 지금 이 자리에는 그와 자신들밖에 없었으니 혈겁이 일어난다면 그 대상은 필시 자신들일 터였다.

“알고 있겠지만, 난 계산을 확실히 하는 사람이야. 일단 계산을 끝내자!”

스슥!

그의 신형이 소나무 위에서 사라졌다. 순간 태산오룡이 자신들도 모르게 서너 걸음 뒤로 물러났다. 그러나!

“엇!”

한순간 태산오룡 앞에 검은 그림자가 어른거리더니 불쑥 그의 신형이 태산오룡 앞에서 솟아났다.

태산오룡은 반항을 하지 못했다. 그것이 개구리가 뱀 앞에서 몸이 얼어붙듯 그에 대한 공포심 때문인지, 아니면 그의 무공이 너무 뛰어나서 태산오룡에게 반격의 기회가 주어지지 못한 것인지는 알 수 없었다. 그러나 그 이유야 어찌 됐든 태산오룡은 반항을 하지 못했고 결과는 참담했다.

“악!”

“컥!”

두 마디의 비명 소리가 어둠을 뚫고 허공으로 터져 나갔다. 순간 태산오룡의 다섯 고수 중 맏이 종회와 둘째 등각이 허공을 날아 오 장여 밖에 떨어져 나뒹굴었다.

“대형!”

태산오룡의 다른 자들이 다급히 목소리를 토해내며 땅 위에 나뒹군 종회와 등각을 향해 다가갔다. 그는 더 이상 손을 쓰지 않고 차가운 눈으로 태산오룡을 지켜봤다.

“으으……”

종회와 등각의 입에서 동시에 신음성이 흘러나왔다. 그 와중에 두 사람이 땅을 짚고 몸을 일으키려다 갑자기 다시 비명 소리를 내지르며 땅에 푹 고꾸라졌다.

“억!”

“윽!”

순간 그가 입을 열었다.

“목숨은 살려준다. 인정이 있어서는 아니야. 난 아직 부릴 개가 필요하기 때문이다. 그러나 날 속이려 한 대가는 치러야지. 그래서 한 팔씩을 거뒀다. 하지만 검을 드는 오른팔은 그대로 두었으니 앞으로 내가 시키는 일을 처리하는 데는 큰 불편이 없을 거야.”

“으으……!”

그의 말에 축 늘어진 왼팔을 오른손으로 부여잡고 겨우 몸

을 세운 종회가 신음인지 아니면 분노의 소린지 모를 음성을
흘리며 그를 노려봤다. 그러자 그가 그런 종회를 보며 말했
다.

"분한가? 하지만 어쩔 것이냐? 강호에서 힘없는 자는 힘있
는 자의 개가 되는 것이 당연한 법칙이거늘! 어디 강호뿐이던
가? 세상사가 다 그렇지. 나이들도 적지 않으니 그 이치를 모
르지는 않을 터, 너무 분해하지 마라. 그리고……."

그의 눈빛이 다시 한 번 변했다.

"앞으론 그런 눈으로 날 보지 마. 그땐 팔이 아니라 목이 뽑
힐 테니까."

그의 시선에 종회가 화들짝 놀라 급히 고개를 숙였다.

"좋아. 그럼 포구로 돌아간다."

"빙정은……?"

종회가 조심스럽게 물었다.

"아쉽지만 일단 물러난다."

"하지만 당신… 음, 대협의 능력이라면 충분히 설죽암에서
빙정을 받아낼 수 있을 터인데……."

"그전에 몇 가지 정리를 하자. 이제부터 너희들의 주인은 나
고 너희들은 내 사냥개다. 사냥개가 주인에게 공손해야 하는
것은 당연한 일, 앞으론 말을 공손하게 하라. 그리고 날 대협이
라 부르지 마. 알겠지만 내가 어디 협사던가?"

"하면… 어떻게 부르면 되겠소… 되겠습니까?"

"훗, 잘 알아듣는군. 고민할 필요 없어, 주인을 주인이라 부

르면 되는 거니까.”

순간 태산오룡의 얼굴이 모욕감에 벌겋게 달아올랐다. 강호에 주종 관계는 많지만 그들 중에서 주인님이라는 호칭을 사용하는 사람들은 극히 드물다. 상대를 주인님이라 부르는 건 곧 자신이 상대의 노예라는 의미다. 강호의 무림인이 그런 수모를 참는 것은 쉽지 않다. 그러나 또한 그 모욕을 참지 못해서 설불리 목숨을 버리는 사람 또한 드물다.

“알겠습니다, 주인님.”

종회의 입에서 침울한 목소리가 흘러나왔다.

“핫하! 좋아. 나도 제대로 된 수하를 얻게 되어 기분 좋군. 날 주인으로 모신다고 너무 기분 상해하지는 마. 사실 나 같은 주인을 만나기도 힘들 테니. 나와 지내다 보면 너희들은 천외천을 만날 수 있을 것이다. 눈에 보이는 무림 외의 또 다른 세계를!”

천외천이라는 말을 입에 담는 순간 그의 눈에 다시 붉은 염기가 서렸다.

“빙정은……?”

종회가 다시 질문을 던졌다.

“사실 그대들의 실력이 부족한 것은 없다. 적어도 현 무림에서 그대들을 무시할 수 있는 자들은 없을 테니까. 하지만 단 한 부류의 고수들에겐 그대들 또한 삼류무사에 지나지 않지.”

“그들이 누굽니까?”

"날 따라다니다 보면 차차 알게 될 거다. 그야 어쨌든, 난 빙 정이 설죽암에 있다는 사실을 알고 설죽암에 대해 조사하면서 한 가지 의심을 가지게 되었다. 그 설죽암의 여승들이 어쩌면 나와 같은 부류의 인물들이 아닐까 하는… 그리고 오늘 태산의 지배자인 그대들이 속수무책 물러난 것을 보고 그 생각이 더욱 굳어졌다. 그렇다면 나도 그들을 함부로 건드릴 수는 없다. 또한 나의 존재를 그들에게 알리는 것도 위험한 일이고. 계획이 필요해! 일단 돌아갔다 다시 온다."

"알겠습니다."

종회가 공손하게 고개를 숙여 보였다. 그러자 그가 잠시 춘봉산 서쪽 설죽암이 있는 방향을 바라보고는 그 자리에서 자취를 감췄다.

*   *   *

"묘하군, 묘한 곳이야."

악전이 열린 창을 통해 소담하게 꾸며진 설죽암의 정원을 내다보며 연신 중얼거렸다.

"뭐가 그렇게 묘하다는 거죠?"

서연이 악전의 등 뒤에서 질문을 던졌다.

"절대 평범한 곳이 아니오."

악전이 대답했다.

"설죽암을 말하는 것인가요?"

"그럼 어딜 말하겠소."

"그야 이미 알고 있던 사실 아닌가요?"

"물론 설죽암이 보통 암자가 아니라는 것은 알고 있었지만 그렇다고 이렇게 설죽암의 비구니 한 명 한 명이 대단한 기도를 지니고 있을 줄은 몰랐소. 그런데 오늘 아침 내내 정원을 지나가는 비구니들을 살피고 있으려니 이들이 보통 인물들이 아니라는 것을 확실히 깨달았소."

"그렇게 대단해 보이나요?"

"그렇소. 난 이들 중 누구도 상대하기 쉽지 않을 거요. 난 가문을 떠난 이후 천하를 돌아다니면서 수많은 명문 문파들을 들러봤지만 이 설죽암처럼 전 문도가 고수인 곳은 보지 못했소. 이곳은 정말 신비한 곳이오."

"음… 일개 암자의 비구니들이 어떻게 이렇게 강한 무공을 지니고 있을 수 있는 걸까요?"

"그야 간단한 문제요."

"어떻게요?"

"이들이 다른 누군가와 연결되어 있다는 말이오."

"설죽암 뒤에 다른 누군가가 있다고요?"

"그렇소. 아마도 이들은 설죽암에 오기 전 어딘가에서 무공을 수련하고 이곳으로 온 것 같소."

"어떻게 그걸 확신하죠?"

악전이 서연을 돌아봤다.

"이들 중 어린 비구니가 있소?"

서연이 악전의 물음에 고개를 저었다.

"아뇨. 그러고 보니 보지 못했군요."

"바로 그거요. 이곳의 가장 어린 비구니도 스무 살이 넘어 보이오. 더군다나 그런 그녀들 또한 강한 무공을 지니고 있고. 무공이란 것이 일정한 경지에 오르려면 어려서부터 오랜 수련을 거치는 것이 보통이오. 그런데 이 설죽암에 어린 비구니가 없다는 것은 이곳의 비구니들이 설죽암에서 무공을 수련한 것이 아니라는 걸 의미하오. 그러니 설죽암이 다른 곳과 연결되어 있다고 생각할 수밖에 없는 것 아니오?"

"듣고 보니 그렇군요. 음, 그렇다면 정말 설죽암은 단순한 문파가 아니군요. 설죽암 같은 곳을 지파로 두고 있는 곳이라면… 그 배후의 문파는 얼마나 강할까요?"

"뭐, 설죽암이 본사일지 말사일지는 모르는 일이지만… 어쨌든 대단하긴 할 거요."

악전과 서연이 설죽암에 대해 이런저런 이야기를 나누는 중에도 송추월은 내내 두 사람의 대화에 끼어들지 않고 정원을 내다보고 있었다. 그런 송추월에게 서연이 말머리를 돌렸다.

"이젠 어쩔 거예요?"

"뭘 말입니까?"

송추월이 그제야 시선을 돌려 서연을 바라봤다.

"고 소저 말이에요."

"뭐… 한 번 만나봐야겠지요."

“그 뒤에는요?”

“만약 고월산장으로 돌아갈 생각이 있다면 다시 고월산장으로 가야 할 테고…….”

“아니면요?”

“돌아갈 생각이 없다면 이곳에서 고 대협이 올 때까지 기다려야겠지요.”

“그녀가 다른 곳으로 가려 한다면요.”

“따라가야지요.”

그러자 서연이 인상을 찡그리며 물었다.

“언제까지 그녀만 따라다닐 생각인가요?”

서연의 투정에 송추월이 어깨를 으쓱거리며 말했다.

“어쨌든 고 대협과 약조를 했으니 지켜야지요. 비록 요동무림의 일이 심상치는 않지만 고 대협은 곧 올 겁니다. 그때까지는…….”

“아주, 고월산장의 사람이 되지 그래요?”

“무슨 농담을!”

송추월이 짧게 대답하고는 고개를 저었다. 그런데 그때 문득 문밖에서 인기척이 느껴졌다. 세 사람이 고개를 돌리니 파르라니 머리를 깎은 비구니 승려 한 명이 문을 열고 문밖에서 말을 전했다.

“고 소저께서 만나뵙자고 청하십니다.”

“우리 모두 말입니까?”

악전이 되물었다.

“아뇨. 송 소협이라는 분만⋯⋯.”

그러자 송추월이 자리에서 일어났다.

“내가 송추월입니다. 가죠.”

송추월의 대답에 젊은 비구니가 조심스런 발길로 앞서 걸음을 옮기기 시작했다.

“흥, 할 말이 있으면 자기가 오지.”

멀어지는 송추월을 보며 서연이 투덜거렸다. 그러자 악전이 고개를 저으며 흥얼거렸다.

“아아, 언제나 어려운 것이 남녀 관계란 말이야⋯⋯.”

순간 서연이 차가운 눈으로 악전을 노려봤다. 악전이 서둘러 입을 닫았다.

세 개의 건물로 이루어진 설죽암의 뒤편은 춘봉산 정상에 이르는 가파른 산비탈로 이어진다. 젊은 비구니는 송추월을 숲이 우거진 산비탈 쪽으로 이끌었다.

“고 소저가 산에 있습니까?”

“네.”

비구니가 짧게 대답했다.

“산에서 뭘 합니까?”

“그건 저도 모릅니다.”

“무공을 수련하나?”

송추월이 고개를 갸웃하며 중얼거렸지만 젊은 비구니는 더 이상 입을 열지 않았다.

설죽암에서 삼십여 장 떨어진 곳까지 올라오자 작은 동굴이 하나 눈에 들어왔다. 동굴 입구가 깨끗한 것으로 보아 사람이 기거하는 동굴이 분명했다.

동굴 양쪽에는 몇 개의 바위들이 있었는데 오랜 세월 사람의 손길을 타서인지 구슬처럼 매끄러웠다.

"이곳입니다. 그럼 전!"

비구니가 송추월에게 합장을 하고는 서둘러 내일 다시 안 볼 사람처럼 산 아래로 내려갔다.

"매정하기가 한겨울 삭풍 같군. 음, 하긴 비구니들만 사는 절집에 남정네가 찾아왔으니 그럴 만도 하지. 그나저나 이 안에서 뭘 하고 있는 걸까?"

송추월이 천천히 동굴 쪽으로 다가갔다. 그러자 시원한 바람이 동굴 안쪽에서 불어 나왔다. 송추월이 찬바람을 맞으며 동굴 안으로 들어가자 입구에서 십여 장 떨어진 곳에 가부좌를 틀고 앉아 있는 고소요의 모습이 보였다.

'뭐야? 설마 중이 되겠다는 건가?'

고소요의 모습은 머리만 깎지 않았을 뿐이지 참선에 든 승려의 모습과 같았다.

송추월은 고소요의 이 장 앞에 서서 그녀가 눈을 뜨기를 기다렸다. 고소요는 송추월의 기척을 느꼈을 것이 분명했지만 여전히 눈을 감고 있었다. 그리하여 송추월은 고소요를 앞에 두고 하염없이 시간을 보내게 되었다.

'뭘 하자는 거야?'

내심 부아가 치민 송추월이 입을 열려는 순간 고소요가 눈
을 떴다. 마치 송추월의 마음을 읽기라도 한 듯.

"앉아요."

고소요가 마치 아무 일도 없었던 사람처럼 태연하게 말했
다.

'끙!'

송추월은 제법 화가 났지만 화를 안으로 삼키며 고소요 앞
에 자리를 잡고 앉았다.

"산장에는 아무 일 없나요?"

고소요가 물었다.

"아무 일 없었으면 내가 아니라 고 대협이 왔을 겁니다."

"무슨 일이죠?"

고소요의 표정이 변했다.

'흠, 완전히 고월산장에서 마음이 떠난 것은 아니군. 표정이
변하는 것을 보면.'

송추월이 고소요의 표정에서 그녀의 내심을 짐작하며 천천
히 입을 열었다.

"본래는 난 고 대협과 함께 고월산장을 나서려고 했었지요.
그런데 막 고월산장을 떠나려는데 모용세가의 고수들이 찾아
왔습니다."

"모용세가의 고수들이요? 왜 그들이 고월산장에 오죠?"

"그야 모르지요. 우린 모용세가의 고수들이 고월산장에 들
어오는 것과 동시에 산장을 떠났으니까요. 아무튼 그래서 고

대협은 소저를 찾아오려다 말고 고월산장에 남았습니다. 만약 특별한 일이 없다면 곧 고 대협이 이곳으로 올 겁니다. 물론 그전에 고 소저께서 산장으로 돌아가신다면 고 대협이 이곳으로 올 이유는 없겠지요. 산장으로 돌아가시겠다면 동행하겠습니다.”

그러자 고소요가 잠시 침묵을 지켰다. 그러다가 이내 혼잣말처럼 중얼거렸다.

“산장엔 별일없을 거예요. 아버님과 오라버니라면 어떤 일이든 잘 대처하실 거예요. 그 상대가 비록 모용세가라 해도요. 전……”

고소요가 고개를 들어 동굴 밖으로 시선을 돌렸다. 강렬한 아침 햇살이 동굴 안쪽으로 길게 들어와 있었다.

“나갈까요?”

문득 고소요가 자리에서 일어났다. 송추월도 아무 말 없이 고소요를 따라 몸을 일으켰다.

동굴 밖으로 나서자 울창한 녹음이 두 사람 앞에 펼쳐졌다. 그 아래 고즈넉이 자리 잡은 설죽암, 또 그 아래쪽의 깎아지른 해안 절벽, 연이어 남으로 펼쳐진 광활한 바다가 눈에 들어왔다.

두 사람은 그 장쾌한 광경에 잠시 시선을 두고 있었다. 송추월은 이 설죽암이라는 곳이 생각보다 무척 괜찮은 곳이라고 생각했다. 알 수 없는 기운이 가득한 느낌이 들었고, 동굴 안으로부터 신령스런 기운이 흘러나오는 것 같기도 했다. 그 모든 것이 눈앞에 펼쳐진 기경 때문에 마음속에서 만들어낸 신기루라 할지라도 지금 이 순간 송추월의 눈에 설죽암과 춘봉산, 그리고 바다는 신비한 힘을 지닌 장소였다.

"저 암자가 왜 설죽암이라는 이름을 가지고 있는지 아세요?"

문득 고소요가 물었다. 뜬금없는 질문에 송추월이 고소요를 한 번 바라봤다가 서연에게 들은 말로 답을 했다.

"듣기에 춘봉산은 요동의 다른 곳 기후와 달리 사시사철 온화하다고 하더군요. 덕분에 남쪽에서 자라는 대나무가 이곳에선 눈 속에서도 살아남는다 하여 설죽암이라는 이름을 지었다고 하던데……."

"사람들은 그렇게 알고 있죠."

"다른 이유가 있나요?"

"뭐, 그 이유가 틀린 것은 아니에요. 하지만 사실은 그보다 좀 더 깊은 연유가 있는 이름이지요. 설죽암은… 해동에 본사(本寺)를 두고 있어요."

"아? 그런가요?"

"저 또한 해동의 설죽암 본사가 어떤 곳인지는 잘 몰라요. 본사에 대한 것은 설죽암의 스님들만이 알고 있지요. 어쨌든 설죽암을 세운 분은 해동의 본사에서 오신 승려였는데 이곳에 설죽암을 세우면서 해동 본사에서 대나무를 가져왔다고 해요. 저 대숲은 그분께서 가져오신 대나무가 뿌리를 내리고 번

성해서 만들어진 숲이지요. 그분께서 이곳에 대나무를 심으신 이유는 폭설 속에서 곧게 자라는 대나무와 같이 청정한 수련을 지속하라는 의미에서였다고 하더군요. 설죽암이라는 이름은 그러니까 대나무 숲이 있어서 생겼다기보다는 그 눈 속 대나무의 기상을 이어받으라는 의미에서 생겨난 이름이지요.”

“그렇군요.”

송추월이 짧게 대답했다. 솔직히 말해 설죽암의 이름이 어디에서 연유했든, 그것이 어떤 의미를 지니고 있든 그런 것은 송추월의 관심 밖이었다. 설죽암은 송추월에게 그저 스쳐 지나가는 절간일 뿐이었다. 그의 관심은 설죽암이 아니라 고소요의 행처였다.

“고월산장과 설죽암은 작은 인연이 있어요. 고월산장의 선조들은 항상 해동의 선문들과 교류가 있었지요. 해서 해동에 뿌리를 둔 설죽암과 우연히 교분을 트게 되었고요. 전 어린 시절 잠시 묘심 스님께 배움을 얻은 적이 있어요. 엄한 분이지만 속마음은 여린 분이시지요. 어린 마음에 그분과 같은 사람이 되었으면 하는 생각도 했었어요. 무엇보다 무공이 강하셨으니까요.”

“그런 것 같더군요.”

이번엔 송추월도 관심을 드러냈다. 태산오룡과 비무를 펼치던 설죽암 여승들의 무공은 상상 이상이지 않았던가. 그 무공에 자연히 관심이 가는 송추월이었다.

"사실 설죽암 묘 자 돌림 스님들의 무공은 강호에 알려진 것보다 훨씬 대단하죠. 만약 아버님께서 설죽암의 스님들께 도움을 청하셨다면 혁가장과의 싸움은 이미 오래전에 끝났을 거예요. 하지만 아버님께선 청정한 수행을 하고 계신 설죽암 스님들을 싸움에 끌어들이고 싶어하지 않으셨어요. 어쨌든… 설죽암 스님들의 무공은 제 아버님이나 오라버니는 능가할 거예요."

"나도 그렇게까지 대단할 줄은 몰랐습니다."

"그분들의 무공은 선문에 닿아 있어요. 오라버니가 선문에 가서 수련을 했다고는 해도 선문의 무공을 얻지는 못했지요. 하지만 그분들은 선문의 정통무공을 익힌 분들이에요. 일반무공과는 다르죠."

"그렇군요. 예전부터 선문이란 곳이 대단하다고는 들어왔지요."

"그래요. 대단하죠. 그중 구산선문은 더더욱……. 난 설죽암이 그 구산선문 중 한 곳과 연관이 있지 않을까 생각하고 있어요."

다시 설죽암의 근원에 대한 말이다. 송추월은 역시 그에 대해선 별 관심이 없었다.

송추월이 대답이 없자 고소요도 한동안 침묵을 지켰다. 송추월은 그녀가 뭔가를 말하려 하고 있다는 것을 알았다. 그러나 그 말을 쉽게 뱉어내지 못하는 것은 그녀의 마음이 여전히 흔들리고 있다는 의미일 것이다.

“이런 생각을 했어요.”

고소요가 결심한 듯 입을 열었다. 송추월이 고소요를 바라봤다.

“묘심 스님께 가르침을 받으면서, 그리고 설죽암에 머물며 스님들의 수련을 지켜보면서 이런 삶도 살아볼 만한 것이 아닐까 그런 생각이요.”

‘말인즉슨 비구니가 되겠다는 말인데… 미모가 아깝군. 쩝!’

송추월이 엉뚱한 생각을 하는 사이 다시 고소요가 입을 열었다.

“어떤가요? 설죽암에서 고고한 선문의 선기와 무공을 익히며 사는 것도 좋지 않을까요?”

고소요가 동의를 구하듯 송추월에게 물었다.

“뭐, 나쁘지는 않을 것 같네요. 나야 중이 되는 것에는 영 관심이 없지만 중이 머리를 깎는 것은 모두 다 사연이 있고, 중노릇도 해볼 만하기 때문이 아니겠습니까?”

“말리지 않으시는군요.”

고소요가 서운한 듯 말했다.

‘말려야 하는 거였나?’

송추월이 뜨악한 표정으로 고소요를 바라봤다. 그러다가 나직하게 입을 열었다.

“비구니가 되는 것이야 고 소저의 마음이니 제가 어찌할 수 없는 문제지요. 하지만 그 결정은 잠시 뒤로 미루는 것이 좋을 것 같군요."

"왜죠?"

"곧 고 대협이 올 터이니 그 문제는 고 대협과 상의하는 것이 좋지 않을까요?"

송추월의 말에 고소요가 다시 실망한 표정을 지으며 입을 닫았다. 그리곤 한동안 입을 열지 않았다. 송추월은 불편한 침묵 속에서도 끈기있게 고소요가 입을 열기를 기다렸다. 그리고 얼마나 지났을까, 고소요가 다시 입을 열었다.

"제가 비구니가 되고 안 되고는 오라버니가 결정할 문제가 아니에요."

"물론 결국 그 결정은 고 소저가 하는 것이지요."

"그런 말이 아니라 제 결정에 영향을 줄 사람은 따로 있어요."

고소요의 말에 송추월은 세 사람의 얼굴을 떠올렸다. 고월산장주 고모수, 고소요의 친부인 고흘수, 그리고 그녀의 친모인 양산종의 고수 자후, 아마도 그 세 사람 중 한 명이 고소요의 결정에 영향을 줄 사람일 터였다. 그런데 고소요의 다음 말이 송추월을 당혹스럽게 만들었다.

"제 결정에 영향을 줄 수 있는 단 한 사람은… 바로 송 소협, 그대예요."

"예?"

송추월이 화들짝 놀라 고소요를 바라봤다. 그러자 고소요가 정색을 한 표정으로 물었다.

　"송 소협은 제 곁에 머물러 줄 수 있나요? 아니… 제가 송 소협 곁에 머물 수 있나요?"

　'이건 또 뭐냐?'

　송추월의 등에 식은땀이 흘렀다. 고소요는 차가운 성정을 지닌 여인이었다. 그녀에겐 여인의 정이란 것이 존재할 것 같지 않았었다. 그런데 그런 그녀가 송추월 곁에 머물겠다고 말하고 있었다.

　'하필이면 왜 난가?'

　송추월이 아무리 생각해 보아도 그녀가 자신에게 마음을 줄 이유는 없었다.

　'혹, 내가 부려먹기 편해서?'

　물론 그럴 수도 있었다. 그녀를 만난 이후 그는 줄곧 그녀의 곁을 지켰었다. 그 와중에 그녀가 송추월에게 편안함을 느꼈을 수도 있었다.

　'아니지. 평생 이 여자의 호위무사 노릇을 하며 살 수는 없지.'

　송추월에게 고소요는 고무룡의 동생, 혹은 조금 귀찮은 지켜야 할 여인이었을 뿐이다.

　"난 산적이었던 사람입니다."

　송추월이 입을 열었다.

　"상관없어요."

　고소요가 대답했다.

　"난 고월산장에 머물 생각이 없는 사람입니다."

다시 송추월이 말했다.

"그것도 상관없어요. 어쨌거나 전 고월산장을 떠날 테니까요. 천하를 떠돌아도 좋아요."

'정말 대책없이 고집 센 여인이야. 이런 여인은 더더욱 안 되지.'

송추월이 한숨을 쉬며 말했다.

"난 할 일이 있는 사람입니다. 그 일은… 누구와 함께할 수 없는 일입니다."

반은 사실이고 반은 거짓인 말이었다. 그는 결국 곤륜으로 가야 할 운명이었고, 그 곤륜에는 그의 산적 친구들이 함께 갈 터였다. 그런 송추월을 고소요가 빤히 바라봤다. 송추월은 멋쩍어 고소요의 시선을 피했다. 한참 송추월을 바라보던 고소요가 고개를 끄덕였다.

"알겠어요. 더 이상 송 소협을 귀찮게 하지 않지요. 사실 송 소협이 제 부탁을 들어줄 거란 생각은 하지 않았어요. 저란 사람은… 남자의 마음을 얻을 수 있는 여자가 아니니까요. 오히려 함께 있기 불편한 사람이지요. 그런 면에서 보면… 결국 제 생모를 닮은 모양이에요. 휴……."

"아, 그런 의미는 아닌데……."

"됐어요. 이유야 어쨌든 함께할 수 없다는 걸 알았으니까요. 아, 제게 미안해하지 않아도 돼요. 사실 어느 쪽 길로 갈지 갈등 중이었는데 이 일로 제가 갈 길이 확실해졌으니 오히려 고맙지요."

'내가 꽃다운 처녀 비구니 한 명 만드는 건가?

그러나 그건 송추월의 탓이 아니었다. 길을 선택하는 것은 결국 고소요 자신인 것이니까.

"그만 내려가세요."

고소요의 입에서 축객령이 떨어졌다.

"이곳에서 지낼 겁니까?"

"그래요. 이 동굴에서 한동안 지낼 거예요."

"설죽암을 떠나진 않을 생각이군요."

"물론, 출가를 한다면 이곳에서 할 거예요."

"그럼… 고 대협을 만나게 되겠군요."

"오라버니를 한 번은 만나야겠지요."

"음, 그럼 그때까지 저도 설죽암에서 머물지요."

"아뇨. 그럴 필요 없어요. 전 다른 곳으로 가지 않아요. 그러니 송 소협은 떠나셔도 돼요. 설죽암은 비구니들이 머무는 암자예요. 사내가 있어서 좋은 곳이 아니지요."

"그렇긴 하지만……."

"떠나세요. 전 아무 데도 가지 않을 테니까 걱정 마시고요."

"뭐, 생각해 보죠. 그럼."

송추월이 고소요에게 가볍게 고개를 숙여 보이고는 천천히 신형을 돌려 산을 내려가기 시작했다. 그런 그를 보면서 고소요가 나직하게 중얼거렸다.

"피는 어쩔 수 없는 건가? 어머니도 사랑을 얻지 못해 고월산장을 배신했다고 했지. 나도 누군가의 사랑을 얻지 못할 팔자인가 보구나. 하지만 난 어머니완 달라. 이 일로 그를 원망하지는 않을 테니까."

*   *   *

설죽암을 이끌어가는 세 여승, 묘선, 묘심, 묘죽의 묘 자 돌림 노여승들이 세 채의 암자 중 동쪽 끝 암자에 앉아 밖으로 열어놓은 창을 통해 바다를 보고 있었다.

평소라면 고되고 엄격한 수행 사이에 잠시 마음을 놓아두는 편안한 시간이었을 터이지만 오늘은 세 여승의 표정에서 여유를 찾을 수 없었다. 긴 침묵은 태산처럼 무거웠고 불어오는 바람은 바위를 스치듯 세 여승을 스치고 지나갔다.

"어찌해야 할까요?"

문득 묘죽이 입을 열었다. 세 명의 스님 중 묘선이 가장 연장자여서 설죽암의 주지를 맡고 있었고 그 아래로 묘심과 묘죽이 있었다. 무공 면에서는 묘심이 가장 앞섰고, 강직한 수행에 있어서는 묘죽을 따라올 사람이 없었다.

"대련으로 가봐야 하지 않을까요?"

이번에는 묘심이 입을 열었다.

"대련으로?"

묘선이 신중한 표정으로 묘심을 돌아봤다.

"태산오룡의 말에 의하면 그들을 이곳으로 보낸 자가 대련

포구에 머물러 있다고 했으니 그의 정체를 확인해야지 않을까
요?"

"그가 여전히 그곳에 있을까?"

"태산오룡이 떠난 것이 어제저녁이니 적어도 며칠은 그곳
에 있지 않을까 싶습니다만……."

"그를 찾는다면?"

"그의 정체를 확인해야겠지요. 혹시라도… 음……."

묘심이 입을 닫았다. 그때 묘죽이 입을 열었다.

"제 생각은 좀 다릅니다."

"그래? 사매의 생각은 뭔가?"

묘선이 물었다. 그러자 묘죽이 심각한 표정으로 말했다.

"그를 찾는 것도 중요하지만 물건을 보호하는 것이 더 중요
하다고 생각됩니다."

"빙정을 보호하려면 그를 찾아야 하지 않을까?"

묘심이 물었다. 그러자 묘죽이 고개를 저었다.

"그가 스스로 오지 않고 태산오룡을 보냈다는 것은 그 또한
설죽암의 진실한 정체를 의심하고 있다는 말이 될 겁니다. 그
리고 설죽암의 진정한 정체를 의심하는 자라면 분명… 그는
조화성을 알고 있는 인물일 겁니다."

"조화오경주 중 한 명일 수도 있다?"

"아뇨. 조화오경주에겐 빙정이 필요없지요. 그들에게 빙정
은 하찮은 돌덩이에 지나지 않을 거예요. 빙정이 필요한 인물
은 그들의 제자들이지요. 또한 만약 조화오경주였다면 다른

사람을 보내거나 하지는 않았을 겁니다. 직접 왔겠지요. 그리고 빙정을 얻은 후 우리 모두를 죽였을 겁니다. 증거를 남기지 않기 위해서.”

“그렇군. 그렇다면 역시 그는 오경주의 후예란 말이군.”

“그리고 태산오룡이 전한 그의 행보를 유추해 보자면 그는 아마도 패경이나 마경의 후예일 겁니다.”

“역시 그렇지? 그중에서도 마경주의 후손일 가능성이 커 보이는군.”

묘선의 말에 묘심이 곁에서 고개를 끄덕이며 말했다.

“제 생각도 같습니다. 역시 그런 혈겁을 스스럼없이 저지를 수 있는 자라면 마경주의 제자일 가능성이 크지요. 물론 독경주와 패경주의 제자들도 손속이 독하기는 하겠지만 독경주의 후손이었다면 독을 썼을 것이고, 패경주의 제자였다면 타인의 시선을 신경 썼겠지요.”

“좋아. 그렇다면 그가 마경주의 제자라 치고, 하면 그가 직접 오지 못한 이유가 설명이 되는군.”

“한쪽이 한쪽을 공격한 것이 확인되면 전체가 일어날 것이고… 그것을 무마하자면 그의 목숨이 필요할 테니까요. 마경주는 비록 제자지만 그의 목을 치는 데 망설임이 없을 것이고요.”

묘죽이 대답했다.

“그렇다면 더 걱정할 필요는 없지 않을까?”

“그가 직접 움직이지 않는다 해도 다른 술수를 쓸 수는 있지요. 그러니 역시 빙정을 옮기는 것이… 마침 사제도 지금쯤이면 빙정을 필요로 할 때가 된 것 같고."

"음… 그렇군. 사제가 폐관에 든 게 얼마나 됐지?"

"올해로 구 년째지요."

"빙정의 힘을 능히 감당하겠군."

"어른께서 사제에 대한 기대가 남다르니 그 성취가 더 대단할 수도 있지요."

"좋아. 그럼 먼저 빙정을 옮기기로 하지."

"제가 가지요."

묘심이 나섰다.

"그래 주겠나?"

"마침 어른을 뵈온 지도 오래됐으니……."

"그럼 그러시게. 그런데 그렇게 되면 석동에 있는 그 아이는 어찌하면 좋겠나?"

그러자 잠시 생각에 잠겼던 묘심이 입을 열었다.

"그 아이의 생각을 물어보고 산중에 들겠다면 데리고 가겠습니다. 역시 어른의 허락이 필요한 일이니까요."

"고월산장에서 그 아이를 찾을 터인데… 이미 사람이 와 있기도 하고."

"제가 데려갔다고 하면 고월산장주도 다른 말을 하지 않을 겁니다. 운명을 거스를 수 없다는 것은 그도 알고 있을 테니까요."

"알겠네. 그럼 자네가 그 아이를 만나보게. 오늘 중으로 결정을 하고 내일 중으로는 떠나야 하네."
  "알겠습니다. 그렇게 하지요."
  묘심이 묘선에게 가볍게 고개를 숙여 보였다.

第二章
신의 무공

화마경

송추월은 의외의 상황에 당황했다.

"떠난다고 했습니까?"

"그래요."

아침 일찍 찾아온 고소요가 건조한 음성으로 대답했다.

"하지만……!"

곧 고무룡이 설죽암을 찾을 것이다. 적어도 그때까지는 고소요가 설죽암에 머물 거라 생각했던 송추월이었다.

"일이 그렇게 되었어요. 해서 부탁을 하나 하려고요."

'제길, 이 고씨 남매는 모두 나에게 부탁만 하는군.'

송추월이 내심으로 투덜거리며 고소요에게 뭘 해줘야 하느냐고 눈빛으로 물었다.

“물론 송 소협이 강호를 여행하고자 한다는 것은 알고 있지만 조금 귀찮으시더라도 다시 고월산장에 들러주실 수 없나 해서요.”

“무엇 때문에 말입니까?”

“오라버니가 헛걸음을 하지 않았으면 해요. 모용세가가 산장을 방문했다는 것은 요동무림의 움직임이 심상치 않다는 의미죠. 이 와중에 오라버니가 저 때문에 시간을 허비하는 걸 원치 않아요. 전 출가를 할 것이고, 묘심 스님을 따라 고려로 갈 거예요.”

“해동으로요?”

“그래요. 아버님이나 오라버니도 제가 묘심 스님을 따라 해동으로 갔다고 하면 안심하실 거예요. 그러니 이 소식을 산장에 전한다면 굳이 오라버니가 절 찾으실 이유는 없지요.”

“휴… 다시 북쪽으로 간다라……”

이미 떠나온 길을 다시 되돌아가는 것만큼 지루한 일도 없다.

“죄송한 부탁인 줄은 알아요. 하지만 딱히 부탁드릴 사람이 없군요.”

“뭐, 좋습니다. 그러지요. 나야 시간이야 많은 사람이니까. 그런데 언제 떠납니까?”

“오늘 오전 중에 떠날 거예요.”

“그렇게 빨리요?”

“묘심 스님께서 급히 해동으로 가야 할 일이 있으신 모양이에요.”

“그렇군요. 하면 우리도 오늘 떠나야겠군요.”

“춘봉산은 함께 벗어날 수 있을 거예요. 스님이 지름길을 아시니…….”

“준비하지요.”

송추월의 대답에 고소요가 가볍게 고개를 숙여 보이고는 걸음을 돌렸다.

“저 집안 사람들은 생각보다 염치가 없군요.”

고소요가 물러나자 서연이 투덜거렸다.

“고월산장 사람들이 염치가 없다면 세상에 염치있는 사람들이 없을 겁니다.”

악전이 고개를 저으며 말했다.

“하지만 송 소협을 너무 부려먹잖아요. 자신 때문에 이곳에 왔는데 다시 자기 말을 전해달라고 산장으로 돌아가 달라니…….”

“그만큼 송 소협을 믿고 있다는 말이지요.”

“흥, 믿는 사람은 소나 말처럼 부려먹어도 된다는 말인가요?”

“하하하, 그런 말이 아니라…….”

악전이 웃음으로 부정을 해봤지만 상황은 서연의 말과 크게 다르지 않았다.

“그래서 고월산장으로 돌아가실 거예요?”

서연이 송추월에게 물었다.

“승낙을 했으니 잠시 들러야겠지요.”

“홍, 참 마음도 넓으시군요.”

“어쨌든 떠나기로 했으니 준비를 하죠.”

송추월의 말에 서연이 차가운 코웃음을 흘리고는 주섬주섬 짐을 챙기기 시작했다.

송추월 일행이 묘심과 고소요, 그리고 설죽암의 중년 비구니 두 명과 함께 설죽암을 나선 것은 아침 기운이 숲에서 사라지지 않았을 때였다.

새벽에 맺혔던 이슬들이 아직 생명을 부지하고 있어 사람들의 발길에 채였다. 춘봉산의 온화한 기후가 만들어낸 안개가 여전히 산허리를 감싸고 있었다.

일행은 설죽암을 떠난 지 두어 시진 만에 춘봉산의 경계에 도달했다. 그러자 기온이 급격하게 변하면서 쌀쌀한 바람이 옷깃을 파고들었다.

“이거 여름에서 겨울로 온 것 같군.”

급격한 기온 변화에 적응하지 못한 악전이 손으로 팔을 비비며 중얼거렸다.

“아직 겨울도 오지 않았어요.”

서연이 퉁명스럽게 대답했다.

“하지만 춘봉산이 워낙 따뜻하니 한겨울로 나온 것 같소이다.”

악전이 여전히 몸을 비비며 말했다. 그러나 비록 기온이 변

했다 해도 무림고수들의 발걸음을 어렵게 만들 만큼 추운 것
은 아니었다. 서연의 말대로 아직 계절은 가을 중순에 남아 있
었다.

　낙엽이 곳곳에서 모습을 드러냈다. 오색으로 물들어가는 나
무들 중 일부는 벌써 마른 뼈를 보이고 있었다.

　일행의 속도가 더 빨라졌다. 춘봉산의 무성한 숲과 달리 춘
봉산을 벗어난 곳부터는 사람의 이동을 가로막는 우거진 수풀
이 존재하지 않았다. 기온은 낮았지만 산길은 오히려 걷기가
춘봉산보다 수월했다.

　일행은 속도를 높였다. 서서히 발에 진기를 모았고 스치듯
산길을 달렸다. 그렇게 얼마나 달렸을까, 문득 일행 앞에 작은
계곡이 모습을 드러냈다. 추색(秋色)이 드리워진 계곡은 얼음
처럼 투명한 물이 흐르고 있었다.

　“잠시 쉬어갈까요?”

　오전부터 달린 길이었다. 점심 요기도 할 겸 잠시 쉬어갈 시
간이 필요했으므로 계곡은 일행이 걸음을 멈추기에 적당한 장
소였다. 설죽암의 여승 말에 묘심이 고개를 끄덕였다.

　“그렇게 하도록 하지.”

　“알겠습니다. 자리를 잡겠습니다.”

　설죽암의 여승이 묘심에게 고개를 숙여 보이고 적당한 장소
를 찾아 신형을 날렸다. 그런데 바로 그 순간 묘심이 날카롭게
외쳤다.

“법련! 물러나라!”

순간 계곡 쪽으로 달려나가던 설죽암 비구니 법련이 허공으로 훌쩍 떠오르더니 허공에서 한 바퀴 제비를 돈 후 묘심 옆에 내려섰다.

“뉘시오?”

법련이 뒤로 물러나자 묘심이 계곡 건너편 숲을 보며 차갑게 외쳤다. 법련이 나아가던 지점에는 어디서 날아왔는지 한 자루 검은색 검이 꽂혀 있었다.

묘심의 일갈에 숲에서 잠시 인기척이 들리는가 싶더니 눈에 익은 자들이 모습을 드러냈다. 태산오룡이었다. 태산오룡이 모습을 드러내자 묘심의 눈에 은은한 분노의 빛이 돌았다.

“그대들은… 해동으로 가지 않았는가?”

묘심의 차가운 질문에 태산오룡의 맏이 종회가 조금 어색한 미소를 지으며 입을 열었다.

“또 보는구려, 스님.”

“압록을 넘지 않았군.”

다시 묘심이 차가운 말을 흘렸다.

“물론 넘지 않았소. 아니, 못했소.”

“넘지 않은 것이 아니라 못했다?”

“그렇소.”

“이유가 뭔가?”

“우린… 결국 주인을 모시게 되었기 때문이오.”

태산오룡의 말에 묘심의 표정이 굳었다. 비록 설죽암의 비무에서 패하기는 했지만 천하의 그 누가 태산오룡 입에서 주인이란 소리를 들을 수 있을 것인가?

"태산오룡에게 주인이 생겼다? 정말 대단한 인물인 모양이군."

"물론 우리의 주인께선 정말 대단하신 분이오."

"그대의 주인이 된 자가 바로 그대들을 설죽암에 보낸 그겠지?"

짐작 못할 것은 아니었다. 태산오룡은 애초부터 그들을 설죽암에 보낸 자에게 근원적인 공포심을 가지고 있었다.

"그렇소. 그분이 결국 우리의 주인이 되었소."

종회가 부인하지 않고 고개를 끄덕였다.

"그리되었군. 그리고 그렇다면 그가 이곳에 있다는 의미겠군."

"그렇소. 그분은 지금 우리를 지켜보고 있소."

종회가 부인하지 않았다.

"그럼 줄곧 설죽암을 살피고 있었던 것인가?"

"그건 아니오. 우린 이곳에서 그대들이 오기를 기다리고 있었소."

종회의 대답에 묘심이 고개를 갸웃했다.

"그거 이상하군. 어찌 우리가 이 길로 올 줄 알고 기다렸다는 거지?"

"그게 바로 그분의 무서운 면이오. 그분은 필시 그대들이 이곳으로 올 거라고 하셨소."

종회의 대답에 묘심의 표정이 어두워졌다. 이렇게 자신들의 행보를 예측하고 있는 자라면 정말 그는 무서운 인물일 터였다. 물론 태산오룡의 입을 통해 그들이 주인으로 모신 자의 무공이 무섭다는 것은 알고 있었지만 그 심계까지 이렇게 무서울 것이라고는 생각지 못했었다. 그는 예상외로 뛰어난 인물일 가능성이 있었다.

"그의 얼굴을 보고 싶군."

"그건… 우리가 그대에게서 빙정을 얻어내지 못했을 때나 가능할 것이오."

"부족하다는 걸 알고 있지 않나?"

"그건 설죽암에서의 얘기고 지금 이곳엔 설죽암의 고수들이 많지 않으니 우리에게도 승산이 있을 것 같소만."

종회의 말처럼 지금 이곳엔 설죽암의 비구니가 세 명밖에 없었다. 물론 송추월과 악전, 그리고 서연과 고소요가 있었지만 태산오룡의 눈엔 그들 네 사람이 들어오지 않는 것 같았다. 그는 오직 설죽암의 승려들만을 신경 쓰고 있었다.

"쉽지 않을 것이야."

"물론 쉽지 않을 거란 건 알고 있소. 하지만 걸어볼 승부라고 생각하오."

"그럼… 얼른 시작하지. 나 또한 그를 빨리 보고 싶으니."

묘심이 망설이지 않고 앞으로 나섰다. 그러자 법련이라 불린 비구니와 다른 한 명의 비구니가 묘심의 좌우로 호위하듯 나섰다.

“돕겠습니다.”

고소요가 앞으로 나서며 말했다. 그러자 묘심이 고개를 저었다.

“아니, 그럴 필요 없다. 이들은 아직 설죽암을 몰라.”

묘심의 말에서 단단한 자부심이 느껴졌다. 순간 태산오룡의 얼굴이 붉게 달아올랐다.

“비록 설죽암에서 그대들에게 패하기는 했으나 우리 태산오룡이 그렇게 만만한 상대는 아닐 거요.”

“그러신가? 한번 두고 보지.”

묘심의 말투가 더욱 차가워졌다. 그러자 태산오룡이 일제히 검을 빼 들고 묘심과 다른 두 명의 설죽암 비구니를 향해 날아들었다. 묘심은 적수공권으로, 두 명의 비구니는 팔 길이만 한 검을 빼 들고 태산오룡을 상대하기 시작했다.

“이상하군.”

묘심 등 설죽암의 여승들과 태산오룡 간의 싸움이 시작된 지 채 십 초가 지나지 않아 악전이 고개를 갸웃했다.

“뭐가요?”

서연이 악전을 돌아보며 물었다.

“본래 저자들이 한 팔을 못 썼었나?”

“아! 그러고 보니 그렇군요. 저 두 사람은 왼팔을 전혀 못 쓰는군요.”

“덕분에 몸의 중심이 흔들려 제대로 무공을 펼치지 못하는 것 같소이다.”

악전의 말에 서연이 눈을 가늘게 뜨며 말했다.

“그렇다면 저들이 한 팔을 못 쓰게 된 것이 얼마 되지 않았다는 말이겠지요. 시간이 있었다면 당연히 그에 익숙해져 있을 텐데 저들은 무척 불편해 보여요. 아마도 그들의 주인이 되었다는 그자에게 당한 것 같군요.”

“그럴 수도 있겠소이다. 그들이 애초의 계획과 달리 압록을 넘지 못하고 그를 주인으로 삼았다는 건 그자가 태산오룡을 겁박했다는 의미일 테니까.”

악전이 고개를 끄덕였다. 그러자 이번엔 송추월이 오랜만에 입을 열었다.

“어찌 됐든 덕분에 싸움은 빨리 끝날 것 같습니다. 저들은 몸도 불편할뿐더러… 설죽암의 스님들은 지난 비무에서 자신들의 본래 실력을 모두 보인 것이 아닌 모양이군요.”

송추월의 말대로 비무는 일방적으로 설죽암 비구니들의 우세 속에 진행되고 있었다. 특히 묘심의 무공은 상상 이상으로 무서워서 두세 명의 태산오룡을 상대하면서도 오히려 그들을 계속해서 궁지에 몰아넣고 있었다.

“저런 무공은… 본 적이 없어요.”

서연의 입에서 그녀답지 않게 긴장한 목소리가 흘러나왔다. 그녀를 긴장시킨 것은 묘심의 무공이었다. 묘심은 적수공권으로 태산오룡을 맞이하고 있었다. 그런데 묘심의 손이 한 번 휘저어질 때마다 태산오룡은 벼락이라도 맞은 것처럼 뒤로 물렀다. 묘심의 손은 허공에 수많은 수영을 그렸고, 그 수영들은 하나하나 살아 있는 생명처럼 움직였다. 그 수공은 송추월은 물론 악전이나 서연 그 누구도 지금껏 볼 수 없었던 기묘하면서도 전율적인 무공이었다.

묘심은 태산오룡을 마치 아이 다루듯 했다. 태산오룡은 바람에 갈대 쓸리듯 묘심의 손짓에 따라 이리저리 쓸려 다녔다. 그러다 결국!

"컥!"

묘심의 한 번 손짓에 태산오룡의 둘째 등각이 피를 토하며 허공으로 날아갔다. 다음 순간 묘심이 연이어 양손을 가볍게 돌렸다. 그러자 그 흐름을 따라 태산오룡 종회와 다른 한 명이 허공에서 한 바퀴 회전한 후 땅에 나뒹굴었다.

"큭!"

"컥!"

연이어 다시 두 마디 비명 소리가 터져 나왔다. 어느새 다른 두 명의 설죽암 여승 또한 태산오룡의 나머지 두 명을 패퇴시키고 있었다. 태산오룡은 거의 동시에 설죽암 여승들로부터 패배를 당하고 나자 감히 더 이상 대적할 엄두를 내지 못하고 멀찍이 떨어진 채 검을 들어 만약의 공격을 방비하기만 했다.

"나서시오!"

태산오룡을 일거에 물리친 묘심이 계곡 건너편을 바라보며 소리쳤다. 그러자 잠시 후 가을빛 완연한 낙엽 사이에서 가벼운 발걸음 소리와 함께 한 명의 중년 사내가 모습을 드러냈다.

　단정한 장삼에 부드러운 미소, 거기에 아직 젊음이 남아 있는 듯한 얼굴, 태산오룡에 의해 극악한 마인으로 묘사된 그가 태산오룡이 말했던 것과는 전혀 다른 분위기를 풍기며 등장했다.

　그는 천천히 걸음을 옮겨 태산오룡 곁으로 다가왔다. 그러자 태산오룡이 급히 허리를 숙이며 양편으로 갈라져 그에게 길을 터줬다.

　"날 따라다니려면 실력을 더 키워야겠어. 이렇게 약해서야 어디 창피해서 데리고 다니겠어?"

　그가 타박하듯 태산오룡을 보며 말했다, 여전히 웃는 낯으로. 그러자 종회가 급히 머리를 조아렸다.

　"죄송합니다, 주인님!"

　"됐어. 나중에 기회가 되면 내가 몇 수 가르쳐 주지."

　"감사합니다."

　"좋아. 노력하겠다는 자를 벌할 수는 없는 일이니 뒤로 물러나 있어."

　"옛, 주인님!"

　태산오룡 다섯이 일제히 허리를 숙여 보인 후 뒤로 물러났다. 그러자 그가 신형을 돌려 묘심을 응시했다. 그 순간 그의 눈에서 적염이 스치고 지나갔다.

　묘심은 깊은 눈으로 태산오룡이 말했던 그를 바라봤다. 그리곤 이내 딱딱하게 표정을 굳혔다.

　"누군가?"

묘심이 물었다. 그러자 그가 빙긋 미소를 지었다.

"그보다… 맞소?"

뜬금없는 질문에 묘심이 살짝 아미를 모았다. 그리곤 서리같이 차가운 표정으로 일갈했다.

"날 알아본다는 것은 결국 그대 또한 내가 생각하는 부류가 맞겠군. 그렇다면 참으로 분별없군. 감히 요동에 들어 설죽암을 도발하다니!"

"하하하, 맞소. 내가 생각해도 이건 정말 무모한 도박이오. 그대의 사부나 나의 사부가 이 일을 알게 된다면 필시 난 내 사부로부터 목숨을 보전받지 못할 거요."

"그럼에도 불구하고 감히 도발을 한 이유가 뭐냐?"

"난 한 가지 패를 던졌소. 물론 어느 쪽이든 내가 불리할 것 없는 패였지. 그 패는 바로 이 길목을 지키는 것이오. 내가 살펴보건대 설죽암에서 압록을 넘으려면 반드시 이 길을 통과해야 했소. 난 나의 다섯 마리 개가 설죽암에서 나에 대해 이런 저런 이야기를 늘어놓았을 테니 그대들이 내가 생각하는 자들이 맞다면 빙정을 해동으로 옮길 것이라 예상했지. 그것도 가능한 빨리. 그렇다면 이곳에서 그대들을 기다리는 것이 상책이라 생각했소. 설죽암의 모든 비구니들이 나서지 않을 테니 이곳에서 길을 막고 빙정을 취하겠다는 것이 내 계획이었소. 물론 그대들이 오지 않아도 상관없었소. 그리되면 뭐, 그냥 돌아가면 되니까. 난 내 정체를 들키지 않을 수 있는 것이고. 다시 사부의 고분고분한 제자로 돌아가면 되니까. 나로선 문제

될 것이 없는 선택이었소. 단지 이 먼 요동까지 달려온 수고를 제외하곤!"

"자신있나 보군."

"물론! 설죽암의 모든 여승들이라면 모를까 그대들이라면……."

"누구의 제자인가?"

"말할 수 없소. 귀가 많지 않소?"

"그대가 말하지 않아도 짐작할 수 있다."

"호? 그렇소?"

"곤륜에서 왔느냐?"

"아! 이런 정말 머리가 좋군. 그걸 짐작하다니!"

사내가 탄식하듯 말했다. 그러나 그는 기실 표정만 과장될 뿐 별반 놀라는 기색이 아니었다.

"우리 오류(五類) 중 저들이 말한 악독한 행보를 보일 자는 오직 화마의 후예밖에는 없지."

"그건 너무 지나친 생각이시군. 왜 오직 우리 화마의 후예만이 그런 지탄을 받아야 한단 말이오?"

"철패는 타인의 이목을 신경 쓰고, 목독은 은둔하니 결국 거리낌없이 악행을 저지를 자가 화마의 후예 말고 누가 있겠는가!"

묘심의 언성이 높아졌다.

"핫하하! 맞소, 맞아. 다른 자들은 모두 군자입네 하면서 자신들의 본성을 드러내지 않지만 우린 좀 다르지. 우리야 다른 사람들의 시선 같은 것은 신경 쓰지 않으니까. 그리고 보니 그대가 날 화마의 후예로 예측한 것은 그리 대단한 혜안은 아니었군."

"그대 사부의 분노가 두렵지 않은가?"

묘심이 차가운 음성으로 물었다.

"물론 사부의 분노가 두렵소. 알다시피 나의 사부는 수십 명의 제자를 거둬들여 오직 네 명만 살려놓은 독한 분이시지. 그런 분이시니 내가 오늘 행한 일을 알게 되신다면 필시 날 죽일 것이오. 그러나……."

사내가 말꼬리를 흐렸다. 그리고는 표정을 급변시키며 말했다.

"그러나! 과연 사부께서 어찌 오늘 내가 이 요동에 있었다는 걸 아시겠소. 그대들은 오늘 모두 죽을 터인데!"

사내의 눈에서 이젠 확연하게 적염이 쏟아져 나오기 시작했다. 그것은 살기를 넘어서는 기운이었다. 오직 파괴의 본능을 정점으로 끌어올린 자만이 흘러낼 수 있는 기운. 그 앞에 서면 모든 것이 재가 되어버릴 듯한 강렬한 기운을 그는 흘러내고 있었다.

'저건!'

사내의 말을 듣고, 사내의 기운을 대하고, 사내의 눈빛을 본 순간 송추월은 등에 소름이 돋는 듯한 느낌을 받았다. 그리고 문득 송추월은 괴노 마효를 떠올렸다.

'그 노괴와 닮았어. 설마…….'

괴노 마효는 자신에게 다른 제자들을 죽이고 살아남은 네 명의 제자가 있다고 했었다. 그리고 송추월 등이 자신의 제자가 된다면 필시 그 네 명의 제자에게 죽게 될 것이라고 했었다.

그런데 오늘 송추월은 저 낯선 사내에게서 괴노 마효의 기운을 느꼈다. 아주 가끔 인생에선 뜻하지 않은 인연을 만나는 법인데 아무래도 오늘이 자신에게 그런 날이 된 것 같은 느낌이었다.

"그대에게 그럴 능력이 있을까?"

묘심이 차가운 어조로 물었다.

"물론, 난 그럴 능력이 있다고 보오. 또한 스님의 품속에 들어 있을 빙정 역시 내 것이 되겠지. 빙정을 얻는다면… 아, 난 사실 빙정을 얻으러 북해에 갔었소. 나로서는 큰 모험이었지. 사부가 내가 빙정을 구한다는 것을 알면 당장에 날 때려죽일 수도 있으니 말이오. 하지만 난 빙정이 필요했소. 빙정이 있으면 사부가 심어놓은 이 화마의 덫에서 스스로 벗어날 수 있을 테고, 그리되면 난 사부에게 도전할 수 있을 테니까. 사부가 늙어 죽기를 기다리는 것은 나로선 무척 곤욕스런 일이란 말이오."

"아무리 마경의 후예라지만 심성이 너무 악랄하구나. 감히 자신을 거둔 사부를 해하려 하다니……"

"헛허. 선경의 후예라 그런지 스님은 너무 마음이 약하시구려. 하긴 그 스승에 그 제자라고, 나야 악독한 사부 밑에서 컸으니 독한 심성을 가진 것이고 스님은 선한 스승 밑에서 수련했으니 선한 마음을 가지는 것이 당연한 일이오. 하지만 어쨌든!"

사내가 말을 딱 끊고 묘심을 노려봤다, 마치 묘심이 과거 자신에게 큰 빚이라도 진 것처럼. 그리곤 잠시 후 다시 말을 이었다.

"어쨌든 말이오. 내 북해행은 결국 헛수고였소. 물론 스님도 아시다시피 스님께서 그 빙정을 차지했기 때문이오. 내가 갔을 때는 이미 한발 늦었었지. 그래서 난 백방으로 스님의 정체를 탐문했소. 그리고 결국 스님이 요동 한구석에 있는 설죽암의 비구니라는 것을 알게 되었소. 그래서 오늘 이곳에서 스님을 만나게 된 것이라오. 스님, 이 정도의 정성이라면 빙정의 주인이 될 만한 자격이 있지 않소?"

"빙정을 그대와 같은 사악한 자의 손에 넘겨주지는 않겠다."

"핫하하. 보물이 사람의 심성에 따라 주인이 정해지는 것이라면 천하의 거부들은 모두 착한 사람들일 거요. 하지만 실제는 어떻소? 천하에 이름난 거부들은 모두 악독한 사람들이지 않소? 그러니 사실 보물은 나와 같은 악인이 차지하는 것이 맞을 것이오."

사내의 논리는 무척 그럴듯해 보여서 묘심도 더 이상 사내의 말을 반박할 근거를 찾지 못했다. 대신 묘심은 사내를 한동안 응시하다가 차분하게 입을 열었다.

"그대가 그의 제자라면 당연히 그대의 무공이 뛰어남을 예상할 수 있다. 하지만 난 지금도 그대 홀로 우리 모두를 상대할 수 있을 거라 생각지 않는다."

"아! 누가 나 혼자라고 했소? 내겐 저기 다섯 마리 개가 있지 않소. 나의 충성스런 사냥개들이 몇 사람은 감당해 주겠지. 너희들!"

사내가 태산오룡을 돌아봤다.

"네, 주인님!"

"너희들이 저자들을 상대해라."

사내가 손을 들어 송추월 등을 가리켰다. 그러자 태산오룡이 얼른 고개를 숙였다.

"그리하겠습니다."

"이번엔 실수 말고."

"저들이라면 충분히 감당할 수 있습니다."

"좋아. 이리되면 얼추 승부를 볼 수 있지 않겠소?"

사내가 묘심을 돌아봤다.

"나를 능가할 것이란 확신을 가지고 있나 보군."

"물론 그대 또한 오경의 진전을 이은 사람이란 걸 모르지는 않소. 하지만 그대는 오경주에 도전하는 인물 같지는 않소. 그렇다면, 스님은 날 상대하기 쉽지 않을 거요. 난 오경주가 되고 싶은 사람이니까."

"야망이 크구나."

"그러니 위험을 감수하고 여기에 있지 않소?"

"반드시 날 죽여야 하겠군. 만약 내가 살아난다면 그대의 꿈은 산산조각 날 테니까."

"그러게 말이오. 그래서 아마도 스님은 오늘 해탈을 하게 되실 거요."

"두고 보면 알겠지."

묘심의 대꾸에 사내가 한줄기 미소를 짓더니 가볍게 팔을 털었다.

스르릉!

은빛 찬란한 두 개의 륜이 사내의 손에 들렸다. 륜은 햇빛을 받아 찬란하게 반짝였다. 만약 그것이 사내의 손에 들려 있지 않다면 귀한 보배로 보일 수도 있었다. 그러나 사내의 손에 들린 륜은 찬란한 빛만큼이나 서늘한 살기를 지닌 흉기였다.

륜의 크기는 그리 크지 않아서 사내의 큰 손으로 모두 감싸쥘 만했다. 그건 보통 병기로 쓰는 륜과는 조금 차이가 있는 것이었다. 무림에서 륜을 병기로 쓰는 자는 흔치는 않지만 더러 있기는 하다. 그런 자들이 쓰는 륜은 대체로 자신의 손보다 서너 배는 커서 륜이 가진 무게를 이용하는 것이 보통이었다.

그런데 사내의 륜은 무척 작았다. 어찌 보면 암기와도 같은 모습이었다. 작은 륜을 사용한다는 것은 륜의 무게를 이용하지 않으니 오히려 그 공력이 출중하다는 의미, 그 륜과 륜을 든 자의 살기를 읽었는지 설죽암 여승 묘심의 표정이 어두워졌다.

"시작합시다. 일이란 게 길어지면 꼭 훼방꾼이 등장하게 마련이라서."

사내가 다시 가벼운 미소를 지었다.

"오너라!"

묘심이 차게 응대했다. 그러자 사내가 고개를 한 번 까딱이고는 슬쩍 뒤를 돌아보며 말했다.

"시작해!"

사내의 명에 설죽암 비구니들을 상대하느라 기진맥진한 태산오룡이 다시 검을 들고 송추월 등을 향해 다가왔다. 그들은 비록 지쳐 있었지만 설죽암의 승려들이 아닌 다른 무인들을 상대한다는 것에 안도했는지 제법 투기를 뿜어내고 있었다.

"이것 참, 여기서 싸움질을 하게 될 줄은 몰랐군."

비록 송추월 등의 싸움이랄 수는 없었으나 걸어오는 싸움을 피할 수는 없다. 악전이 투덜거리며 등에 메고 있던 창을 끄집어냈다.

웅웅!

악전이 창을 들자마자 두어 차례 회전시켜 바람을 일으켰다. 창끝에서 일어나는 매서운 파공음이 긴장시켰는지 투기를 드러내며 다가오던 태산오룡이 걸음을 멈췄다. 그리고 맏이 종회가 의심 어린 표정으로 물었다.

"이름이 뭐냐?"

"밝힐 수 없소."

악전이 퉁명스레 말했다.

"도망자들이냐?"

이름을 밝힐 수 없는 경우는 한 가지, 누군가의 추적을 피해 사는 사람들뿐이다.

"그렇지는 않소. 하지만 앞으로 도망자가 되지 않기 위해 밝힐 수 없소. 저자는 오늘 이곳에 있던 자들을 모두 도륙하겠다고 공언했는데 그 말이 허투루 들리지 않는단 말이오. 이런 상황에서 어찌 이름을 밝힐 수 있겠소?"

악전이 눈빛으로 이미 설죽암 승려들과 손을 섞고 있는 사내를 가리키며 말했다. 그러자 종회가 고개를 끄덕였다.

"현명하구나. 하지만 그건 지나친 걱정이다."

"저자가 두렵지 않다는 말이오?"

"아니, 그게 아니라 도주하며 살 이유가 없다는 것이다. 왜냐하면 너희들은 오늘 모두 죽을 테니까."

"클클, 이거 태산오룡이 무섭다는 말은 들었지만 다른 사람 개 노릇을 하면서까지 이렇게 호기로울 줄은 몰랐군."

"놈! 감히 우릴 두고 그따위 소릴 지껄이다니!"

태산오룡의 둘째 등각이 노성을 발했다.

"시간 끌지 말고 싸움이나 시작합시다. 그 유명하다는 태산오룡, 한 번쯤은 만나보고 싶었소."

"오냐, 실망시키지 않으마!"

차갑게 대꾸한 등각이 허공으로 솟구쳤다. 동시에 그의 검이 악전을 향해 번개처럼 떨어졌다. 악전의 창이 물을 헤엄치는 고기처럼 유연하게 움직이며 등각의 검을 막아갔다.

창!

매서운 격돌음이 일어났다. 동시에 악전과 등각이 서너 걸음씩 뒤로 물러났다.

"보통 놈들이 아니구나!"

등각의 입에서 경계의 말이 터져 나왔다. 태산오룡의 표정도 일변했다. 만만하게 봤던 자들이 생각보다 강한 무공을 지니고 있었다.

"누가 만만하다고 했소?"

악전이 퉁명스레 대꾸하며 이번엔 자신이 먼저 등각을 향해 창을 내밀었다.

파아앗!

차가운 파공음이 악전의 창끝에서 일어나며 등각의 심장을 노렸다.

"흥!"

등각의 입에서 한마디 비웃음이 흘러나오더니 슬쩍 신형을 틀어 악전의 창을 피해내고는 번개처럼 악전의 창대를 검으로 내려쳤다. 일검에 창대를 부러뜨리려는 것처럼!

창!

그러나 악전은 그런 등각의 검을 창대를 들어 정면으로 막았다. 불꽃이 튀며 맹렬한 충돌음이 일어나는 사이 등각이 다시 두어 걸음 뒤로 물러났다.

"철창(鐵槍)이로구나!"

등각의 입에서 감탄사가 흘러나왔다. 철창은 그 무게로 인해 다루는 자가 극히 드물었다.

"그래, 철창이다. 무게가 자그마치 오십 근이야!"

악전이 호기롭게 외치고는 창을 들어 봉처럼 휘두르며 등각을 향해 달려들었다. 그렇게 악전과 등각의 싸움이 본격적으로 시작되자 종회를 제외한 다른 네 명의 태산오룡이 송추월 등을 향해 다가왔다.

송추월은 자신을 향해 다가오는 자를 유심히 살폈다. 마른 체구에 장검을 든 사내는 삼십대 중후반으로 보였다. 그 눈이 날카로운 것이 살검에 익숙한 자임이 분명했다.

"이정이라 한다."

송추월 앞으로 다가서며 사내가 말했다. 그러나 송추월은 그런 사내의 말에 대꾸할 생각이 없었다. 대신 검을 빼 들고 사내를 겨눴다.

"운이 없다고 생각해라. 요즘 내 기분이 무척 좋지 않다. 너 같은 애송이에게라도 화풀이를 해야겠어."

송추월은 기실 강호의 무림인치고는 어린 나이였다. 이제 갓 스무 살을 넘은 무인은 강호에서 애송이 취급을 당하기에 딱 맞는 나이였다. 그러니 비록 악전이 생각보다 대단한 무공을 선보이고 있다고 해도 태산오룡쯤 되는 고수들에게 송추월은 여전히 애송이로 보일 수밖에 없었다.

그러나 세상에는 가끔 예상치 못한 일이 벌어지게 마련 아니던가. 태산오룡의 셋째 이정에게 오늘 송추월이 그런 존재였다.

팟!

송추월의 검이 움직였다. 절대 검이 나올 수 없는 자세와 각도였지만 송추월의 검은 허공을 가르며 이정의 목을 찔러왔다.

"헉!"

전혀 예상치 못한 시점의, 전혀 예상치 못한 각도에서 시작된 송추월의 공격에 태산오룡 이정이 다급성을 토해냈다. 그는 이 젊은 놈이 이렇게 괴이한 검법을 쓸 것이라고는 미처 생각지 못하고 있었다.

창!

이정이 가까스로 검을 들어 목 바로 앞에서 송추월의 검을 막아냈다. 그러나 이미 기세에서 밀린 이정은 또한 예상 밖으로 강한 송추월의 힘에 밀려 금세 다섯 걸음이나 뒤로 물러났다.

송추월은 그런 이정에게 숨 돌릴 기회를 주지 않고 따라붙었다. 태산오룡은 보통 고수들이 아니다. 강호에 널리 퍼진 그들의 명성은 그저 얻어진 것이 아니었다. 그러니 기회를 잡았을 때 상대를 제압하는 것이 최선이었다. 더군다나 이정은 앞서 설죽암의 여승 묘심에게 일장을 맞아 크게 진기가 상한 인물이었다.

팟!

범처럼 이정을 향해 날아든 송추월의 검이 매섭게 횡으로 그어졌다. 역시 머리 위로 검을 들고 있던 그의 자세를 생각하면 예상하기 힘든 각도의 초식이었다.

"컥!"

이정은 송추월에게 오늘 자신을 만난 것이 재수없는 일이라고 말했지만 기실은 그가 송추월을 만난 것이 더욱 재수없는 일이라는 것을 깨달았다.

이 어린놈의 검은 도저히 막을 방법이 없었다. 허공에서 내리찍을 것 같던 검이 갑자기 옆에서 밀려들었으니 그의 허리는 텅 비어 있을 수밖에 없었다.

그러나 그럼에도 이정은 고수였다. 이정이 몸을 회전시키며 급히 검을 내렸다.

삭!

순간 송추월의 검이 이정의 옆구리를 길게 베고 지나갔다. 다행히 급히 몸을 회전시킨 덕에 치명적인 부상은 피한 이정이었다. 그러나 송추월의 공격은 거기서 끝은 아니었다.

팡!

한순간 송추월의 오른발이 자신의 검을 맞고 비틀거리는 이정의 가슴을 걷어찼다.

"컥!"

갑작스런 발길질에 명치를 가격당한 이정이 숨을 쉬지 못하고 삼 장을 날아가 땅에 나뒹굴었다. 그의 입에서 붉은 선혈이 흘렀고 그는 쉽게 일어서지 못했다. 그런 이정을 향해 신형을 날리려던 송추월이 한순간 자세를 낮추며 팽이 돌듯 회전했다.

"놈!"

한순간 송추월의 머리칼을 베며 한 자루 검이 지나쳤다. 송추월이 부드러운 움직임으로 검 아래를 이동하며 땅에 스치듯 검을 그었다. 그러자 송추월을 공격했던 자가 땅을 박차며 허공으로 치솟았다. 그제야 송추월이 고개를 들어 상대를 살폈다. 종회였다.

"팔병신 주제에!"

송추월이 욕설을 터뜨리며 검을 아래에서 위로 그었다. 이역시 그 자세에서는 도저히 나오기 힘든 초식.

"음!"

종회의 입에서도 앞서 이정과 마찬가지로 당혹스런 음성이 흘러나왔다. 확실히 이 젊은 애송이는 예사롭지가 않았다.

창!

종회가 검을 휘둘러 자신의 하체를 찔러오는 송추월의 검을 막았다. 순간 종회의 신형이 크게 흔들렸다. 그는 앞서 묘심과의 격돌과 마찬가지로 여전히 움직이지 못하는 왼팔로 인해 몸의 중심을 잡기가 어려운 모양이었다.

팟!

송추월은 상대에게 여유를 주지 않았다. 송추월의 검이 종회의 겨드랑이를 파고들었다.

"큭!"

종회가 겨드랑이 급소를 피해 급히 몸을 돌리는 바람에 그의 등에 길게 검상이 생겨났다.

"에랏!"

송추월이 검상을 입은 종회의 옆구리를 강하게 걷어찼다.

"큭!"

종회가 신음성을 내뱉으며 이정의 곁으로 날아가 나뒹굴었다. 깊은 검상에 옆구리를 가격당한 충격으로 종회 역시 이정과 마차가지로 쉽게 몸을 일으키지 못했다.

"가만히들 있으시오. 당신들을 죽이고 싶지는 않소. 남의 집 종살이하는 팔자가 어떤지 나도 잘 알고 있으니 말이오."

어느새 종회와 이정 앞에 다가온 송추월이 재빨리 손을 들어 두 사람의 혈도를 짚으며 말했다. 두 사람은 혈도를 짚이자 기절한 듯 푹 그 자리에서 쓰러졌다.

그렇게 두 사람을 생각보다 수월하게 제압한 송추월이 고개를 돌려 장내의 상황을 살폈다. 악전과 고소요, 그리고 서연은 태산오룡의 나머지 세 사람을 만나 그런대로 유리한 싸움을 진행하고 있었다. 애초에 악전 등의 무공이 뛰어나기도 했지만 태산오룡이 묘심 등 설죽암 고수들을 상대하느라 원기가 상해 있었기에 악전 등의 상대가 되기에는 버거운 면이 있었던 것이다.

"이쪽은 그런대로 괜찮은 것 같고……."

송추월이 내심 안심하며 고개를 돌렸다. 그런데 다음 순간 송추월의 눈이 경악으로 부릅떠졌다.

"저게… 도대체……."

그건 송추월이 보기에 신의 무공이었다. 묘심과 정체불명의 사내가 벌이는 싸움에서 송추월은 신의 무공을 보았다.

어느새 두 명의 설죽암 여승들은 뒤로 물러나 있었다. 싸움은 오로지 사내와 묘심 두 사람에 의해 이루어지고 있었다. 설죽암의 다른 두 비구니는 싸움에 관여하려 해도 관여할 수가 없었다. 묘심과 사내의 싸움은 두 사람이 끼어들 수 있는 경지를 넘어서 있었다.

묘심과 사내는 거의 모든 시간을 허공에 떠 있는 채로 무공을 겨루고 있었다. 묘심은 여전히 맨손이었고, 사내는 두 개의 륜을 양손에 든 채였다. 두 개의 륜에서는 끊임없이 붉은색 광채가 흘러나와 긴 꼬리를 만들었고, 묘심의 손에서도 청수한 청색 기운이 흘러나와 그녀의 몸을 감싸고 있었다. 그렇게 두 사람은 적청의 상반되는 기운을 흘려내며 허공에서 엉켜 있었다.

"뭐, 저따위 무공이 다 있어?"

송추월은 내심 심장이 오그라드는 듯한 기분을 느꼈다. 대호산에서 괴노 마효가 전수한 무혼검을 수련한 이후, 그리고 고월산장에서 혁가장의 고수들과 싸운 이후 송추월은 자신의 무공에 대해 어느 정도 자신감을 가지고 있었다.

지금껏 그가 만났던 고수 중 그가 두려워할 만한 인물은 없었다. 양산종의 고수들이 대단하다고는 해도 내심 송추월은 그들에게 밀릴 것이 없다고 생각하고 있었다.

고무룡도 마찬가지였다. 비록 그가 요동 최고의 고수로 떠오르고 있었지만 그에게조차도 송추월은 패하지 않을 자신이 있었다. 이 정도 무공이면 강호를 자유롭게 종횡해도 되지 않을까, 강호에서 그 누구도 날 위협할 수 없다라는 생각을 하고 있던 터에 오늘 송추월은 묘심과 사내의 싸움에서 큰 충격을 받고 있었다.

그동안 가져왔던 자신의 무공에 대한 자신감이 눈처럼 녹아 사라졌다. 강한 상대를 만났을 때면 어김없이 일어나던 투기는 간데없고, 한없이 찾아드는 자괴감이 송추월의 머리를 휘감았다.

그리고 갑자기 송추월은 도주의 충동을 느꼈다. 이 자리에 있다가는 사내의 말처럼 반드시 죽고 말 것 같다는 생각이 들었다. 더군다나 비록 묘심 역시 대단한 신위를 발휘하고 있지만 싸움은 사내에게 조금씩 유리하게 변해가고 있는 듯 보였다.

사내가 든 두 개의 륜이 간간이 그의 손을 떠날 때마다 묘심은 큰 위기에 빠졌다. 물론 묘심 역시 기묘한 움직임으로 그 위기를 타개했지만 역시 공세를 취하는 쪽은 사내였고 묘심은 방어에 치중하고 있었다.

'도주를 해?'

다시 한 번 도주의 충동이 송추월을 찾아들었다. 송추월이 천천히 시선을 돌려 주변의 지형을 살피기 시작했다.

第三章

화마경

지형은 묘했다. 서쪽으로는 녹음이 우거진 여름의 숲, 당연히 춘봉산의 영역이다. 동쪽과 남쪽은 추색 완연한 가을의 산, 북쪽으로는 어느새 황량하게 벌거벗은 겨울나무들이 뼈를 앙상하게 드러내고 서 있었다. 동서남북 어느 쪽으로도 도주가 가능했지만 굳이 하자면 역시 바다가 아닌 대륙이 펼쳐진 북쪽일 터였다.

송추월이 북쪽으로 이어진 메마른 숲을 바라보며 한숨을 쉬었다. 뼈 앙상한 숲으로 도주하는 것은 그리 쉬운 일이 아니다. 숨을 곳이 없다는 것은 도주하는 자에게 치명적인 약점이었다.

퍼퍼펑!

　한순간 송추월의 귀에 강력한 파공음이 들려왔다. 고개를 돌려보니 묘심의 수영이 사내가 든 륜의 면에 부딪치며 일어난 소리였다. 싸움의 양상은 변해서 어느새 묘심이 공세를 취하고 있었던 것이다.

　'이거… 잘하면…….'

　송추월은 공세에 나서는 묘심을 보며 한순간 싸움의 승패가 그의 예상과 달리 묘심의 패배로 끝나지 않을 수도 있다는 생각이 들었다. 물론 그렇다고 묘심이 이길 것이라 생각하기도 어려웠지만 수세에서 벗어난 묘심은 한결 여유를 찾은 것 같았다.

　'좀 더 지켜보자.'

　송추월이 도주할 생각을 잠시 접어두고 묘심과 사내의 싸움을 지켜보기 시작했다. 승부가 나지 않는 싸움이라면 도주는 쓸데없는 짓이다.

　묘심과 사내의 싸움은 백 초를 넘겼다. 둘 모두 강호에서 보기 힘든 고수들이라 공수의 교환이 눈에 보이지 않을 정도로 빨랐고, 절대의 위기에서도 신룡처럼 적에게 반격을 가했다.

　묘심의 수영이 허공을 가득 메우면 사내의 륜이 그의 손으로부터 일 장 안쪽으로 떨어져 나와 묘심의 수영들을 갈랐다. 사내의 륜이 회전하는 속도 때문에 계속해서 듣기 거북한 소음이 장내를 가득 메우고 있었지만 송추월은 한순간도 사내와 묘심의 대결에서 눈을 떼지 않았다.

적청의 기운들은 이제 혼돈의 바다에 섞여들듯 구분없이 두 사람의 몸을 에워싸고 있었다. 그러던 한순간 송추월이 눈빛을 반짝였다.

'이것 봐라?

틈이 보였다. 노괴 마효가 전수한 무혼검은 언제, 어느 때라도 적의 빈틈을 찾아 검을 꽂아 넣을 수 있는 것이 특징이다. 무혼검의 장점 두 가지를 들라면 초식의 의외성과 적의 허실을 찾아낼 수 있는 눈을 기르는 것이라고 할 수 있었다.

그런데 두 사람의 싸움을 지켜보고 있던 송추월의 눈에 어느 순간부터 사내의 움직임에서 미세한 틈들이 보이기 시작했다. 그건 정말 놀라운 일이었다.

송추월이 생각하기에 신의 무공이라 느꼈던 사내의 무공에 틈이 생겼다는 것은 곧 사내에게도 약점이 있다는 의미였다. 그리고 그 순간 사내는 신에서 인간으로 격하됐다.

'사람이라면… 약점이 없을 수 없지.'

송추월은 사내의 약점이 눈에 들어오는 순간 도주할 마음을 완전히 버렸다. 도주란 어떤 방법으로도 이겨낼 수 없는 절대적인 적 앞에서나 하는 일이다. 그런데 지금 사내는 송추월에게 약점을 보이고 있었다. 검을 잡은 송추월의 손에 힘이 들어갔다.

사내의 약점은 특이하게도 가장 강력한 공세를 취할 때 나타났다. 사내가 꺼내 든 두 개의 륜은 거의 모든 시간을 양손에 들려 있었지만 가끔 사내가 강력한 힘으로 묘심을 몰아붙

일 때 손에서 일 장 안쪽으로 떨어져 나와 묘심을 공격했다.

그러한 공격은 번번이 묘심을 큰 위기로 몰아넣었는데 왜냐하면 그 순간 류이 가지는 본래의 특성, 거리를 두고 적을 공격할 수 있는 그 특성이 완벽하게 발휘되기 때문이었다. 더군다나 묘심은 적수공권으로 상대를 상대하고 있었다. 그 때문에 공력을 실어 류을 던져 내는 사내의 공격은 묘심에게 가장 위협적인 초식이었다. 그런데 바로 그 순간 사내에게 틈이 생겼다. 온 힘을 다해 류을 통제하는 통에 스스로에 대한 방비가 한순간 허물어지는 것이었다. 송추월이 그런 사내의 허점을 유심히 주시하기 시작했다.

"역시 대단하구려. 하지만 그래도 역시 패하는 것은 스님 그대요!"

어느 순간 사내의 입에서 자신감이 느껴지는 말이 흘러나왔다. 그리고 그때부터 사내의 공격이 점점 더 치열해지기 시작했다. 그동안 간간이 던져 내던 류이 그때부터는 거의 모든 순간 사내의 손에서 떨어져 나와 있었다. 그러면서도 마치 줄을 매어 류을 조종하는 것처럼 사내의 류은 묘심의 몸을 휘감으며 날카롭게 전신을 노렸다.

묘심은 다시 급격하게 수세에 몰리기 시작했다. 사내는 드디어 승부를 내기로 작정한 모양이었다. 묘심이 수세에 몰리기 시작하자 주변에 있던 두 명의 설죽암 비구니의 표정이 급변했다. 그들의 눈에도 묘심의 위기가 느껴진 모양이었다.

"핫!"

　법련이라 불린 설죽암 여승이 묘심과 사내 사이로 뛰어들었다.

　쾅!

　그러나 다음 순간 강렬한 충돌음과 함께 법련의 신형은 분분히 날아가 오 장여 뒤에 내려섰다. 땅 위에 내려선 그녀의 얼굴은 하얗게 질려 있었고 두 다리는 힘이 빠져 상체를 지탱하기 어려운지 끊임없이 흔들렸다.

　묘심과 사내가 흘려내는 강력한 진기의 기운이 그에 미치지 못하는 공력을 지닌 법련의 몸을 튕겨냈던 것이다. 법련이 물러나자 다른 설죽암 여승은 차마 싸움에 끼어들지 못하고 검만 곧추세운 채 두려운 눈으로 묘심과 사내의 싸움을 노려보았다.

　그러는 사이 묘심은 좀 더 다급한 위기에 몰리기 시작했다. 두 사람을 휘감고 있던 적청의 기운 중 청색 기운이 급격하게 사라지고 있었다. 묘심의 주위는 온통 사내가 만들어내는 붉은빛 류의 그림자로 에워싸여 있었다.

　"끝을 봅시다."

　사내의 입에서 담담한 음성이 흘러나왔다, 마치 친구에게라도 속삭이는 듯한. 그리고 다음 순간,

　삭!

　미세한 소음이 묘심과 사내 사이에서 흘러나왔다. 순간 붉은빛의 연무가 피어올랐다. 송추월의 눈에 피로 물들어가는 묘심의 승복이 들어왔다. 묘심의 신형이 급하게 뒤로 물러났

다. 그런 묘심을 사내가 호랑이처럼 덮쳐 갔다. 두 사람 간의 승부는 그걸로 끝이었다. 그러나 이 싸움의 승패가 온전히 결정된 것은 아니었다. 왜냐하면 송추월이 새로운 싸움을 시작했기 때문이다.

묘심의 상처는 깊지 않았다. 그럼에도 일단 적에게 몸의 한 부분을 허락했다는 것이 싸움의 전세를 완벽하게 사내 쪽으로 돌려놓았다. 묘심은 계속해서 뒤로 물러났고, 그런 묘심을 사내가 그림자처럼 따라붙었다.

웅웅!

사내가 들고 있는 두 개의 륜이 끊임없이 묘심의 사혈 근처를 위협했다.

"잘 가시오."

그리고 한순간 사내가 묘심을 향해 벼락처럼 동시에 두 개의 륜을 던져 냈다.

기이잉!

사내의 손을 떠난 륜이 기이한 소음을 일으키며 묘심의 목과 복부를 향해 다가왔다. 묘심의 눈에 절망의 빛이 흘렀다. 사내의 손을 떠난 륜을 막아내기엔 그동안 소비한 공력이 너무 컸다. 륜을 던져 낸 사내는 두 손을 앞으로 뻗어내 두 개의 륜을 조종하듯 손을 움직이고 있었다. 두 개의 륜은 사내의 손인 것처럼 사내의 손짓에 따라 묘심의 목과 복부를 거침없이 잘라 들어갔다.

그 순간,

팟!

한줄기 매서운 파공음이 사내와 류 사이를 뚫고 들어왔다.

"음!"

순간 사내의 입에서 나직한 침음성이 흘러나왔다. 파공음이 일어난 지점엔 어느새 햇빛을 받아 눈부시게 빛나는 검날이 번뜩이고 있었다. 사내와 류 사이를 검이 찌르고 들어가자 묘심을 향하던 두 개의 류이 급격하게 흔들렸다. 그리고 다음 순간,

깡!

묘심의 손이 흔들리는 두 개의 류을 동시에 쳐냈다. 묘심의 손에 가격당한 두 개의 류이 강하게 튕겨 날아가 땅에 꽂혀들었다. 사내는 미처 류을 회수할 생각도 하지 않은 채 자신과 류 사이를 헤집고 지나가는 젊은이를 노려보고 있었다. 송추월이었다.

"놈!"

한순간 사내의 입에서 차가운 노성이 발해졌다. 더불어 사내의 눈에서 붉은 적염이 빛을 발했다. 살기를 넘어선 파멸의 기운이 사내를 휘감았다. 사내의 손이 움직였다.

우웅!

송추월은 등 뒤에서 닥쳐드는 강렬한 기운에 몸을 떨었다. 단언컨대 태어나서 지금까지 이토록 공포스러운 기운을 느껴본 경험이 없었다. 송추월은 독사 앞에 선 개구리처럼 온몸이 뻣뻣하게 굳어가는 느낌을 받았다.

'괜히 끼어들었어!'

한순간 송추월의 머릿속에 후회가 밀려들었다. 사내는 그가 감당할 수 있는 자가 아니었다. 상대의 빈틈을 찾아낸 것으로 사내가 가지고 있는 본신의 능력을 간과했던 것이 송추월의 실수였다. 빈틈이 사내를 방해할 수 있었지만 송추월에 대한 사내의 반격을 막아주지는 못했던 것이다.

"멈춰!"

아련하게 묘심의 목소리가 들려왔다. 아마도 송추월의 위기를 보고 사내의 손을 막아보려는 외침일 터였다. 그러나 사내의 손은 송추월에게 너무 가까이 다가와 있었다.

"죽어랏!"

다시 사내의 목소리가 송추월의 귀에 들려왔다. 더불어 더욱 강렬한 사내의 기운까지도. 그 뜨거움, 심장을 모두 태워 버릴 것 같은 뜨거움이 기운에서 느껴졌다. 그런데!

'이건 뭐지?'

죽음을 눈앞에 둔 상황에서 송추월은 한순간 무척 평온한 느낌을 받았다. 그건 자신을 향해 덮쳐들던 그 강렬하고 무서운 파멸의 기운이 한순간 포근한 솜털로 변한 것 같은 느낌이었다.

'이 익숙한 느낌은 도대체 뭐지?'

송추월의 신형이 움직였다. 뒤에서 달려드는 기운의 정체를 눈으로 확인하고 싶었다. 기운에 대한 느낌이 변한 만큼 송추월의 몸도 본래의 기능을 회복했다.

슉!

송추월의 신형이 한 바퀴 회전하며 닥쳐드는 기운을 옆으로 흘려냈다.

쾅!

우레 같은 장력의 파공음이 송추월의 옆구리 부분에서 터져 나왔다.

"컥!"

순간 송추월의 입에서 격한 신음성이 터져 나왔다. 비록 송추월이 느끼는 기운에 대한 느낌은 변했지만 사내가 송추월을 향해 때려댄 장력의 위력은 그대로였다. 다행인 것은 송추월이 장력에 대한 두려움을 없애고 신형을 움직인 덕에 사내의 장력이 송추월의 급소를 피해 옆구리를 스쳤다는 것.

그러나 그것만으로도 송추월은 강력한 충격을 받았다. 호흡이 멈춰지고 온몸이 파열되는 듯한 충격이 송추월을 덮쳤다. 송추월의 신형이 끈 떨어진 연처럼 허공을 날아가 땅에 고꾸라졌다.

그러나 송추월을 그렇게 종이 조각처럼 구겨 버린 사내 역시 무사하지 못했다. 어느새 묘심의 손이 사내의 등을 때려댔기 때문이다.

쾅!

사내의 등에 선명하게 묘심의 손자국이 만들어졌다.

"컥!"

순간 사내의 입에서 신음성이 흘러나오며 그의 신형이 십여 장 앞으로 날아갔다.

탁!

그러나 사내의 무공은 강했다. 강력한 묘심의 일장을 얻어 맞고도 사내는 굳건하게 땅 위에 내려섰다. 그러나 그렇다고 사내가 성한 것은 아니었다.

"울컥!"

사내가 입으로 한 모금의 피를 토해냈다. 그런 사내를 향해 묘심이 날아들었다.

"이봐요! 정신 차려요!"

송추월은 아득해져 가는 의식 속에서 서연의 목소리를 들었다. 안개처럼 가물거리는 시야로 서연의 얼굴과 고소요의 얼굴, 그리고 그 뒤쪽에서 사내를 향해 날아드는 묘심의 모습이 보였다. 그것이 그 순간 송추월이 본 전부였다.

*　　　*　　　*

"과연 그 길밖에 없겠는가?"

창백한 안색의 묘심이 서연에게 물었다. 바다가 보이는 설죽암의 암자 중 한 곳에서였다. 향이 피워져 있었고, 사람들은 조심스레 암자 앞을 서성였다. 서연과 묘심은 암자 앞에서 심각한 표정으로 이야기를 나누고 있었다.

"지금으로선 그 방법밖에 없습니다."

"아… 그렇다면 정말 큰일이군."

묘심이 탄식을 흘렸다.

"호생지덕을 베푸시는 것이 어떠실지……?"

서연이 조심스럽게 입을 열었다.

"물론 송 소협이 위험해진 이유로 보자면 당연히 기보를 내놓아야겠지만 그 기보는 내 마음대로 처분할 수 없는 것이라서……."

"하지만 스님께서 구해오셨다고 하지 않았나요?"

"그렇긴 하지만, 그렇다고 그것이 내 소유는 아니네. 그 기보는 해동의 본사로 가져가야 할 물건이라네. 이미 쓰임새가 정해져 있는 물건이기도 하고……."

그러자 서연이 조금 차가운 음성으로 말했다.

"사람의 목숨보다 소중한 기보는 없지요."

"물론 알고 있네. 하지만……."

여전히 묘심이 망설이자 서연이 묘심을 더 몰아붙였다.

"만약 송 소협이 아니었다면 그 기보는 이미 그자의 손에 들어갔을 거예요. 뿐만 아니라 스님이나 저나 이 자리에 있을 수 없었겠지요. 그자의 손에 죽었을 테니까."

"아, 알겠네. 하지만 나 혼자 결정할 문제가 아니니 다른 사람들과 상의해 보겠네."

"시간이 없습니다. 이미 송 소협의 열기가 너무 강하게 차오르고 있어요."

"알겠네. 기다리게."

묘심이 굳은 표정으로 고개를 끄덕인 후 종종걸음으로 자리를 벗어났다.

　"뭐랍디까?"

　묘심이 멀어지자 멀리서 두 사람의 모습을 지켜보고 있던 악전이 다가서며 물었다. 그 뒤에 고소요 역시 파리해진 안색으로 서연의 대답을 기다렸다.

　"상의해 보겠다고 하는군요."

　"그런데 정말 그 빙정이라는 물건이면 송 소협이 살 수 있겠소?"

　"모르죠. 일단 제 처방으로는 그래요. 지금 송 소협이 위험한 것은 그자에게 입은 상처도 상처지만 더 큰 문제는 체내의 열기에요. 상처는 제가 지닌 약재로도 치료할 수 있어요. 하지만 그자의 그 기이한 공력으로 인해 촉발된 체내의 열기는 결코 제가 손댈 수 없는 것이에요. 극양의 불길을 잠재울 수 있는 것은 결국 극음의 약재밖에 없지요. 그렇다면 역시 빙정만큼 좋은 약재가 없어요."

　"다른 방법은 전혀 없나요?"

　고소요가 물었다. 그러자 서연의 표정이 차가워졌다. 사실 따지고 보면 이 모든 일이 고소요로 인해 일어난 일이었다.

　"제가 아는 한도에선 없어요!"

　서연이 단정적으로 말했다. 그러자 고소요가 입술을 살짝 깨물더니 이내 종종걸음으로 자리를 떠났다.

　"어딜 가는 거지?"

　악전이 멀어지는 고소요를 보며 고개를 갸웃했다. 그러자 서연이 퉁명스런 목소리로 말했다.

　"뭐, 자기 때문에 일어난 일이니 가서 사정이라도 해보려는 모양이지요."

　"아니, 이 일이 왜 고 소저 때문이오? 그자가 빙정을 욕심내서 일어난 일인데."

　"그자가 빙정을 욕심내서 일어날 일은 설죽암 스님들의 죽음밖에 없었어요. 그 죽음을 송 소협이 막아냈지요. 그런데 송 소협이 그 자리에 있었던 건 결국 고 소저 때문이니 결국 송 소협이 저 지경이 된 것은 고 소저가 원인이지요."

　"쩝. 뭐, 따지자면 그렇긴 하지만……."

　"어쨌든 이번 기회에 설죽암이 어떤 곳인지 알 수 있겠지요. 정말 제대로 된 스님들이 수련하는 곳인지 아니면 기보를 아껴 사람의 목숨을 버리는 가짜 승려들이 모여 있는 곳인지."

　"거참, 서 소저는 생긴 것답지 않게 말이 참 거칠구려."

　"그 말은 제가 못생기지는 않았단 말인가요?"

　"헛, 이 상황에 농이 나옵니까?"

　"그럼 울상을 하고 있을까요? 전 그만 들어가 볼게요."

　서연이 툭 말을 내뱉고는 서둘러 암자 안으로 들어갔다.

　"하여간 보통 여인이 아니야. 하지만 그녀가 있는 것이 다행이었지. 덕분에 송 소협이 목숨을 건질 수도 있을 것 같으니까."

송추월은 화인(火人)으로 변해 있었다. 송추월의 온몸은 잘 달궈진 쇠처럼 붉게 달아올라 있었다. 그러면서도 땀은 흐르지 않았다. 어쩌면 이미 체내의 모든 수분이 증발해 버렸기 때문인지도 몰랐다.

방 안으로 들어온 서연은 침상에 누워 있는 송추월 곁에 자리를 잡고 앉았다. 그리고는 송추월의 손목을 잡고 맥을 짚었다. 잠시 후 서연이 손목을 놓고는 송추월의 얼굴을 빤히 바라봤다.

"도대체 무슨 무공을 익힌 거죠?"

마치 송추월이 깨어 있는 듯 서연이 물었다. 당연히 정신을 잃고 있는 송추월에게선 대답이 없었다.

"당신의 몸속은 마치 화산과 같아요. 뜨거운 용암이 끊임없이 당신의 몸을 헤집고 다니고 있지요. 보통 사람이었다면 벌써 검은 재가 되었을 거예요. 그런데 당신은 아직 버티고 있군요. 그건 곧 당신이 제대로 된, 아니, 세상에서 가장 뛰어난 신공을 익히고 있다는 말이 되는 거지요. 오랜 수련으로 몸 스스로 당신의 몸속에서 일어나는 용암을 체내에서 순환시키고 있어요. 덕분에 당신은 살아 있는 거고요. 이런 신공은… 정말 들어본 적이 없어요. 당신은 도대체 무슨 무공을 익히고 있는 건가요?"

서연은 무척 진지했다. 그만큼 송추월에게서 일어나고 있는 일들은 의술을 익힌 서연으로선 이해하기 힘든 것이었다.

"만약 이 기운들을 통제할 수 있다면 당신은 아마도 상상하지 못할 경지의 공력을 가지게 될 거예요. 어쩌면 세상에서 가장 강한 공력을 지닌 사람이 될지도 모르지요. 문제는 당신이 이 기운을 이기고 살아나야 한다는 거고, 그 기운들을 통제할 수 있어야 한다는 건데……."

서연이 잠시 말을 끊었다. 그리고 누가 듣기라도 할까 봐 살피듯 열어놓은 문밖을 바라봤다. 문밖에는 아무도 없었다. 그러자 서연이 여전히 시선을 문밖에 둔 채 입을 열었다.

"사실, 당신을 살리고자만 한다면 설죽암의 빙정은 필요없어요. 난 당신의 체내에 들끓고 있는 열기를 잠재울 수 있는, 아니, 뽑아낼 수 있는 침술을 지니고 있어요. 사기나 열기 혹은 독기를 침으로 뽑아내는 것은 나에게 그리 어려운 일이 아니에요. 하지만 그렇게 되면 당신은 그 막강한 힘의 근원을 잃게 될 거예요. 그저 그런 평범한 무인으로 일생을 살아야겠지요. 그 힘도 살리고 당신도 사는 방법은 역시 빙정을 복용하는 것뿐이에요. 그래서… 난 설죽암의 스님들께 당신을 살릴 수 있는 또 다른 방법이 있다는 걸 숨겼어요. 이제 운명이 당신의 인생을 결정할 거예요. 설죽암의 승려들이 빙정을 내놓지 않는다면 난 당신을 이 암자에서 데리고 나가 다른 곳에서 나의 침술로 당신을 살려내겠어요. 욕심 많은 중들이 사는 암자엔 한순간도 머물고 싶지 않으니까. 하지만 만약 설죽암의 승려들이 빙정을 내어놓는다면 당신의 몸속에서 꿈틀대는 용암 같은 힘을 모두 당신의 것으로 만들 수 있을 거예요. 더불어 빙정의 힘으로 그 열기를 제어할 수도 있겠지요. 그렇게 되면 당신은 어쩌면 무림에서 가장 강한 사람이 될 수도 있어요.”

서연이 말을 끊었다. 그리곤 송추월의 얼굴을 빤히 바라봤다. 그러면서 속삭이듯 물었다.

“만약 그렇게 된다면, 당신이 나로 인해 세상에서 가장 강한 공력을 지닌 사람이 된다면… 당신은 내게 뭘 줄 수 있나요?”

사랑의 밀어를 속삭이듯 서연이 물었다.

‘그리되면 당신을 평생 곁에 두지.’

송추월의 의식은 바깥세상을 인식하고 있었다. 그는 비록 목내이처럼 의식을 잃은 듯 보였지만 기실 그의 의식은 얼마 전부터 명료했다. 다만 그는 손발을, 아니, 온몸을 움직이지 못할 뿐이었다. 눈꺼풀조차 들어 올릴 수 없었다.

하지만 곁에서 속삭여 대는 서연의 목소리는 또렷하게 그의 귀에 들려오고 있었다.

‘당신이 날 살려낸다면 난 평생 당신을 지켜주겠어!’

송추월이 속으로 서연에게 말했다. 그러나 서연은 송추월의 말을 들을 수 없었다.

“당신이 깨어나면, 그래서 세상에서 가장 강한 공력을 지닌 사람이 된다면 내가 과연 당신 곁에 머물 수 있을까요?”

다시 서연의 목소리가 들려왔다.

‘물론!’

송추월이 서연의 물음에 속으로 대답했다. 그때 서연의 손길이 뜨거운 송추월의 이마에 느껴졌다. 그리고 다시 서연의 목소리가 들렸다.

"당신이 강해졌을 때 날 떠나지 않기를 바라요."

얼마 후 송추월의 이마에서 서연의 손이 사라졌다. 서연의 멀어지는 발걸음 소리가 송추월의 귀에 들려왔다.

*   *   *

"보물은 인연 닿는 자의 것이라고 했던가!"

설죽암의 주지 묘선이 고개를 저으며 중얼거렸다. 그녀의 앞, 소박한 목함이 놓여 있었고 그 목함을 중심으로 묘심과 묘죽 두 여승이 묘선과 같은 시선으로 목함을 바라보고 있었다.

"사제가 실망할 겁니다."

묘죽이 입을 열었다. 그러자 묘심이 조금 냉정한 목소리로 말했다.

"그렇다면 나도 실망이지."

"실망이라니요?"

묘죽이 의아한 표정을 지으며 물었다.

"선경을 이을 자가 영약이 사라졌다고 실망한다면 비난받을 일이지."

"빙정을 구해온 것은 사저 자신이 아닙니까?"

"물론 그랬지. 하지만 내가 사제를 위해 빙정을 구한 것과 사제 스스로 빙정을 욕심내는 것은 다른 문젤세. 타인을 위해 빙정을 구한 마음은 선할 수 있으나 자신을 위해 빙정을 욕심내는 마음이 선할 수는 없는 거지. 어쨌든 난 내가 이 빙정을 사제에게 가져가지 않는다고 해도 사제가 한 올도 서운해하지 않을 거라 믿고 싶네. 적어도 선경의 후예라면, 또한 사부의 뒤를 이을 사람이라면 그 정도 그릇은 될 것이라 믿네.”

“그렇기도 하군요. 하지만 사제는… 아직 어리지요.”

“아니, 어찌 어리다고 말할 수 있겠는가? 사제의 나이 이미 서른일세. 난 사제가 지나치게 오랫동안 수련하는 것이 아닌가 걱정하고 있을 정도일세.”

“선경의 무공은 난해하니까요.”

“선경의 무공이 난해하다고 한들 산속에 들어앉아 무공만 익혀서야 어찌 세상의 이치를 깨달을 수 있겠는가? 선경의 무공이 곧 세상에 대한 깨달음과 연결되어 있다면 사제도 이제 산을 내려올 시기가 되었어. 아니, 너무 늦었다고도 할 수 있지.”

묘심의 말에 문득 묘선이 입을 열었다.

“그 일은 사부께서 알아서 하실 걸세. 사부께선 우리가 가늠할 수 없는 경지에 계신 분이니 사제를 가르치시는 일에 실수가 없으실 걸세.”

묘선의 말에 묘심과 묘죽이 고개를 끄덕였다.

“그럼 두 사람도 이 물건을 그 젊은이에게 주는 것을 반대하지는 않는 거지?”

묘선이 확인하듯 물었다.

“인연이 그와 닿아 있는 물건인 듯합니다.”

묘죽이 고개를 끄덕였다.

“그가 아니었다면 마경의 후예에게 들어갔을 물건이지요.”

묘심도 고개를 끄덕였다.

“좋아. 그럼 그에게 주도록 하지. 결정을 했으니 서둘러 움직이게. 하루라도 빨리 치유를 하는 것이 중요하니까. 묘심 사매가 가주게.”

“알겠습니다, 사저.”

묘심이 고개를 숙여 보인 후 조심스럽게 목함을 들어 올렸다.

“역시 설죽암이군요.”

서연이 반가운 낯빛으로 묘심에게서 목함을 건네받았다.

“사실대로 말하자면 긴히 쓰일 데가 있는 물건이기는 했네. 하지만 결국 사람 생명만큼 중요한 것은 없다는 생각에 송 소협에게 이 물건을 건네기로 결정했네. 또한 선가는 언제나 인연을 중시하는 곳, 이 물건의 인연이 송 소협에게 닿아 있다고 판단하기도 했네.”

“어쨌든 설죽암의 결정은 칭송받을 만해요. 사실 빙정은… 세상 어느 문파라도 포기하기 쉬운 물건이 아니지요.”

“서 소저가 이 빙정으로 송 소협을 구할 수 있기를 바랄 뿐이네.”

“그건 걱정 마세요. 분명히 구해낼 수 있을 거예요.”

“소저의 사부께서 괴의 원계행 노사시라고 했던가?”

“네.”

“그렇다면 충분히 그럴 능력이 있겠군. 괴의 어른의 의술이야 강호 전체를 통틀어도 따라올 사람이 거의 없으니까.”

“저야 사부님의 발끝도 못 쫓아가지요. 하지만 빙정은 워낙 귀한 물건이니 충분히 송 소협을 구할 수 있을 거예요.”

“좋네. 그럼 부탁하네.”

“사람들의 출입을 금해야 해요.”

“알겠네.”

“그럼!”

서연이 묘심에게 받은 목함을 들고 신형을 돌려 송추월이 누워 있는 방으로 들어갔다.

“보통 사이가 아닌 모양이군. 저렇게 기뻐하는 것을 보니…….”

서연이 사라지자 묘심이 중얼거렸다.

“이봐요, 드디어 이 물건이 손에 들어왔어요. 이제 당신은 천고의 기연을 만나게 된 것이라고요.”

서연이 여전히 말없이 누워 있는 송추월을 보며 말했다. 눈을 감고 있는 송추월에게선 역시나 대답이 없다.

“좋아요. 내 생각대로 된다면 당신은 삼 일 후 말을 할 수 있게 될 거예요. 물론 지금보다 훨씬 건강한 몸으로.”

서연이 가만히 손을 올려 송추월의 이마를 짚었다. 그리고는 속삭이듯 말했다.

"바로 시작할게요. 본래 귀한 물건은 아끼다 보면 잃어버리거나 혹은 다른 사람에게 빼앗기는 법이지요. 전 그렇게 어리석지 않아요. 이 물건을 빨리 당신에게 복용시키겠어요. 무척… 차가울 거예요."

서연이 송추월의 이마를 짚었던 손을 거둬들여 이번에는 송추월의 입을 벌렸다. 목함을 열어 푸른빛이 도는 수정 같은 물건을 송추월의 입에 집어넣었다. 그리곤 고개를 숙여 송추월의 입에 가만히 입을 맞췄다.

"후욱!"

서연이 조심스럽게 송추월의 입에 입김을 불어넣었다. 그러자 송추월의 입에 담겨 있던 빙정이 순식간에 목으로 넘어갔다.

'젠장!'

송추월은 서연이 하는 모든 행동을 인지하고 있었다. 서연의 입이 자신의 입술에 닿았을 때까지만 해도 당황했지만 기분이 나쁘지는 않았다. 그런데 서연의 입김에 의해 빙정이 목을 넘어가는 순간 송추월은 자신도 모르게 욕설이 흘러나왔다. 물론 머릿속에서만 맴도는 욕설이었지만.

온 천하의 차가운 기운 중 가장 차가운 물건이 목으로 넘어온 듯싶었다. 한순간에 입이, 식도가, 그리고 오장육부가 얼어붙는 듯한 느낌이 들었다. 드디어는 발끝과 손끝까지 차가운 얼음으로 변해 버린 듯 감각이 없었다.

‘마효 그 늙은이가 준 화정만큼 독하구나.’

송추월은 정신이 아득해지는 느낌을 받았다. 이렇게라면 곧 정신을 잃을 가능성이 컸다. 그런 송추월의 귀에 아련하게 서연의 목소리가 들렸다.

“당신이 정신을 잃고 있는 것이 다행이군요. 만약 깨어 있는 상태였다면 무척 고통스러웠을 거예요.”

‘젠장!’

송추월이 다시 욕설을 뱉었다. 그러나 다음 순간 송추월은 그 자신과 서연의 바람대로 정신을 잃었다.

* * *

차가운 바람이 바다 쪽에서 불어왔다. 춘봉산이 아무리 온화한 기후라고 해도 이제 깊은 가을로 접어든 요동의 매서운 날씨를 완전히 무시할 수는 없었다. 춘봉산과 연한 바다에서 겨울을 재촉하는 바람이 절벽을 타고 넘어 설죽암으로 불어왔다.

물론 설죽암에 이른 한풍은 어느새 온기와 뒤섞여 시원한 여름밤의 해풍처럼 변했지만 그래도 그 한기는 제법 찼다.

서연은 송추월 곁에 앉아서 꾸벅꾸벅 졸고 있었다. 열어놓은 문을 통해 들어오는 바람도 서연의 졸음을 방해하지는 못했다. 그도 그럴 것이 이미 달이 뜬 지 오래인 깊은 밤이었다.

스르르!

바람이 졸고 있던 서연의 옷자락을 날렸다. 바람에 날린 옷자락이 공교롭게도 송추월의 이마에 가 닿으며 간지럽혔다. 그 순간 송추월이 눈을 떴다.

'뭐지?

송추월은 자신의 몸이 전과 다르다는 것을 깨달았다. 항상 무엇 때문인지 불안정했던 기운들이 모두 깊은 바다에 가라앉은 것처럼 차분했다. 송추월이 천천히 고개를 돌렸다. 졸고 있는 서연이 보였다. 송추월의 시선이 서연을 지나 열린 문을 향했다. 푸른 달빛이 열린 문을 통해 들어오고 있었다.

'보름인가?

열린 문을 통해 보이는 달은 만월이었다. 보름, 그렇다면 송추월의 변화는 결코 단순한 것이 아니었다. 송추월이 가만히 손을 들어 단전에 가져갔다. 여전히 평온하다.

'공력을 잃은 걸까?

송추월이 흠칫 걱정을 하며 급히 공력을 일으켰다. 순간 노도와 같은 공력이 그의 단전에서 일어났다.

'윽!'

생각지도 못했던 강력한 공력에 놀란 송추월이 급히 공력을 풀었다.

미세한, 지렁이가 발등을 기어가는 듯한 기운이 단전에서 심장 쪽으로 이동했다.

‘망할!’

송추월이 내심 욕설을 흘려냈다. 이 기운의 정체를 송추월은 모르지 않았다. 마기… 혹은 귀기라고도 할 마효가 심어놓은 기운, 바로 그것이었다. 빙정을 복용했음에도 마효가 남겨놓은 기운은 여전히 송추월의 몸속에 남아 있었다.

물론 마효가 남긴 기운이 온전히 남아 있는 것은 아니었다. 분명 기운은 예전과 달랐다. 예전의 그 강렬한 열기와 고통은 사라지고 없었다. 또한 보름이면 들끓던 파괴의 본능 또한 더 이상 느껴지지 않았다. 아니, 어쩌면 그건 송추월이 죽은 사람처럼 가만히 누워 있었기 때문인지도 몰랐다.

어쨌든 그 강렬한 열기와 고통이 사라진 것만 해도 큰 성과라고 할 만했다. 그러나… 마효가 전한 기운의 뿌리가 여전히 뽑히지 않은 채 존재하고 있다는 것을 송추월은 직감적으로 느끼고 있었다.

‘역시 화정의 열기가 문제가 아니었어.’

그동안 보름이면 끓어오르던 그 강렬한 통증과 열기는 물론 마효가 복용시킨 화정의 영향을 받은 것이었겠지만 그 화정의 열기를 승하게 만들었던 것은 바로 지금 미세하게 느껴지는 이 기분 나쁜 기운일 터였다.

이제 빙정을 복용해 화정의 열기를 중화시켰지만 마효가 심어놓은, 그가 저주라고 말했던 이 기운은 여전히 뱀처럼 송추월의 몸에 똬리를 틀고 있었다.

“제길 결국 곤륜에 가긴 가야 한단 말이군.”

송추월이 자신도 모르게 중얼거렸다. 그 순간 서연이 송추월의 목소리에 놀라 퍼뜩 잠에서 깨어났다.

"이봐요."

잠에서 깨어난 서연이 놀란 눈으로 자신을 바라보고 있는 송추월을 보며 소리쳤다.

"깼어요?"

송추월이 미소를 지었다. 몸을 움직이지 못하는 동안, 그래서 서연이 그의 곁을 지키는 동안, 송추월은 서연의 마음을 모두 알았기에 그녀를 보는 송추월의 눈길은 전에 없이 따뜻했다.

"깨어났군요."

"그래요."

여전히 송추월이 미소를 지었다.

"몸은 어때요?"

서연이 조심스레 물었다.

"좋아요. 아주 개운하군요. 내가 얼마나 잔 거죠?"

송추월은 자신이 누워 있는 동안 깨어 있었다는 걸 서연에게 말하지 않을 생각이었다.

"잤다고요? 하하, 이봐요. 당신은 거의 죽을 뻔했다고요."

"아, 그러고 보니 그렇군요. 그런데 그 망할 작자는 어떻게 됐어요?"

"누구요? 아, 그 태산오룡의 주인이란 자 말이군요. 그자는 도주했어요. 물론 당신보다 더 안 좋은 상태가 됐을 거고요."

“죽지는 않았다는 말이군요.”

“그래요. 살긴 살았죠.”

“곤란하군.”

송추월이 살짝 아미를 모았다.

“뭐가요?”

“그런 자가 살아 있다면 분명 후환이 될 겁니다.”

“글쎄요. 뭐, 살아 있긴 하지만 과연 사람 구실을 제대로 할 지는…….”

“그 정돈가요?”

“묘심 스님의 일장에 내장이 모두 상했을걸요? 물론 단전도 파괴되었을 거고요. 더불어 마지막 순간 도주하느라 선천진기 까지 끌어 썼을 테니 아마 무공을 회복하기는 쉽지 않을 거예 요.”

“그렇다면 다행이지만…….”

그러나 송추월은 가슴 한쪽에 드리우는 불안감을 떨쳐 낼 수 없었다. 그때 서연이 미소를 지으며 말했다.

“뭐, 그가 살아 있다고 해도 너무 걱정은 하지 말아요.”

“그게 무슨 말입니까?”

“당신은 이제 강호 그 누구보다도 강한 공력을 가지게 되었 으니까요.”

고소요는 복잡한 시선으로 아침 햇살 속에 방문을 나서는 송추월과 서연을 바라보고 있었다. 오랜 침묵에서 깨어난 송추월은 금세 신체의 모든 기능을 회복했지만 그날 밤은 방을 벗어나지 않고 서연과 함께 이런저런 이야기를 나누며 보냈다. 그리고 아침이 밝아 방문을 열었을 때 그곳에 고소요가 서 있었다.

기실 고소요는 송추월이 누워 있는 동안 거의 매일 아침 그가 머물고 있는 방을 찾아왔었다. 물론 문을 열고 들어가 송추월을 보지는 않았지만 그녀는 거의 매일 같은 시간에 송추월의 상태를 살피러 새벽 걸음을 했던 것이다.

그리고 드디어 오늘 그녀는 설죽암의 그 어떤 승려보다도 먼저 잠에서 깨어난, 자신의 두 발로 땅을 딛고 선 송추월을 보고 있었다. 그러나 그녀의 표정은 그리 밝지 않았다. 송추월의 곁에 언제나처럼 서연이 서 있기 때문인지도 몰랐다.

"깨어났군요."

고소요가 얼굴에 드리운 어둠을 억지로 걷어내며 말했다.

"덕분에……."

송추월이 말꼬리를 흐렸다.

"다행이에요."

"뭐, 서 소저에게 들어보니 전화위복이라더군요. 귀한 약재를 복용했다고. 설죽암에 신세를 졌습니다."

"신세라뇨. 어차피 소협이 아니었다면 다른 사람의 손에 들어갔을 물건인데요."

고소요가 애써 밝은 표정으로 말했다. 그때 멀리서 설죽암에 어울리지 않는 굵직한 남자의 목소리가 들려왔다.

“어! 송 소협! 드디어 깨어났구려!”

악전이었다. 덕분에 세 사람의 잠시간의 어색함도 끝이 났다.

第四章
북행(北行)

화마경

　소식이 전해진 것은 설죽암을 떠나기 삼 일 전이었다. 송추월이 남들이 생각하기엔 긴 잠에서 깨어난 이후 설죽암은 조금 분주하게 움직였다. 그리고 얼마 후 묘심과 고소요 등이 다시 해동을 향해 떠날 것이란 소식이 전해졌다. 물론 빙정은 송추월의 뱃속에 들어갔지만 이번에 설죽암에서 벌어진 일은 무척 엄중한 것이라 해동에 있는 설죽암의 본사에 소식을 전할 필요가 있었던 모양이다.

　고소요와 묘심이 떠난다면 송추월 등도 더 이상 설죽암에 머물 이유가 없었다. 송추월의 몸은 그 괴이한 자를 상대하기 전보다 훨씬 건강해졌으니 더더욱 그랬다.

　더불어 그 와중에 들려온 강호의 풍문도 송추월 등의 강호행을 재촉했다. 소식을 가져온 사람은 고월산장의 고수 우태였다. 우태는 평소 고무룡 곁을 그림자처럼 지키는 가신이었지만 고소요를 만나기 위해 설죽암까지 찾아들었다.

물론 우태를 만난 고소요의 반응은 송추월 때와 별반 다르지 않았다. 고소요는 우태에게 자신이 설죽암에 머물 것이라는 결심을 전했다. 그 누구의 말에도 흔들리지 않을 결심이란 걸 표정으로 보여주면서.

고무룡을 오랫동안 곁에서 모셔온 우태는 고소요의 성정을 익히 알고 있었으므로 그저 고소요의 결정을 듣기만 했다. 고무룡, 아니, 고월산장의 장주인 고모수가 온다고 해도 이 여인의 고집을 꺾기는 어려울 것이란 걸 우태는 알고 있었다. 그러니 일개 가신인 자신이 고소요의 결심을 변화시킬 수 없는 것은 당연했다.

우태는 쓸데없는 일에 헛 힘을 쓸 만큼 어리석은 사람이 아니었다. 우태는 고소요의 말을 담담히 듣는 것으로 자신의 임무를 다했다. 대신 우태는 한 가지 소식을 고소요와 설죽암의 비구니들에게, 그리고 송추월 등에게 전했다.

홍안령을 사이에 두고 북방의 무림은 서쪽 막북무림과 동쪽 요동무림으로 갈린다. 홍안령은 높고 험해서 두 무림을 구분 짓는 데 어려움이 없었으며 양쪽에 속한 문파들은 홍안령이라는 거대한 장벽으로 인해 큰 분란을 일으키지 않았다.

막북의 문파들과 요동의 문파들은 같은 듯하면서도 색다른 차이를 가지고 있었다. 막북의 문파들이 좀 더 호전적이라면 요동의 문파들은 해동 선문의 영향을 받아서인지 문무에 대한 조화를 제법 이루고 있었다. 그렇게 상이한 두 무림이 크게 충돌하지 않는 것은 역시 홍안령이라는 자연이 만든 장벽 때문이었다.

그런데 가끔 이 자연의 장벽을 뚫고 서로가 양쪽의 진영으로 들어가 분란을 일으키는 경우가 있었다. 비록 홍안령이라는 거대한 산맥이 가로막고 있다고는 해도 그 홍안령을 빼고 나면 서로가 인접한 무림이라 양쪽 문파 간에 이해가 얽히는 일이 종종 있었기 때문이다.

특히나 요동 북쪽의 문파들은 막북의 문파들에 비해서도 그 호전성에서 크게 뒤떨어지지 않았으므로 일단 홍안령을 사이에 둔 양편의 문파가 분란을 일으키면 그 결과는 참혹하기 이를 데 없는 지경에 이르는 것이 보통이었다.

우태가 가지고 온 소식은 바로 그 홍안령을 사이에 두고 벌어진 막북무림의 한 문파와 요동무림의 한 문파 간의 분쟁이었다.

"대산문? 못 들어본 문파군요."

악전이 고개를 갸웃했다. 그러자 우태가 고개를 끄덕이며 말했다.

"그러실 겁니다. 대산문은 근자에 들어서는 요동에서도 잘 알려지지 않은 문파지요."

"문주가 누굽니까?"

"적표라는 사람입니다만……."

"적표라… 역시 못 들어본 이름이군요."

"무림에 많이 알려진 인물은 아니지요. 사실 대산문은 현재에 들어서는 요동무림에서 크게 존중받는 문파가 아닙니다."

"그런가요? 그런데 어떻게 막북의 황문을……?"

악전이 다시 고개를 갸웃하며 물었다.

"그게 지금 모든 사람들의 의문이지요. 본래 대산문의 시작은 흥안령에서 발호한 마적 떼라는 것이 정설입니다."

"호? 마적이오?"

"그렇습니다. 물론 대산문은 그에 대해 언급을 피하고 있지만 대산문의 선조가 흥안령의 마적이었다는 사실은 거의 확실합니다. 그러던 것이 현 문주인 적표의 조부 적문의 시대에 들어 무리를 이끌고 산을 내려와 대산문을 세웠지요. 적문은 마적 출신임에도 불구하고 문무를 겸전한 사람으로 알려져 있습니다. 그리고 적어도 그의 시대에 대산문의 성세는 요동의 북쪽을 거의 아우를 정도로 대단했다고 합니다."

"그렇다면 문파에 저력이 있다는 말이군요."

"그렇다고도 할 수 있지요. 하지만 그의 아들과 현 문주 적표의 시대로 접어들면서는 과거 적문이 이룩했던 문파의 성세를 크게 상실했지요. 해서 작금에 들어서는 강호의 문파라기보다 그저 흥안령 주변에 대목장을 개척한 마문(馬門) 정도로 여겨지고 있었습니다."

"음, 그렇군요. 그런데 그런 그들이 막북무림의 강자라는 황문의 공격을 막아냈다는 거지요?"

"그렇습니다. 더불어 황문의 이대호법 중 한 명인 엄식이 이번 싸움에서 목숨을 잃었다고 합니다. 그러니 더더욱 놀랄 밖에요."

우태를 중심으로 십여 명의 사람이 모여 있었다. 당연히 고소요를 포함한 설죽암의 비구니들과 송추월 일행이었다.

우태가 가져온 소식은 드물게 일어나는 막북무림의 문파와 요동무림의 문파 간의 싸움 소식이었다.

홍안령 북쪽에 대산문이라는 문파가 있다. 우태의 말처럼 무림의 문파라기보다는 대목장을 운영하는 마문으로 더 잘 알려진 문파였다. 그 대산문에서 홍안령을 넘어 서쪽으로 가면 막북무림의 강자 중 하나인 황문이 있다.

황문은 대산문과는 달리 무림에 널리 알려진 문파였다. 대대로 뛰어난 고수들을 다수 배출했고, 그 행적이 대담하고 호전적이어서 강호의 무림인들이 황문의 문도를 만나는 것을 극히 꺼려했다.

비교를 하자면 대산문은 황문의 적수가 될 수 없었다. 그런데 그 두 문파가 홍안령을 사이에 두고 분쟁을 일으킨 것이다. 강호에 알려진 대로라면 당연히 대산문은 황문에 의해 멸절되거나 혹은 무릎을 땅에 꿇고 살기를 구했어야 할 테지만 우태의 말에 의하면 오히려 패퇴한 쪽은 황문이었다.

물론 황문의 일부 고수였다지만 적어도 홍안령을 넘어 대산문을 공격하려 했다면 황문에서도 뛰어난 자들을 보냈을 것임이 분명했다. 그런데 그런 황문의 공격을 막아냈을 뿐만 아니라 그들을 홍안령 너머로 쫓아냈다고 하니 일개 마문으로 알려진 대산문으로서는 놀라운 성과가 아닐 수 없었다.

"그런데 그게 요동삼문의 움직임과 무슨 상관이 있다는 겁니까?"

문득 설죽암의 고승 묘죽이 물었다. 우태가 가져온 소식이 황문과 대산문 간의 분란 소식뿐이라면 그건 좌중의 사람들에게 큰 주목을 끌 일이 아니었다. 무림문파 간의 싸움이야 하루 이틀 일도 아니었으니까. 문제는 그 싸움으로 인해 요동삼문이 움직였다는 소식이 뒤를 이었던 것이다. 요동삼문이 움직였다는 것은 결국 요동무림이 움직였다는 말과 같다. 설죽암이 요동무림에 적을 두고 있는 이상 요동삼문의 움직임은 그들에게도 민감한 문제일 수밖에 없었다. 비록 설죽암이 무림에 나서지 않는 은자들의 암자라 할지라도.

"대산문은 황문의 침입자들을 물리치고 곧바로 요동삼문에 사람을 보내 구원을 청했습니다."

"싸움에 이겼는데 구원을 청하다니, 이상한 일이군요."

설죽암의 여승들 중 법 자 돌림의 법호를 쓰는 법화 스님이 의문 어린 표정으로 입을 열었다.

"대산문으로서는 황문이 다시 공격해 올 것이라 생각한 모양입니다."

"그럴 수도 있겠군요. 황문이라는 문파가 일단 싸움을 시작하면 끝을 보는 곳이니 필시 다음번에는 전력을 모아 흥안령을 넘을 가능성이 크지요."

악전이 고개를 끄덕였다.

"해서 대산문에선 그에 대비해 발 빠르게 요동삼문에 구원을 청한 듯합니다. 요동삼문이 그에 응해 고수들을 대산문으로 파견했고 말입니다. 더불어 요동무림의 군소문파들에게 파발을 돌렸지요. 대산문으로 고수를 파견해 달라고."

"그것참, 비록 황문이 제법 대단하다고는 해도 요동삼문 중 한 곳만 나서도 능히 막아낼 수 있을 텐데 삼문이 모두 나서는 것으로도 모자라 요동 전 무림에 사람을 보냈다니 이해할 수가 없군요."

악전이 고개를 저으며 중얼거렸다. 그러자 우태가 심각한 표정으로 대답했다.

"이번 회합의 목적은 대산문을 구하는 데 있는 게 아니라는 말이지요."

"무슨 말입니까?"

"물론 대산문을 황문의 공격으로부터 막아내는 것이 첫 번째 목적이기는 하지만, 그보다는 이번 기회에 그동안 암중에서 논의되어 왔던 요동무림의 일통을 도모하려는 것이 요동삼문의 생각인 듯합니다. 마침 명분도 있지요. 막북무림의 침입에 대비해야 한다는…….”

“황문의 공격이 막북무림 전체가 흥안령을 넘을 거란 말은 아니지 않습니까?”

“물론 그렇지만 필요한 사실이 아니라 그저 명분일 뿐이니까요.”

우태의 대답에 장내의 고수들이 제각기 고개를 끄덕였다. 기실 요동무림의 회합은 수년간 물밑으로 계속해서 논의되어 왔다. 이미 강호에 사패가 우뚝 서 천하를 호령하고 있었기에 그에 대응해 요동무림이 하나의 세력을 만들어야 한다는 것은 요동무림 전체의 공의(公儀)이기도 했다. 하지만 그동안은 서로 요동무림의 주도권을 놓고 저울질만 해오던 처지였다. 그러던 것이 대산문의 일을 계기로 요동무림이 움직이기 시작한 것이다.

“일단 주사위가 던져졌으니 앞으로 요동무림에 풍운이 일겠구려.”

설죽암의 주지 묘선이 어두운 표정으로 중얼거렸다.

“무림이란 곳에 풍파가 없을 수 없지요. 너무 신경 쓰지 마십시오.”

묘심이 차분한 목소리로 말했다.

“우린 어찌해야 하는 것입니까?”

문득 법화가 물었다.

“설죽암이 언제 강호의 일에 관여한 적이 있었던가? 요동삼문도 그를 알고 있어 우리에겐 사람을 보내지 않을 것일 테지.

우린 그저 수도에 전념하면 그뿐이네.”

“파장이 미치지 않을까요?”

법화가 조심스레 물었다.

“그때는 그때 가서 대처하면 될 일이네. 하지만 걱정할 필요
는 없네. 누구도 설죽암을 흔들지는 못할 테니까.”

묘선의 목소리에선 흔들리지 않는 자신감이 묻어났다. 그
럼에도 불구하고 송추월 등은 묘선의 말이 자신들을 과신하는
것이라고 생각하지 않았다. 설죽암의 승려들이 태산오룡과
그 주인을 자처하는 자를 상대하는 것을 두 눈으로 보았으므
로.

“어쨌든 저희들은 삼 일 뒤 해동으로 떠나겠습니다.”

묘심이 묘선을 보며 말했다.

“그리하게. 그자의 행적을 덮어둘 수는 없는 일이지.”

“사부께서 어찌 대처하실지…….”

“이후의 일은 우리가 신경 쓸 일이 아니네. 사부께서 알아서
하실 걸세.”

묘선의 대답에 묘심이 고개를 끄덕이고는 입을 닫았다.

“저희도 삼 일 뒤에 떠나도록 하겠습니다.”

송추월이 입을 열었다.

“몸은 괜찮겠소?”

묘선이 물었다.

“오히려 한결 좋아진 듯합니다.”

“다행이구려.”

묘선이 부드러운 미소를 흘렸다.

"모두가 설죽암에서 기보를 내어주신 덕분이지요."

"그 이전에 송 시주께서 목숨을 버려가며 설죽암을 도왔으니 설죽암으로서는 당연히 해야 할 일을 한 것뿐이오. 자, 그럼 떠날 사람들은 떠날 준비들을 하시구려."

묘선이 자리를 털고 일어났다. 그러자 장내에 모여 있던 사람들도 제각기 자리에서 일어나 뿔뿔이 흩어졌다.

삼 일 후 송추월과 서연, 그리고 악전은 다시 묘심, 고소요 등과 함께 설죽암을 떠났다. 그리고 반나절이 지나 사통으로 길이 나 있는 사거리에서 일행이 걸음을 멈췄다.

"이제 헤어질 때가 되었구려."

묘심이 동쪽 길로 다가서며 말했다. 동쪽 길을 따라가면 압록이 나올 것이고 그곳에서 설죽암의 비구니들은 강을 넘을 것이다.

"아버님과 오라버니께 잘 말씀드려 주세요."

고소요가 고월산장의 고수 우태를 보며 말했다.

"아가씨의 말씀 그대로 전하겠습니다."

"이해해 주실 거예요."

"언제 돌아오십니까?"

"글쎄요. 그건 알 수 없는 일이네요."

"돌아오시면 산장에 한번 들르시겠습니까?"

"글쎄요. 그것 역시……."

"알겠습니다. 일단 설죽암에 몸을 의탁하셨다는 것만으로
도 장주님과 공자께서 큰 위안을 삼으실 겁니다. 아가씨를 잘
부탁드립니다."

우태가 묘심에게 고개를 숙여 보였다. 그러자 묘심이 가벼
운 미소를 지으며 말했다.

"너무 걱정 마시구려. 소요는 내가 본 아이 중 가장 심지가
굳으니 자신의 일은 스스로 잘 알아서 처신할 것이오. 고 장주
께 그리 전해주시구려."

"알겠습니다."

"자, 그럼 우린 가겠소. 송 소협, 나중에 인연이 되면 다시
봅시다."

묘심이 특별히 송추월에게 인사말을 건넸다.

"다시 뵙기를 바라겠습니다."

송추월이 고개를 숙여 보이자 묘심이 이내 신형을 돌렸
다.

"다시 만날 수 있을지 모르겠군요."

묘심은 이미 걸음을 옮기고 있었지만 뒤에 남은 고소요는
송추월을 보며 차분하게 말을 건넸다.

"인연이 있다면 만나겠지요."

"그래요. 인연이 있다면… 하지만 우리 인연은……. 갈게
요."

고소요가 말꼬리를 흐리고는 훌쩍 신형을 날려 묘심을 따라
붙었다.

"그예 가고 마는군. 흐흠……."

멀어지는 고소요를 보며 악전이 혀를 찼다. 그러자 우태가 송추월 등을 보며 물었다.

"세 분은 어디로 가시려는지……?"

"전 대련으로 내려가 배를 탈 생각이외다."

악전이 대답했다.

"악가로 돌아가시려는 겁니까?"

"뭐, 떠난 지 한 삼 년 되었으니 얼굴은 보여야 할 것 같소이다. 아니면 무서운 가주께서 영영 쫓아낼지도 모르니……. 송소협, 함께 가시겠소?"

악전이 송추월에게 물었다. 그러자 송추월이 잠시 생각에 잠겼다가 서연을 보며 입을 열었다.

"어떻습니까?"

"제가 결정하면 절 따라오실 건가요?"

"뭐, 그러지요."

"호호, 이거 영광인데요? 전 떠난 여인을 그리워할 줄 알았는데."

"그게 무슨 말입니까?"

"아, 아니에요. 보자… 전 아무래도 북쪽으로 가는 게 재밌을 것 같아요."

"북쪽이라면……?"

"황문과 대산문의 싸움이 어떻게 진행되는지, 그리고 요동 무림이 과연 회합을 이뤄낼지 궁금해요. 제 뿌리는 어쨌든 요

동무림이니 이 중요한 시기에 요동을 떠나는 것은 좋은 일이
아닌 듯해요.”
“그럼 저도 북쪽으로 가지요.”
송추월이 망설이지 않고 말했다. 그러자 악전이 아쉬운 표
정을 지으며 말했다.
“허허, 이거 정말 아쉽구려. 난 두 분이 나와 함께 중원으로
갈 줄 알았는데…….”
“처음엔 그럴 생각이었지만 아무래도 요동에 남아야 할 것
같아요.”
서연이 악전의 말에 대답했다.
“뭐, 어쩔 수 없는 일이구려. 그럼 나도 그만 가보겠소. 송
소협, 그간 즐거웠소.”
“저 또한 즐거웠습니다.”
“보자… 이대로 헤어지기는 아쉽고, 우리 삼 년 뒤에 다시
고월산장에서 만나는 것은 어떻소?”
“특별한 일이 없다면 그리하지요.”
“하하, 좋소. 그럼 그때 다시 봅시다. 서 소저, 우 대협, 그럼
이 몸은 이만 가보겠소이다.”
악전이 서연과 우태에게 포권을 해 보이고는 훌쩍 신형을
돌려 남쪽 길을 향해 달려나가기 시작했다.
“두 분께서 북쪽으로 간다면 산장으로 가시는 것이 어떠실
지?”
악전이 떠나자 우태가 송추월과 서연을 보며 물었다. 그러

자 송추월이 고개를 저었다.

"아닙니다. 이곳저곳 돌아보며 천천히 올라가겠습니다. 우대협께선 길이 급하시니 먼저 떠나십시오."

"그러시겠소이까? 그럼 난 먼저 가보겠소이다."

우태가 굳이 두 번 권하지 않고 신형을 날려 북쪽 길을 따라 달리기 시작했다.

그렇게 설죽암을 나선 사람들이 사방으로 떠나자 이제 장내엔 송추월과 서연 두 사람만 남게 되었다. 두 사람은 떠난 사람들의 모습이 완전히 사라질 때까지 그 자리에 서 있었다.

"우리도 가요."

더 이상 길 위에 사람의 모습이 보이지 않자 서연이 말했다.

"가죠."

송추월이 고개를 끄덕이고는 천천히 걸음을 옮기기 시작했다.

*　　*　　*

나무들이 깊은 가을에 취해 옷을 벗고 있었다. 하나둘 떨어지기 시작한 나뭇잎들로 인해 나무들은 어느새 허연 속살을 고스란히 드러내고 있었다.

한풍이 북쪽으로부터 불어왔다. 그 바람에 다시 낙엽들이 눈송이처럼 숲에 날아 내렸다. 그러자 순백의 자작나무 줄기들이 옷을 벗어던지고 신령스런 자태를 뽐냈다.

　송추월과 서연은 세 필의 말을 끌고 자작나무 숲을 걷고 있었다. 한 필의 말에는 여행에 필요한 물건들이 얹혀 있었고 다른 두 필의 말에는 덩그러니 안장만 올려져 있었다.

　두 사람이 말에서 내려 걷기 시작한 것은 자작나무 숲에 들어선 지 일각여가 지난 후부터였다.

　"숲이 좋아요. 말을 타고 가기엔 아까워요."

　서연이 훌쩍 말에서 내리며 한 말에 송추월 역시 묵묵히 서연을 따라 말에서 내렸다.

　"신령스럽지요?"

　서연이 고개를 들어 하늘을 향해 은빛 자태를 드러내고 있는 자작나무들을 보며 말했다.

　"그렇군요."

　송추월이 짧게 대답했다. 그렇다고 송추월에게 자작나무 숲에 대한 감흥이 없는 것은 아니었다. 그 또한 길게 이어진 숲에 경탄하고 있었다. 자작나무 숲의 진가는 여름이 아니라 가을, 잎이 모두 지고 난 후에 발휘된다. 인간이 이름과 명성의 허울을 모두 던져 버린 후에야 그 진실한 모습을 드러내듯이.

　"이제 조금만 더 가면 장춘이 나올 거예요. 그곳에서 조금 쉬어가요. 그곳에 도착하면 대산문의 소식을 좀 더 자세히 알 수도 있을 거예요."

　"대산문이 대흑산 인근에 있다고 했었나요?"

“그래요. 물론 대흑산보다야 훨씬 남쪽이지만 대산문 이북
으로는 이름난 문파가 없으니 결국 대흑산에 가장 가까운 문
파지요.”

“얼마나 걸릴까요?”

“뭐, 급히 가면 보름이면 도착하겠지만… 우리가 서두를 이
유는 없잖아요?”

“그렇지요. 그나저나 장춘이라……..”

“왜요?”

“장춘 하면 천리표국이 유명하죠?”

“그렇죠. 장춘은 천리표국의 터전이라 할 수 있지요. 표국
이라고는 하지만 사실은 무가에 가까운 곳이죠.”

“천리표국이라……..”

송추월이 문득 대일을 떠올렸다. 대호산을 내려온 지도 어
느덧 일 년여가 지나고 있었다. 그동안 대호채의 다섯 친구 소
식은 듣지 못했다. 하지만 다섯 사람이 이후 어떻게 살아갈지
는 대략 짐작되어지는 바가 있었다.

당연히 곽풍산은 큰 산채를 세웠을 것이다. 물론 그 산채가
대호산에 있을지, 아니면 용호채가 선 무악산에 있을지는 알
수 없지만. 부루는 어디선가 무림의 강자가 될 준비를 하고 있
을 것이다. 다른 사람이라면 몰라도 적어도 부루라면 아마도
다섯 친구 중 가장 치밀하게 자신의 삶을 설계하고 있을 것이
분명했다.

제일 그 삶을 추측하기 힘든 것은 원무극이었다. 원무극이

익힌 세우검은 살검, 그가 익힌 무공대로라면 어디서 살수 노릇을 하고 있어야 할 것이지만 원무극의 성정에 금자를 받고 사람을 죽이는 일을 감당할 수 있을지는 의문이었다.

그리고 대일, 처음부터 표사를 꿈꾸었던 대일이 천리표국을 찾았을 것은 거의 확실했다. 그리고 아마도 어렵지 않게 천리 표국의 표사가 되었을 것이다. 대일의 무공은 표사로 살기에는 아까울 만큼 대단한 것이었다. 더군다나 천리표국의 표두 중 한 명인 우정산과도 인연이 있으므로 어쩌면 천리표국에서 귀한 대접을 받고 있을지도 몰랐다.

'찾아가 볼까?

문득 헤어진 사람들에 대한 그리움이 떠올랐다. 기회는 흔히 오는 것이 아니다. 일부러 장춘을 찾지 않는 이상 이번이 아니면 또 언제 만날 수 있을지 몰랐다.

'표행을 나가지 않았다면!'

송추월의 가슴이 설레었다.

봄이 길다는 고장은 그러나 매서운 바람으로 싸여 있었다. 북방의 어느 성읍이 늦가을에 봄기운을 느낄 수 있을까? 곳곳의 수목들이 앙상한 뼈를 드러내 더더욱 을씨년스러운 풍경을 뒤로하고 송추월과 서연은 말을 몰아 장춘의 남쪽 길을 따라 성읍으로 들어섰다.

"사람이 많아요."

서연이 좌우를 돌아보며 말했다. 과연 서연의 말처럼 남쪽

관도를 통해 장춘으로 들어가는 사람들이 제법 많았다.

"장춘은 큰 도읍이지요. 더군다나 천리표국이 있어서 요동 북쪽 일대의 산물이 모이는 곳이기도 하고요."

"그렇긴 하지만……."

서연이 말꼬리를 흐렸다.

"뭐 이상한 것이라도 있습니까?"

"무림인들이 생각보다 눈에 많이 띄네요."

그러고 보니 장춘으로 들어가는 사람들 중 삼 할은 몸에 도검을 패용하고 있는 무림인들로 보였다.

"역시 대산문과 황문 때문인가 보군요."

"그럴 거예요. 대산문으로 가려면 일단 장춘을 거쳐야 하니까요. 조심해야겠어요."

"왜요?"

"본래 사람이 많이 모이는 곳에선 반드시 분란이 일어나게 마련이니까요."

"정말 너무 심하네요."

객방에 들어 탁자에 짐을 풀며 서연이 투덜거렸다.

"어쩔 수 없지요. 지금 장춘의 모든 객잔이 사람들로 가득 찼다고 하니……."

"하지만 이런 방이 하룻밤에 은자 열 냥이라니."

서연이 두 사람이 든 방을 둘러보며 인상을 찡그렸다. 두 개의 침상과 하나의 탁자가 놓인 방은 사방으로 네 평도 되어 보이지 않을 정도로 작았다. 평소라면 은자 두 냥도 주기 아까운 방이었다. 다행인 것은 그래도 밖으로 작은 창이 하나 나 있다는 것 정도.

송추월이 천천히 창 쪽으로 다가가 창문을 열었다. 그러자 시끄러운 사람들의 목소리가 들려오며 객잔 아래로 이어진 시전이 눈에 들어왔다. 곧게 이어진 길을 따라 좌우로 늘어선 시전에는 수많은 사람들이 오가고 있었고, 곳곳에서 흥정을 싸움처럼 해대는 장사꾼들의 높은 목소리가 들려왔다.

송추월의 시선이 늘어선 시전을 따라 위로 올라갔다. 그러자 시전 끝, 거대한 장원 하나가 눈에 들어왔다. 천리표국이었다.

"천리표국이군요."

송추월 곁으로 서연이 다가서더니 머리를 창 쪽으로 쑥 내밀고 천리표국에 시선을 주며 말했다.

"아는 사람이 있다고 했죠?"

서연이 말을 이었다.

"확실한 것은 아니에요."

"그래요? 누군데요?"

"산에서 같이 살던 친구 놈이지요."

"그럼… 산적?"

"네."

"호호호!"

서연이 갑자기 웃음을 터뜨렸다.

"뭐가 이상한가요?"

갑작스런 서연의 웃음에 송추월이 의아한 눈으로 서연을 보며 물었다.

"산적이 표사가 되었다니 우습잖아요. 이거… 고양이에게 생선을 맡긴 격 아닌가요?"

"후후, 그럴지도 모르지요."

서연의 말이 꼭 틀린 것은 아니었다. 만약 대일이 수행하는 표행이 대호산이나 무악산을 넘게 되면 어쩌면 대일은 곽풍산을 만날 수도 있었다. 아마도 그런 일이 벌어지면 대일은 곽풍산을 막고 표행을 지킬 놈은 아니었다.

"농담이에요. 언제 가보실래요?"

"지금이라도 갈까요?"

"뭐, 해가 많이 남아 있으니… 그래요. 시전 구경도 하고!"

서연이 비싼 방 값으로 인해 상했던 기분을 털어낸 듯 시원하게 대답했다.

송추월과 서연은 느리게 시전을 따라 올랐다. 곳곳에 보기 힘든 진귀한 물건들이 모습을 보였고, 각지에서 모여든 다양한 복색의 상인들이 분주하게 거래를 시도하고 있었다.

두 사람이 묵고 있던 객잔에서 천리표국까지는 바쁜 걸음이라면 일각이 걸리지 않을 거리였지만 워낙 느리게 움직이는 통에 두 사람은 객잔을 나선 지 이각이 지나서야 천리표국 앞에 도착했다.

“이건 시전보다 더하군요.”

천리표국 앞에 도착한 서연이 혀를 내두르며 말했다. 그도 그럴 것이 천리표국 앞은 사방으로 근 일백여 장에 이르는 공터가 있었는데 그 공간을 말과 마차, 그리고 상인들이 가득 메우고 있었던 것이다.

“생각보다 훨씬 대단하군요.”

모여든 마차와 사람들은 모두 천리표국과 거래를 하고 있는 사람들이 분명했다. 그들은 구불구불 길게 줄을 선 채 천리표국 안으로 들어갈 순서를 기다리고 있었다. 개중에는 기다리는 사람들을 상대로 장사를 하는 사람들도 간혹 눈에 띄었으나 대부분은 천리표국으로 들어가려는 사람들이었다.

“이러니 천리표국의 위세가 무림문파에 버금간다는 것이겠지요. 앞으로 가요.”

서연이 송추월의 소매를 끌고 사람들을 헤치며 앞으로 나아갔다. 사람들을 비집고 나가자 드디어 천리표국의 정문이 눈에 들어왔다. 천리표국의 정문은 모두 세 칸으로 이루어져 있었다. 그중 가운데 문은 마차 두세 대가 한꺼번에 통과할 수 있을 정도로 컸고 나머지 두 개의 문은 좌우로 나뉘어져 사람 서너 명이 드나들 수 있는 정도의 크기를 가지고 있었다.

세 개의 문 앞에는 공히 천리표국의 표사들이 도검을 패용하고 출입하는 자들을 일일이 점검하고 있었는데, 특히 길게 이어진 줄의 종착점인 가운데 정문 앞에는 근 십여 명에 달하는 표사들이 엄중한 모습으로 표국으로 들어가려는 사람들을 하나하나 조사하고 있었다.

"보아하니 가운데 문은 상인들이 출입하는 곳 같아요. 짐이 없는 사람은 왼쪽 문을 이용하고요. 오른쪽 문은 아마도 표국 사람들만 이용하는 곳인 듯하군요."

눈 빠른 서연이 이내 세 문의 용도를 파악한 듯 말했다.

"그럼 우린 왼쪽 문으로 가야겠군요."

송추월이 걸음을 옮겼다. 왼쪽 문은 중앙의 대문에 비하면 사람이 적었다. 그래도 줄은 이어져 있어서 송추월 등이 문을 지키는 표사와 얼굴을 맞대고 섰을 때는 앞으로 스무 명 정도 의 사람이 표국 안으로 들어간 후였다.

"어떻게 오셨소?"

중년의 단단해 보이는 체구를 지닌 표사가 송추월과 서연을 번갈아 보며 물었다.

"사람을 찾아왔습니다."

"사람? 표국 사람이오?"

"아마도……."

송추월의 대답에 표사의 눈살이 찌푸려졌다. 송추월의 대답 대로라면 천리표국에 있는지도 확실치 않은 사람을 찾아왔다 는 것이다.

"누구요?"

표사가 내심을 얼굴에 드러내며 물었다.

"대일이라고… 혹, 아십니까?"

송추월의 물음에 표사가 심드렁한 표정을 지으며 생각에 잠겼다가 화들짝 놀라 눈을 크게 뜨며 되물었다.

"지금 대일이라고 했소?"

"그렇습니다."

"설마… 당신이 찾고 있다는 그 대일이란 사람이 이십대에 청룡도를 쓰는 사람이 맞소?"

"맞습니다. 이곳에 있군요."

송추월의 대답에 표사가 급히 공손한 모습으로 변했다. 그리고는 조심스럽게 물었다.

"대 표두님을 찾아오신 것이구려. 그런데 대 표두님과는 어떤 사이신지……?"

"표두? 대일 그 친구가 표두가 됐습니까? 표사가 아니라?"

이번에는 송추월이 놀란 표정으로 물었다. 그러자 질문을 받은 표사가 여전히 조심스런 얼굴로 대답했다.

"그렇습니다. 대 표두님이 표두가 된 것이 얼마 되지 않은 일이라 미처 모르고 계신 모양이시구려. 대 표두께서는 지난번 표행에서 혁혁한 공을 세워 이번에 천리표국의 열세 번째 표두로 승차하셨습니다. 천리표국 역사상 최연소 표두가 되신 거지요."

"헛! 출세했네."

"그렇지요. 대단한 출세지요. 우리 천리표국의 표두는 강호에서도 한 수 접어주는 대접을 받지요. 그런데… 친구 분들이라고 하셨습니까?"

표사의 말투가 완전히 변했다. 그는 마치 대일이 눈앞에 있기라도 한 듯 송추월에게 공손한 모습을 보였다.

"그렇습니다. 한동안 함께 지냈지요. 그런데 대일 그 친구, 지금 표국에 있습니까?"

"아, 물론 계십니다. 바로 기별을 넣지요. 그런데 누구라고 전할까요?"

"송추월이 찾아왔다고 전하면 바로 나올 겁니다."

"알겠습니다. 잠시 기다리십시오."

표사가 가볍게 고개를 숙여 보인 후 서둘러 문 안으로 사라졌다.

대일이 청룡도를 어깨에 둘러메고 먼지를 일으키며 바람처럼 달려나온 것은 그로부터 채 일각이 지나지 않아서였다.

"추월!"

대일의 거대한 목소리에 천리표국 앞에 진을 치고 있던 사람들이 놀라 시선을 돌렸다.

"오랜만이다?"

추월이 빙그레 미소를 지으며 대답했다.

"하하, 정말 추월, 네 녀석이구나. 난 설마 네 녀석이 날 찾아올 거라곤 기대치 않아 긴가민가했었다."

"보기 좋구나!"

송추월이 깔끔한 무복을 차려입어 강호의 일대 영웅의 풍모를 풍기는 대일을 보며 말했다.

"흐흐, 내가 좀 출세했지? 이래 봬도 내가 대천리표국의 표두란 말씀이야."

"난 표사 노릇이나 하고 있을 줄 알았는데."

"나도 내가 표두가 될 줄은 몰랐다."

"어떻게 된 일이냐?"

"흐흐, 운이 좋았지. 자세한 건 들어가서 얘기하자. 들어와."

대일이 송추월을 문 안으로 이끌었다.

"같이 온 사람이 있어."

"응? 누구?"

"여기, 이분이야. 서 소저라고……."

"반가워요. 서연이에요. 송 소협에게 얘기 많이 들었어요."

서연이 평소의 성정대로 스스럼없이 대일에게 인사를 건넸다. 그러자 대일이 조금 당황한 표정을 짓다가 이내 너털웃음을 터뜨리며 마주 포권을 했다.

"엇허허! 반갑습니다. 대일이라고 합니다. 그런데… 이것 참, 추월 이 녀석, 재주도 좋다?"

"무슨 소리야?"

"아니, 산을 떠난 지 얼마나 됐다고 벌써 이런 아리따운 아가씨를. 어허허!"

"쓸데없는 소리 말고 어서 들어가기나 해."

"음, 알았다. 들어가서 네 녀석에 대해 좀 더 자세한 이야기를 듣도록 해야겠다. 어허허!"

대일이 연신 음흉한 미소를 흘리며 송추월과 서연을 안으로
이끌었다.

문을 통과하자 거대한 전각들이 눈에 들어왔다. 천리표국은
밖에서 보던 것보다 훨씬 거대했다. 수십 채의 전각이 줄지어
늘어서 있었고, 장원이 마치 성이라도 된 듯 사방으로 반듯한
길들이 놓여 있었다.

대일은 송추월과 서연을 이끌고 서쪽 길을 따라 이동했다.
그렇게 일각여를 이동하자 세 사람 앞에 제법 커다란 건물이
나타났다. 지어진 지 얼마 되지 않아 보이는 건물에서는 아직
도 풋풋한 목향이 묻어났다.

"여기가 내가 있는 곳이야."

대일이 자랑스럽게 말했다.

"좋은데?"

빈말이 아니라 송추월이 보기에도 썩 괜찮아 보이는 건물이
었다.

"이 건물이 말이야, 천리표국에서 가장 최근에 지어진 건물
이야. 바로 날 위해 지어진 곳이랄까."

"정말 널 위해 지은 건물이란 말이냐?"

송추월이 놀라며 물었다. 그러자 대일이 씩 미소를 흘리며
대답했다.

"뭐, 처음부터 날 위해 지어진 건물은 아니지만 결과적으로

그렇게 되었다는 말이다. 자, 들어가자."

대일이 어깨를 으쓱하며 송추월과 서연을 안으로 데리고 들어갔다.

건물 안으로 들어서자 더 짙은 소나무 향이 코끝으로 밀려들었다. 제법 큰 대청을 지나 대일이 두 사람을 이층으로 이끌었다. 두 개의 층으로 이루어진 건물 위층은 복도를 따라 양옆으로 방들이 길게 늘어서 있었다.

대일은 그 복도를 따라 동쪽으로 이동한 후 제법 큰 문 앞에서 걸음을 멈췄다.

"여기가 내 방이야. 들어와."

대일이 힘차게 문을 밀었다. 그러자 제법 화려한 공간이 송추월의 눈에 들어왔다. 십여 명이 둘러앉을 수 있는 탁자와 그 앞쪽에 너른 서탁이 놓여 있었다.

"이곳에선 내가 일을 보고 저쪽은 내가 잠자는 곳이야."

대일이 대청과 연해 있는 작은 문을 가리켰다.

"정말 출세했구나."

송추월이 다시 감탄사를 흘렸다.

"흐흐, 천리표국의 표두가 만만한 자리는 아니지."

"네놈이 그토록 표사가 되겠다는 소리를 해댄 이유를 알겠다."

"어때, 조금 후회되지 않아?"

"뭐가?"

"너도 날 따라서 표사가 되었다면 네가 표두가 되었을 수도 있잖아."

"그런 거라면 난 후회없다. 귀찮아."

"망할 놈, 이럴 땐 영 게으름뱅이란 말씀이야."

대일이 눈을 흘기며 말했다.

"자, 이제 말해봐. 어떻게 된 거야?"

송추월이 마치 자기 방이라도 되는 듯 의자를 빼 털썩 엉덩이를 붙이고 앉으며 말했다. 그러자 대일이 얼른 서연 앞의 의자를 빼며 말했다.

"서 소저께서도 앉으시지요."

"고마워요."

서연이 스스럼없이 대일이 빼준 의자에 앉았다. 그러자 대일이 두 사람 맞은편에 가 앉으며 입을 열었다.

"사실 내가 표두가 된 것은 무척 운이 좋았다고 할 수 있어."

"물론 운이 없었다면 네 녀석이 천리표국의 표두가 될 수 없었겠지."

"내가 그럴 능력이 안 된다는 말이냐?"

대일이 발끈했다.

"아아, 그런 말은 아니야. 하지만 아무리 능력이 좋아도 네 나이에 표두가 된 것은 역시 운이 없으면 어려운 일이란 말이지."

"흐흐, 맞아. 난 정말 운이 좋았지."

“도대체 어떻게 된 거야?”
“좋아. 지금부터 내가 표두가 된 사연을 이야기해 주지.”
대일이 거드름을 피우며 이야기를 시작했다.

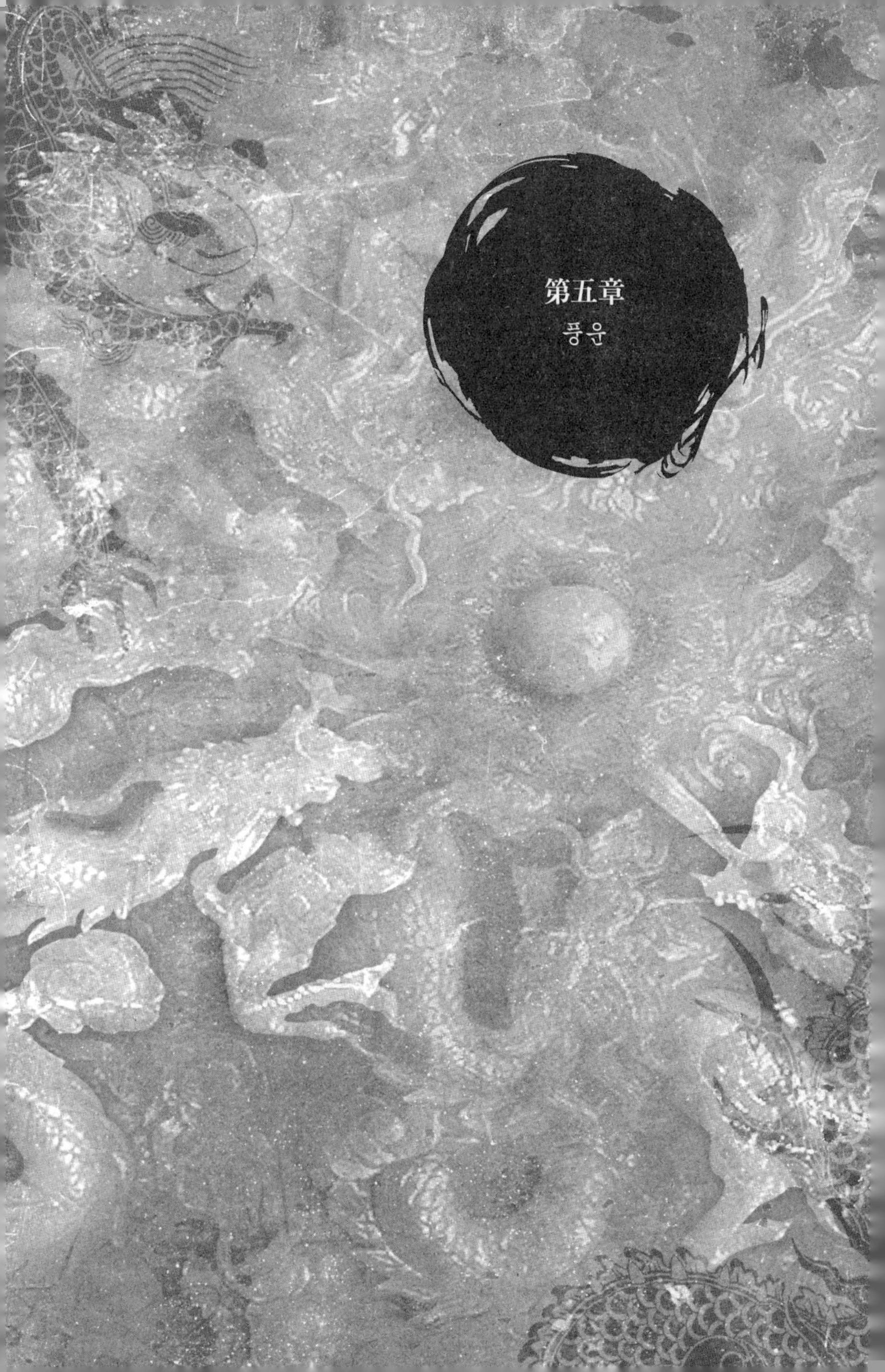

第五章
풍운

화마경

"우 표두님은 알지?"

"산에서 만났던 그 양반?"

송추월이 되물었다.

"그래, 마침 내가 천리표국에 왔을 때 그분이 표국에 계셨지. 그래서 난 생각보다 쉽게 표사가 될 수 있었어. 더군다나 우 표두께선 산에서 우리 실력을 보셨기에 날 꽤 중히 대해주셨지. 내가 지난 일 년간 다녀온 표행이 세 차례였는데 모두 국주께서 직접 나선 표행을 따라나섰단 말이야."

"그래? 그게 그렇게 대단한 건가?"

송추월이 고개를 갸웃했다. 그러자 대일이 답답한 표정으로 성을 내듯 말했다.

"아, 이 친구 정말 답답하네. 그럼, 대단한 일이고말고. 본래 보통 표국에서도 국주를 수행하는 표사들은 표국의 오랜 충신들이라고. 하물며 천리표국이라면 국주의 표행에 동행하는 표사들은 하나같이 표국의 동량들이야. 그중에 갓 들어온 내가 포함되었으니 얼마나 대단한 일이냔 말이야."

"좋아. 뭐, 그렇다 치고. 그래서?"

송추월이 심드렁히 말했다.

"망할 녀석, 기분을 다 잡쳐 놓고……."

대일이 눈을 흘겼다.

"그러지 말고 어서 말해봐, 네가 어떻게 표두가 되었는지."

"흐흠, 궁금하긴 하지? 에… 본래 표행을 다녀오면 한동안은 표국에서 휴식을 취하게 되지. 그런데 두 번째 표행을 다녀오고 나서 갑자기 국주께서 다시 표행에 나서신다는 거야. 아마 표국에 돌아온 지 채 열흘도 안 되었을 때였지. 그것도 미처 하루 이상 준비할 시간도 없이 말이야. 마침 표행에서 돌아온 지 얼마 되지 않아서 앞서 표행에 나섰던 표사들이 대부분 표국 밖으로 휴가를 나갔단 말씀이야. 그러니 그들을 불러들일 시간도 없었지. 그래서 급히 표국에 남아 있던 표사들 중 일부가 국주를 수행하게 되었지."

"그중 한 명이 당연히 너였을 테고?"

"물론. 그런데 이번 표행이 무척 중하고 위험했는지 우 표두님과 당시 표국에 머물고 있던 다른 두 명의 표두님까지도 국주님을 수행했지. 그래서 표행 인원이 모두 열다섯. 그런데 그

정도 인원이라면 본래 마차 대여섯 대 분량의 표물을 호송해
야 하는데 이번에는 웬일인지 단 한 대의 마차만을 호송하더
군.”

“표물이 뭐였는데?”

“그건 나도 몰랐지.”

“표물이 뭔지도 모른다고?”

“뭐, 당시 나는 일개 표사였을 뿐이니까. 하지만 당시 표행
은 무척 급하고 은밀하게 이루어졌으니 분명 무척 귀중한 물
건이었을 거라 생각했지. 그래서 국주님과 세 표두님이 함께
나섰다고 생각했고.”

“그래서 어떻게 되었는데?”

“우린 표물을 호송해 흥안령을 넘었어.”

“뭐? 흥안령을 넘었다고? 그쪽으로도 표행을 나가?”

“글쎄, 나도 그게 이상하더라고. 본래 천리표국은 요동을 주
무대로 하고, 간혹 중원으로 표행을 가기도 하지만 흥안령을
넘어 막북으로는 가지 않거든? 그런데 그때는 흥안령을 넘더
란 말이야.”

“이상한 일이군요.”

문득 서연이 입을 열었다. 서연은 송추월과 대일의 대화에
서 한발 물러나 있었는데 대일의 이야기에 자연스레 빠져들어
자신도 모르게 입을 열었던 것이다.

“그렇지요. 이상한 일이었지요.”

대일이 맞장구를 쳤다.

"그래서?"

송추월이 대일의 말을 재촉했다.

"어쨌든 나야 뭐, 가자는 대로 갈 수밖에 없으니까 국주님을 따라 홍안령을 넘었지. 그리곤 홍안령 서쪽에 이르렀을 때 국주께서 표사들을 한곳에 놓아두고 세 분의 표두님만 거느리고는 어딘가를 다녀오셨어. 물론 표물도 가지고."

"음. 역시 무척 중요한 표물이었던 모양이군. 표사들도 떼어놓고 가다니."

"흐흐, 나도 그때까진 그런 줄 알았지. 그런데 그게 그런 게 아니더라고."

"무슨 말이야?"

"들어봐. 세 분 표두님과 길을 떠났던 국주님은 반나절 만에 돌아왔어. 그리곤 서둘러 다시 간 길을 되돌아 홍안령을 넘기 시작했지. 나와 다른 표사들은 표행이 무사히 끝난 줄 알고 바쁜 걸음에도 마음엔 여유가 있었지. 그런데 그렇게 길을 되짚어 홍안령에 들어선 지 삼 일이 지났을 때 갑자기 놈들이 나타난 거야."

"놈들이라니? 홍안령 마적 떼라도 만난 거야?"

"흐흐, 마적 정도가 아니었지. 엄청난 놈들이었다까?"

"어떤 놈들이었는데?"

"정체는 몰라. 모두 머리에 두건을 쓰고 있었으니까. 놈들은 길을 막자마자 국주께 물건을 내놓으라고 요구했지."

"물건이라니? 이상하군. 표물은 이미 운송을 마쳤는데 돌아

오는 길에 물건을 요구하다니… 생각보다 멍청한 놈들 아닌
가?"

　송추월의 말에 대일이 고개를 저었다.

　"아니, 놈들은 멍청한 것이 아니라 무척 똑똑한 놈들이었
어."

　"무슨 말이야?"

　"기실 물건은 당시 국주의 손에 있었어."

　"뭐?"

　"국주는 표물을 운송하러 간 것이 아니라 표물을 받아오려
고 간 것이었단 말일세. 마차는 위장이었을 뿐이지."

　"그럼……?"

　"맞아. 놈들은 그 사정을 모두 꿰고 있었던 거지. 그래서 돌
아오는 길에 길을 막았던 거고."

　"도대체 무슨 물건이기에……."

　"나도 몰라. 그 표행에 관해선 누가 표행을 청했는지, 물건
이 뭔지 아직도 모르고 있어. 하지만 어쨌든 물건을 달라는 놈
들이 나타났으니 싸우지 않을 수 없었지. 곧 난전이 벌어졌
어."

　"어땠어?"

　복면인들의 실력을 묻는 말이었다.

　"뛰어나더군. 한 명 한 명이 대단한 실력을 지니고 있었어.
놈들의 숫자가 일곱, 우리 쪽이 열다섯. 숫자로는 배나 많았지
만 싸움은 우리가 밀렸어. 순식간에 세 명의 표사가 목숨을 잃

었지. 만약 놈들이 국주께 집중하지 않았다면 더 많은 표사가 목숨을 잃었을 거야."

"그래서?"

"놈들 중 두 놈이 국주께 달려들었지. 세 표두님은 미처 국주님을 도와줄 여력이 없었어. 국주께서는 금세 위기에 처했지. 실제로 놈들의 도검이 국주님의 옷자락을 몇 군데 잘랐을 뿐 아니라 등에 검상을 입히기도 했지. 그대로라면 단 일각도 버티지 못하고 목숨을 잃으실 지경이었지. 그런데 그때 한 명의 젊은 고수가 나타나 국주의 목숨을 구했네. 그가 누군지 알겠어?"

"이 망할 자식아, 바로 너란 말이잖아?"

"흐흐흐, 맞았어. 그때까지 사실 난 내 본래의 무공을 드러내지 않고 있었지. 사람들은 그저 천력을 타고나 청룡도를 잘 휘두르는 정도로 날 평가하고 있었단 말이야. 나도 그때까지는 내 실력을 온전히 드러낼 기회가 없었고. 단지 우 표두님만이 내 실력을 짐작하고 계셨지. 그런데 드디어 내가 힘을 쓸 때가 찾아온 거지."

"놈들을 벴냐?"

"한 놈은 벴다, 다른 놈들은 도주했고."

"정말 제법이었던 놈들인 모양이군."

"대단했어. 만약 놈들이 나에 대해 방심하고 있지 않았다면 한 놈도 베지 못했을 거야. 어쨌든 나의 금악도가 개중 한 놈의 몸을 부숴 버렸지."

“무식한 놈!”

“흐흐, 놈들이 순식간에 공포에 질리더라고. 그러더니 이내 내빼 버린 거야. 난 그야말로 한순간에 표국을 구한 영웅이 된 거지.”

“그래서 표두가 된 거구나?”

“맞아. 본래 천리표국에는 각 표두가 거느리는 열두 개의 행단이 있었는데 표국의 성세가 이어져 한 개의 행단을 더 만들려 하고 있었거든. 그래서 실력있는 표사들은 새로 생기는 행단의 표두 자리에 눈독을 들이고 있었지. 헤헤, 그런데 그 자리를 내가 차지한 거야.”

“운도 좋지.”

“맞아. 놈들이 나타나지 않았다면 내가 표두가 될 일은 없었을 거야. 뭐, 표국에는 좋지 않은 일이지만 내게는 놈들이 행운인 거지. 고마운 녀석들. 껄껄껄!”

대일이 너털웃음을 터뜨렸다.

“새로 꾸려진 행단이라서 건물이 새 거였군.”

“그래. 그래서 표국에서 가장 좋은 건물 중 하나이기도 하지.”

“몇 명이나 되냐, 네 밑에 있는 표사가?”

“얼마 안 돼. 본래 각 행단에는 열다섯에서 스무 명씩의 표사가 속하게 되는데 우리 행단은 이제 겨우 여덟 명이야.”

“에계?”

송추월이 놀리듯 말했다.

"걱정 마. 이제 곧 새로운 표사들을 뽑을 테니까. 그래서 표
국 최고의 행단으로 만들 테다."

"네놈 실력으로 될까? 산적질 하던 놈이?"

"야!"

대일이 재빨리 서연의 눈치를 살피며 소리쳤다.

"걱정 마, 다 알고 있으니까."

"그… 그래? 흐흠!"

대일이 멋쩍은 표정으로 고개를 돌렸다.

"어쨌든 네놈이 표두가 되었단 말이지? 그럼 이 친구를 위
해 밥 한번 살 수는 있겠군."

"그야 당연히. 그런데 숙소는 정했어? 요즘 이 장춘엔 무림
인들로 들끓어서 객방 구하기가 쉽지 않은데?"

"뭐, 허름한 곳으로 하나 구했어. 제길, 하룻밤에 은자 열 냥
이래. 서너 평도 안 될 곳이."

"그러지 말고 이곳에서 지내."

"그래도 되냐?"

"당연히 되지. 이 대일의 친구인데. 더군다나 이 십삼행단
의 건물에는 빈방이 많거든."

대일의 말에 송추월이 서연을 돌아봤다.

"그럼 그럴까요?"

"객잔보다는 낫겠군요."

서연이 고개를 끄덕였다.

"그럼 바로 거처를 옮기지요."

“뭐, 미리 치른 방세가 아깝긴 하지만 그렇게 하도록 해요.”

방세 걱정을 할 필요는 없었다. 객잔 주인은 동행한 대일이 천리표국의 표두임을 알고는 두말없이 송추월이 미리 치른 방세를 도로 내주었다. 그것만으로도 장춘에서 천리표국의 위세를 능히 짐작할 수 있었다.

송추월과 서연은 대일이 내어준 두 개의 방에 각자 짐을 풀었다. 객잔을 잡을 때야 방이 없어 한 방을 구했지만 방이 모자라지 않는 이상 한 방에 들 일은 없었다.

“어떤 사이냐?”

서연이 자신의 방으로 들어간 후 대일이 송추월에게 재빨리 물었다.

“뭐, 그냥 알고 지내는 사이지.”

“에이, 그냥 알고 지내는 사이가 아닌 것 같은데? 너 이 녀석, 설마 벌써 장가를 가려는 것은 아니겠지?”

“왜, 안 되냐?”

“흐흐, 물론 서 소저 정도면 네놈에게 과분하긴 하지. 하지만…….”

대일이 문득 낯빛을 흐렸다.

“왜?”

“우린… 장가가기도 쉽지 않은 몸이잖아.”

“그 늙은이의 저주 얘기를 하는 거야?”

“그래. 곤륜으로 가서 일이 잘못되면 죽고 말 텐데, 이런 몸으로 무슨 장가를 가냐? 누구 청상과부 만들 일 있어?"

"죽을 생각을 왜 해? 살 생각을 해야지."

"그럼 안 할 수 있냐? 보름만 되면 미치겠는데… 빌어먹을 늙은이!"

대일이 욕설을 해댔다.

"너무 원망하지 말아라. 어쨌든 그 노인네 덕분에 우리가 이런 고수가 되고 또 네가 천리표국의 표두가 된 것 아니냐?"

"뭐, 그렇긴 하지만 무공을 가르쳐 주려면 곱게 가르쳐 줘야지 사람 목숨 가지고 장난을 치고 있으니 화가 안 나냐?"

"요즘도 견디기 힘드냐?"

"넌 어때?"

"난 그런대로 견딜 만해."

"그래? 그거 이상하군. 난 요즘도 보름이 되면 한동안 힘든데……."

송추월은 빙정을 복용한 이후 화정과 마효의 마기가 주는 고통에서는 어느 정도 벗어나 있었다. 물론 보름이 되면 여전히 생경하면서도 강렬한 마기의 존재를 느낄 수 있었지만 이전처럼 고통이 찾아오는 것은 아니었다. 하지만 빙정을 복용하지 못한 대일의 경우에는 달랐다. 그는 지금도 보름이면 극심한 통증을 견뎌내야 했다.

"사실 서 소저는 뛰어난 의원이야."

"응?"

갑작스런 송추월의 말에 대일이 고개를 돌렸다.

“서 소저의 사부는 괴의 원계행이라는 분인데 의술에 관한 한 강호에서 손꼽히는 분이라고 하더군.”

“그런데?”

“서 소저가 내 진맥을 보고는 그 늙은이가 남긴 기운을 읽어 냈어.”

“정말 대단한 실력인걸.”

대일이 고개를 끄덕였다.

“받아.”

송추월이 대일에게 전낭 하나를 넘겼다.

“뭐야?”

“서 소저가 화기가 오를 때 먹으라고 준 청기환이라는 단약이야. 뭐, 마기를 없앨 수는 없지만 고통을 줄이는 데 도움이 되더라고.”

“그래? 이거 정말 귀한 약인걸? 그런데 이걸 나한테 주면 넌?”

“사실대로 말하자면 난 그보다 더 귀한 영약을 복용했지.”

“정말?”

“그래. 빙정이라고… 극음의 영약인데 그걸 복용한 이후 화기의 고통은 줄어들었어. 물론 여전히 늙은이가 남긴 마기의 기운이 느껴지기는 하지만. 역시 그 기운을 완전히 없애려면 곤륜에 가야겠지. 하지만 지금은 살 만해.”

“제길. 나도 그런 영약을 얻었으면 좋겠다.”

“넌 표행을 자주 다닐 테니까, 어딜 가든지 극음의 영약을 구해봐. 극음의 영약을 복용하면 최소한 화기는 다스릴 수 있을 거야. 그럼 고통에선 해방이야."

"알았어. 그렇게 하지."

대일이 고개를 끄덕였다.

늦은 밤, 송추월은 천리표국 십삼행단의 표사들이 머무는 방 중 한 곳에서 잠을 청했다. 바로 옆방에서는 서연이 머물고 있었다. 그러나 오랜만에 맞는 편안한 잠자리가 오히려 깊은 잠을 방해했다.

그러던 한순간, 송추월이 훌쩍 몸을 일으켰다. 마치 잠이 오지 않아 견디기 힘든 사람처럼. 그러나 송추월이 잠이 오지 않아 일어난 것이 아니었다.

송추월의 신형이 재빨리 창 쪽으로 움직였다. 그리고 살며시 창을 열고 시선을 지붕 위로 돌렸다. 그러자 송추월의 눈에 건물 북쪽 끝머리에 올라 있는 십여 개의 검은 덩어리들이 들어왔다.

'웬 자들일까?'

천리표국은 비록 표국이라고는 하지만 요동의 웬만한 무가를 능가하는 힘을 지니고 있는 곳이다. 그런 천리표국의 지붕을 타는 자들이라면 보통 인물들이 아닐 터였다.

'대일 녀석은 알고 있을까?'

마침 흑의인들이 올라 있는 곳은 대일의 처소 바로 위였다.

대일 역시 깨어 있었다. 송추월이 자신의 방을 벗어났을 때 대일의 방문도 열렸다. 송추월과 대일의 시선이 어둠 속에서 교차했다. 대일이 손가락으로 입을 가렸다. 송추월이 말없이 고개를 끄덕이고는 훌쩍 신형을 날려 대일이 있는 곳으로 달려갔다.

"웬 놈들이지?"

송추월이 낮게 물었다.

"모르겠어. 하지만 대천리표국의 담을 넘었으니 보통 놈들은 아니겠지."

대일이 고개를 들어 머리 위를 바라보며 대답했다. 보이지는 않았으나 미세한 움직임의 기운이 느껴지고 있었다.

"움직이는데?"

송추월이 다시 입을 열었다.

"가보자."

대일이 대답을 하고는 기다리지 않고 창문을 통해 훌쩍 신형을 날렸다. 송추월 역시 대일의 뒤를 따랐다.

이층으로 이루어진 십삼행단의 건물은 일층과 이층 사이에도 좁은 지붕이 만들어져 있었다. 송추월과 대일은 그 지붕의 기와를 밟으며 신형을 날렸다.

파팟!

두 사람은 이내 건물의 끝 부분에 다가섰다. 어느새 두 개의 건물을 넘어서는 흑의인들의 모습이 눈에 들어왔다.

"저리로 가면 국주님의 처소인데……."

대일이 중얼거렸다.

"국주를 노린단 말인가? 대담한데?"

"움직임이 예사롭지 않아. 서둘러야겠다."

대일이 훌쩍 신형을 날렸다. 그 뒤를 따라 송추월 역시 밤새처럼 허공으로 치솟았다.

십삼행단 건물을 벗어난 두 사람은 이내 다른 건물의 지붕 위에 내려섰다. 지붕에 얹혀진 기와가 낮은 비명을 흘렸다. 그러나 다른 사람의 잠을 깨울 정도는 아니었다.

송추월과 대일은 순식간에 다시 세 개의 건물을 날아 넘었다. 그리고는 재빨리 신형을 낮췄다.

"역시 국주님의 처소야."

대일의 말을 듣고 앞을 살피니 과연 송추월의 눈에도 천리표국의 국주 황부인의 처소 지붕 위에 납작 엎드려 있는 십여 명의 그림자가 들어왔다.

"경고를 해야 하는 것 아냐? 살수들이라면 위험할 수도 있어."

송추월의 말에 대일이 고개를 저었다.

"아니, 네가 생각하는 것보다 국주의 무공은 대단해. 사실…… 나도 국주의 무공이 그렇게 뛰어날 줄은 예상치 못했을 정도야. 기습에 목숨을 잃을 사람은 아니란 말이지. 더군다나 국주 곁에는 네 명의 고수가 항시 몸을 숨긴 채 지키고 있으니 저들이 국주를 만나려면 그들을 먼저 상대해야 할 거야.”

그런데 대일의 말이 끝나기 무섭게 천리표국의 국주 황부인의 처소 창문이 열리며 네 줄기의 검은 그림자가 창룡처럼 지붕 위로 솟구쳤다.

“역시 눈치채고 있었군.”

대일이 흥미를 드러내며 말했다.

“가볼까?”

송추월의 말에 대일이 고개를 저었다.

“아니, 저들의 실력을 먼저 보자.”

대일이 말했다.

“네놈은 온전히 천리표국의 표사가 된 것이 아니구나?”

“무슨 말이야?”

“네가 진심으로 천리표국의 표사가 되었다면 당장 뛰어나가 저놈들을 상대했을 거야.”

“흠, 듣고 보니 네 말이 맞는 것 같기도 하군. 하긴 나야 뭐, 결국 표국을 떠날 사람이니까.”

“왜, 기왕 몸 담았으니 국주의 후계자가 되어보지 그래? 그게 네 꿈 아니었어? 내가 알고 있기로 천리표국주에게는 딱히 후계자가 없다고 하던데?”

“그건 그래. 국주께는 따님 한 분이 있을 뿐이지.”

“그러니까 말이야. 네가 공을 세우면 혹시 아냐? 네가 국주의 후계자가 될 수 있을지.”

“젠장, 그것도 곤륜에 다녀온 이후가 되겠지. 곤륜에서 돌아오지 못할 수도 있고. 지금은 그런 욕심낼 때는 아니지."

"너무 걱정 마. 그 늙은이가 우릴 곤륜으로 부를 때는 분명 살길을 손에 쥐고 있다는 의미일 테니까."

"정말 그랬으면 좋겠다. 그나저나 시작하는군."

대일이 관심을 불청객들에게로 돌렸다. 송추월이 시선을 돌리자 과연 천리표국주 황부인의 처소에서 솟아오른 네 명의 고수가 지붕 위에 웅크리고 있던 자들을 공격하기 시작했다.

차차창!

한순간에 벌어지는 대결에 순식간에 지붕 위가 요란한 격돌음으로 뒤덮였다.

"정체도 묻지 않는군."

서로 간의 아무런 대화 없이 격돌하는 모습을 본 송추월이 혀를 차며 말했다. 아무리 강호의 일이 도검에 의해 결정된다 하더라도 상대의 정체나 밤에 스며든 목적도 묻지 않고 도검을 휘둘러 대는 천리표국의 고수들도 보통 강단은 아니었다.

"표국 사람들이 사실 좀 성격들이 급하지. 화적들을 상대해서 그런 모양이야. 내려가자!"

대일이 갑자기 몸을 날렸다. 그리고는 가볍게 땅 위로 내려서더니 국주의 처소를 향해 다가갔다. 송추월은 갑작스런 대일의 움직임에 놀라다가 이내 그 이유를 깨달았다. 어느새 싸움 소리를 들은 천리표국 표사들이 곳곳에서 모습을 드러내고 있었기 때문이다.

"눈치 빠른 녀석!"

송추월이 씩 웃음을 흘리고는 몸을 날렸다.

"표두님!"
대일과 송추월이 천리표국주 황부인의 처소 앞에 도달하자 표사들이 대일에게 고개를 숙여 보였다. 대일은 제법 위엄있게 고개를 까딱여 표사들의 인사를 받았다.
"무슨 일입니까?"
표사들이 대일에게 물었다.
"글쎄, 나도 지금 도착해서……. 아마도 외부의 침입자가 국주님의 처소를 노린 모양이오."
대일은 비록 표두이긴 하지만 아직 나이가 어려서인지 질문을 던진 표사에게 함부로 말을 놓지 않았다.
"도대체 어떤 놈들이……?"
"사대호위를 상대하는 것을 보니 보통 놈들은 아닌 것 같소."
"그렇군요. 사대호위님들은 우리 표국에서 가장 무공이 뛰어난 분들인데……."
표사가 걱정스런 표정으로 말했다.
그러는 사이 장내에 도착하는 표사들의 숫자가 점점 많아졌다. 그래서 일각이 채 지나기 전에 급기야 장내에 모인 표사의 숫자는 서른 명을 넘어섰다. 그리고 그중에는 송추월의 눈에 익은 인물도 있었다.
"나와 있었는가?"

대일을 포함해 천리표국의 열세 표두 중 가장 뛰어난 인물로 평가되는 우정산이 대일에게 다가서며 말했다. 송추월은 이내 우정산의 얼굴을 알아봤지만 어둠 속이라 우정산은 송추월을 알아보지 못했다.

"나오셨습니까?"

대일이 가볍게 고개를 숙여 보였다.

"어떤 놈들이지?"

"얼굴을 가리고 있어 정체를 알 수 없습니다. 하지만… 강하군요."

대일의 말이 끝나기도 전에 지붕 위에서 한마디 다급성이 터져 나왔다.

"앗!"

동시에 사방에 서 있던 천리표국의 표사들 입에서 놀란 음성이 흘러나왔다.

"저런!"

순간 우정산의 신형이 번개처럼 움직였다.

지붕 위에서 침입자들과 치열한 싸움을 벌이고 있던 천리표국주의 사대호위 중 한 명이 상대의 공세를 이기지 못하고 땅으로 떨어져 내리고 있었다. 그리고 그를 따라 복면인 중 한 명이 검을 휘두르며 날아 내렸다.

복면인의 공세는 무척 위험했다. 시퍼런 검날이 떨어져 내리는 천리표국 사대호위의 가슴 바로 앞까지 다가와 있었다.

"물러나라!"

복면인의 검이 사대호위의 가슴을 찌르는 찰나, 우레와 같
은 포효성과 함께 우정산의 검이 복면인의 옆구리를 파고들었
다.

팟!

순간 복면인이 허공에서 빙글 신형을 돌리더니 가볍게 땅을
차고는 다시 허공으로 치솟았다.

칙!

그러면서도 끝까지 검을 그어대어 떨어져 내린 사대호위의
앞가슴을 가볍게 베고 가는 복면인이었다.

"음!"

복면인에게 일검을 허용한 사대호위가 가벼운 신음성을 흘
렸다.

"괜찮은가?"

우정산이 재빨리 사대호위를 부축했다.

"괜찮습니다. 표두님 덕에 가볍게 스쳤을 뿐입니다."

"다행이군. 그나저나 도대체 어떤 놈들이기에?"

우정산이 노기를 드러내며 시선을 돌려 지붕 위를 바라봤
다. 그곳에서는 여전히 치열한 격전이 벌어지고 있었다.

그러나 싸움의 전세는 이미 기울어져 있었다. 사대호위 중
한 명이 물러난 상황에서 복면인들의 무위는 나머지 사대호위
를 압도하고 있었다. 더군다나 복면인들 중 반수 이상은 뒷짐
을 지고 뒤로 물러나 싸움을 지켜보기만 하고 있었다.

"이놈들!"

우정산이 이를 갈며 지붕 위로 도약하려는 순간, 문득 한쪽에서 부드럽지만 위엄이 담긴 목소리가 들려왔다.

"모두 잠시 멈추시게!"

목소리가 들린 순간 장내의 표사들이 일제히 고개를 숙이며 뒤로 물러났다. 그뿐만이 아니었다. 복면인들과 치열한 싸움을 벌이고 있던 사대호위들도 훌쩍 신형을 날려 지붕 아래로 내려섰다. 복면인들도 사대호위의 뒤를 쫓지 않고 오연한 자세로 지붕 위에 선 채 새로 등장한 초로의 노인을 응시했다.

"어디서 오신 고인들인가?"

초로의 노인이 지붕 위의 복면인들을 보며 물었다. 노기보다는 호기심이 드리워진 목소리.

"조용히 이야기를 나누려고 했는데 이렇게 시끄럽게 요란을 떨게 되었구려. 반갑소이다, 황 국주!"

지붕 위의 복면인들 중 한 명이 앞으로 나서며 말했다. 이미 그들이 올라 있는 황부인의 처소 주변을 수십 명에 달하는 표사들이 에워싸고 있었지만 복면인들에게서는 어떤 두려움도 느껴지지 않았다. 오히려 마치 제집에 들어온 사람들처럼 당당한 모습을 보이는 복면인들이었다.

"날 알고 있소?"

황부인이 물었다.

"물론. 요동을 넘어 천하에서 가장 뛰어난 표국 중 한 곳인 천리표국의 국주를 어찌 모르겠소."

"음… 그렇게 천리표국에 대해 잘 알고 있다면 오늘의 행동이 얼마나 무모한 것인지도 알고 있겠구려?"

"하하하, 물론 천리표국의 뛰어남은 잘 알고 있소. 하지만 그건 어디까지나 표행에 관한 문제일 뿐이오. 무림에서의 평가는 또 다른 것이고."

"물론 나의 천리표국이 표국이기는 하나 강호의 무림문파 어디와 견주어도 아쉬울 것은 없소."

황부인이 담담한 표정으로 말했다.

"아무리 그래도 표국은 표국일 뿐이오."

복면인의 목소리가 단호했다. 그의 말투에서 느껴지는 자신감이 황부인의 얼굴을 흐리게 만들었다. 이런 자신감을 가진 자들이라면 분명 그에 합당한 실력을 지니고 있을 터였다.

"정체를 밝히시오."

황부인이 짧게 말했다. 그러자 복면인이 고개를 저었다.

"아니, 우리의 정체를 아는 것은 천리표국에 큰 도움이 되지 않을 거요. 천리표국과 우리의 인연은 오늘로 그치는 것이 좋소. 인연이 이어진다면 천리표국은 크게 곤란한 일을 겪게 될 거요."

복면인의 태도는 오만하기 이를 데 없었다. 그런 복면인을 지그시 노려보던 황부인이 차갑게 물었다.

"원하는 게 무엇이오?"

"이미 짐작하고 있지 않소?"

복면인이 되물었다. 순간 황부인의 얼굴색이 변했다. 침착하던 그의 표정에도 긴장이 깃들었다. 그리고는 가벼운 탄성을 흘렸다.

"아, 이번 일은 무척 기이하구려. 우린 분명 철저한 비밀 속에 무척 빠르게 움직였는데 곳곳에서 표물을 노리는 사람들이 등장을 하니……."

"그건 천리표국의 잘못이 아니오. 그 물건에 대한 소문은 이미 강호의 고수들 사이에는 제법 퍼져 있소이다. 하니 그 물건을 우리에게 넘기시오. 계속 그 물건을 가지고 있는다면 천리표국은 필히 큰 곤경에 처하게 될 거요."

"그 물건에 대해 알고 있다면 이 표물이 누구에 의해 청부된 것인지도 알고 있겠구려?"

그러자 복면인이 고개를 갸웃거리다 입을 열었다.

"확실치는 않지만 짐작은 하고 있소."

"그들의 추격을 피할 수 있을 것 같소?"

"물론. 그런 자신이 없다면 그 물건을 노리지 않았을 것이오."

"음… 자신감이 무척 대단하구려. 하지만 난 천하의 그 누구도 그들의 추격을 피할 수 있을 거라 생각지 않소. 그러니 오히려 물건을 포기할 사람은 천리표국이 아니라 그대들이오. 천리표국이야 때가 되면 표물을 청부인들에게 전하면 그뿐이지만 그대들이 가지고 있는다면 그대들은 그들에게 목숨을 내주어야 할 것이오."

그러자 복면인이 가벼운 웃음을 흘렸다.

"후후후, 물론 요동삼문의 고수들이 강하긴 하지. 하지만 우릴 추격하긴 힘들 거요.”

“요동에서 감히 그들의 눈을 피할 사람은 없소.”

“그건 두고 보면 알 일. 오늘 당신의 일은 그 물건을 우리에게 넘기는 것이오. 이후의 일은 그대가 신경 쓸 필요 없소.”

복면인이 차게 말했다. 그러자 황부인이 잠시 생각에 잠겼다가 고개를 저었다.

“아무리 생각해도 그대들은 이대로 돌아가는 것이 좋겠소. 이 표물은 그대의 말처럼 요동삼문이 공동으로 청해온 표물이오. 이 황부인이 표물을 그대들에게 내준다면 아마도 오늘부로 천리표국은 문을 닫아야 할 것이오.”

“그게 멸문지화를 당하는 것보다는 낫지 않겠소?”

“그대는… 천리표국을 너무 가볍게 보는군!”

황부인의 목소리가 한결 차가워졌다. 그리고는 재빨리 손을 들어 올렸다. 그러자 건물을 에워싸고 있던 표사들이 도검을 꺼내 들었다.

“양떼가 아무리 많아도 호랑이를 막을 수는 없다.”

복면인이 차갑게 말했다.

“호랑이인지 살쾡이인지는 아직 알 수 없는 노릇이지.”

황부인 역시 차갑게 대답했다.

“좋아. 믿지 못하겠다면 보여주면 되겠지. 하지만 덕분에 흐르게 될 피는 그대의 선택임을 알아둬야 할 것이다.”

복면인의 말이 끝나는 순간 지붕 위에 있던 열 명의 복면인 중 여덟 명이 허공으로 치솟아올랐다. 그리고는 폭포수가 쏟아져 내리듯 건물 주위를 둘러선 천리표국의 표사들을 향해 떨어져 내렸다.

"악!"

비명성이 터져 나왔다. 그 비명을 시작으로 난전이 시작됐다. 자신들의 말처럼 복면인들은 호랑이와 같았다. 그들은 정말 양떼 속에 뛰어든 호랑이처럼 곳곳에서 천리표국의 표사들을 밀어붙였다.

천리표국의 표사들 중 그들과 그런대로 대적하는 사람들은 손가락으로 꼽을 정도였다. 물론 천리표국의 십삼표두가 모두 표국에 있다면 상황은 달랐을 테지만 표두들 중 삼분지 이가 강호로 표행을 나간 상황이었기에 복면인들을 막아내는 것은 그리 녹록한 일이 아니었다.

"이거 쉽지 않겠는데……."

아직 청룡도를 들지 않은 대일이 혀로 입술을 축이며 말했다.

"그래도 한순간에 무너질 것 같지는 않은데?"

아무리 적이 강하다고 해도 천리표국은 천리표국이었다. 이 요동 최고의 표국 표사들 중에는 강호에 나서면 일류고수 소리를 들을 자가 여럿 있었다. 그런 자들이 수십이면 복면인들이 아무리 강하다고 한들 한순간에 천리표국을 장악할 수는 없었다.

"그래도 이대로라면 표국의 손실이 만만치 않을 거야. 자칫

하면 재기하지 못할 손해를 입을 수도 있어."

대일은 여전히 표국이 걱정스런 모양이었다.

"이게 다 무슨 일이에요?"

문득 두 사람의 뒤에서 서연의 목소리가 들려왔다. 서연은 자신의 숙소에서 잠이 들었다가 바깥의 소란으로 깨어나 황급히 장내로 다가서고 있었다.

"침입자가 있어요."

송추월이 손을 들어 천리표국의 표사들 사이에서 호랑이처럼 날뛰고 있는 복면인들을 가리키며 말했다.

"천리표국의 담을 넘다니 배포가 큰 도적들이군요."

"그냥 도적들이 아니에요."

"그런가요? 보자… 아, 정말 그렇군요. 세상에 저렇게 뛰어난 자들이 도적질을 하고 있다니 믿기 어렵군요."

서연이 고개를 젓다가 대일을 보며 물었다.

"천리표국에 무슨 기보라도 있는 건가요?"

"모르겠습니다. 보아하니 지난번 홍안령을 넘어가 가져온 표물을 노리는 것 같은데… 도대체 그 물건이 뭐기에 이렇게 도적들이 많이 나타나는 건지……."

"국주의 말대로라면 요동삼문이 공동으로 청한 표물이라고 했지?"

송추월이 물었다.

"그랬지."

"그렇다면 무척 중한 물건이겠지. 그러니 저런 자들이 복면을 쓰고 나타난 거고.”

“악!”

순간 다시 한마디의 비명 소리와 함께 천리표국의 표사 한 명이 피를 뿌리며 허공을 날아갔다.

털썩!

그리고 공교롭게도 그가 떨어진 곳은 송추월 등의 바로 발 아래였다.

“이놈들이?”

대일의 눈썹이 꿈틀거렸다. 그리고는 천천히 청룡도를 빼 들었다.

“조심해.”

송추월이 그런 대일에게 주의를 줬다. 그러자 대일이 퉁명 스럽게 물었다.

“안 도와줄 거야?”

“도와줘?”

“그럼 저놈들을 나 혼자 감당하라고?”

“그래도… 천리표국의 일에 내가 끼어드는 것은…….”

“젠장, 별 걱정을 다하네. 일단 저놈들부터 때려잡고 보자 고!”

“알았다!”

송추월이 고개를 끄덕였다. 송추월의 대답을 듣자 대일이 뒤도 돌아보지 않고 앞으로 달려나갔다.

“이놈들! 여기 대일이 있다!”

대일의 신형이 독수리처럼 허공으로 날아올랐다. 동시에 그의 손에 들려 있던 청룡도가 굉음을 내며 복면인 중 한 사람을 향해 떨어져 내렸다.

"헉!"

급작스런 대일의 공격을 받은 복면인의 입에서 다급성이 터져 나왔다. 천리표국의 표사들을 제법 손쉽게 상대하고 있던 그에게 무지막지한 대일의 공격은 갑자기 떨어진 낙뢰와 같았다.

쾅!

급하게 돌린 복면인의 검과 대일의 청룡도가 허공에서 격돌했다. 그리고 다음 순간!

땅!

강렬한 파열음과 함께 복면인이 들고 있던 검끝이 그대로 끊어져 날아갔다.

"놈! 목을 내놔라!"

적의 검끝을 잘라낸 대일이 폭풍같이 회전하며 상대의 허리를 갈라갔다. 그야말로 금악도라는 이름에 어울리는 무거우면서도 강력한 도초였다.

"헉!"

다시금 복면인의 입에서 다급성이 흘러나왔다. 공격을 받은 복면인이 감히 대일의 도를 막지 못하고 훌쩍 신형을 날려 뒤로 물러났다.

삭!

대일의 청룡도가 아슬아슬하게 상대의 옷자락을 베었다.

"도망만 가서는 네 목이 온전치 못할 것이다!"

대일이 일갈하며 재차 상대를 향해 날아올랐다. 거대한 새가 움직이듯 대일의 움직임은 부드러우면서도 강력했다. 그 강력한 기세는 전장에서 백만 대군을 몰아치는 신장에 비유될 만했다.

"정말 대단하군요."

서연이 감탄사를 흘려냈다.

"녀석이 좀 늘었군요."

송추월이 미소를 지었다.

"정말 기이한 일이에요."

"뭐가요?"

"송 소협과 친구 분들은 대호산의 산적들이었다고 했잖아요."

"그랬지요."

"그런데 어떻게 모두들 이렇게 대단한 무공을 익히고 있는 거죠? 아무리 기연을 만났다고 해도……."

"뭐, 운이 좋았지요."

"운만으로 될 일은 아니지요. 혹 다른 친구 분들도 두 분처럼 무공이 강한가요?"

"뭐, 아마도 그럴 겁니다."

"아, 그렇다면 정말 모두 탁월한 재능을 타고 태어난 모양이네요. 무공이란 노력도 중요하지만 타고난 재능도 중요한 법인데……."

"글쎄요… 누군 우리 재주가 미천해서 자신의 제자가 될 수 없다고 했는데……."

"도대체 누가 그런 소리를 했다는 거죠?"

"뭐, 그런 노인네가 있어요. 그건 그렇고… 좀 도와줘야 할 것 같네요."

송추월이 말을 돌렸다. 송추월의 말에 서연이 고개를 돌려 보니 지붕 위에서 싸움의 양상을 지켜보고 있던 복면인 둘 중 하나가 상대를 몰아치는 대일을 향해 빠르게 떨어져 내리고 있었다.

第六章

대산문

화마경

대일이 복면인을 향해 최후의 일격을 가하려는 순간 그의 등 뒤에서 무서운 파공음이 일어났다.

쿠우웅!

단지 소리만으로도 대일은 다가오는 검이 예사롭지 않다는 것을 깨달았다. 적의 머리를 박살 낼 기회는 그 순간 사라졌다. 대일의 몸이 허공으로 떠올랐다. 그리고는 날짐승처럼 머리를 뒤로하고 허공에서 한 바퀴 제비를 돌았다.

팟!

순간 날카로운 소음을 일으키며 지붕에서 떨어져 내린 복면인의 검이 대일의 머리카락을 베고 지나갔다.

"홍!"

대일이 짐짓 콧방귀를 흘렸다. 그러나 상대의 검은 결코 대일이 무시할 수준이 아니었다. 상대를 발아래로 흘려보낸 대일이 급히 대여섯 걸음 뒤로 물러섰다. 그러자 앞서 대일의 공격을 받았던 복면인이 어느새 기력을 회복하곤 대일의 옆으로 다가서며 검을 휘둘렀다.

팟!

창!

이번에는 대일의 도가 복면인의 검을 쳐냈다. 대일의 도에 검끝이 잘려 그 길이가 짧아진 복면인의 검은 대일의 옷깃을 스치지 못했다. 그러나 그런 복면인의 공격이 전혀 쓸모없는 것은 아니었다. 복면인의 공격에 대일이 정신을 흩뜨리는 사이 지붕 위에서 내려온 자가 재차 대일을 향해 달려들었기 때문이다.

"이놈들이?"

대일의 입에서 나직한 욕설이 흘러나왔다. 두 복면인이 협공을 시작하자 본능적으로 위협을 느꼈고, 그 위협의 반발로 더 강력한 투기를 뿜어내는 대일이었다.

우우웅!

대일의 도가 무섭게 그의 몸 주위를 회전하기 시작했다. 그러자 순식간에 폭풍 같은 도풍이 대일을 중심으로 일어났다.

차차창!

대일에게 달려들던 복면인들의 검이 폭풍처럼 회전하는 도에 부딪쳐 날카로운 소음을 내며 뒤로 팅겨 나갔다.

"대단하구나. 천리표국에 이런 고수가 있을 줄은 몰랐군."

나중에 싸움에 뛰어든 복면인의 입에서 감탄사가 흘러나왔다. 자신들 둘의 협공을 받아내는 대일의 무공에 놀란 모양이었다.

"그러나 오늘 우리를 만난 것이 너의 불운이다!"

칭찬 뒤에 싸늘한 살기가 느껴지는 경고가 흘러나왔다. 동시에 그의 검이 마치 한줄기 빛으로 화한 듯 가늘어지더니 대일의 목을 향해 폭사했다.

복면인의 이 일 초의 검식은 그야말로 강호에서 보기 힘든 절초로, 도풍을 뚫고 순식간에 대일의 목에 도달했다.

"엇!"

순간 대범한 대일의 입에서도 다급한 목소리가 흘러나왔다. 동시에 그의 신형이 크게 흔들리며 옆으로 기울어졌다.

팟!

황급하게 신형을 기울인 대일의 목을 가벼운 파열음과 함께 복면인의 검이 스치고 지나갔다. 그러자 대일의 목에 가느다란 혈선이 만들어졌다.

"놈!"

대일의 입에서 노성이 터져 나왔다. 그러나 대일은 뒤이어 다가온 또 다른 복면인의 검에 황급히 땅을 굴러 다른 쪽으로 몸을 피해야 했다.

"운이 없다고 생각하라!"

또다시 절초를 뽑아냈던 복면인의 목소리가 들려왔다. 그리

고 땅을 구르며 적의 공격을 피해내는 대일을 향해 복면인이
날아올랐다. 그런데 그 순간,
　"운 타령은 당신이나 해!"
　차가운 음성이 복면을 뚫고 복면인의 귀로 파고들었다. 그
리고 그 목소리보다도 빠르게 한 자루 검이 복면인의 옆구리
를 갈라왔다.
　"헉!"
　복면인의 입에서 다급성이 흘러나왔다. 급히 신형을 틀었지
만 다가온 검은 여지없이 그의 옆구리를 베었다.
　"윽!"
　복면인의 입에서 신음성이 흘러나왔다. 옆구리를 베인 복면
인이 휘청거리며 삼사 장 뒤로 물러났다. 그리고는 재빨리 검
으로 땅을 짚어 흔들거리는 몸을 바로 세웠다.
　"이제 누가 운이 없는지 알겠지?"
　흔들리는 복면인 앞에서 검을 빼든 송추월이 여유있는 표정
으로 복면인을 응시하며 말했다.
　"네놈은… 누구냐?"
　복면인은 싸움이 시작된 이후 줄곧 지붕 위에 머물며 장내
에서 벌어지는 싸움을 살피고 있었다. 대일이 등장하기 전까
지 싸움은 복면인들에게 유리했고, 대일이 등장한 이후에도
그 이외에는 과히 위협적인 인물이 눈에 띄지 않았었다. 그러
니 송추월의 등장은 복면인으로선 당혹할 수밖에 없는 일이었
다.

"호호, 복면을 뒤집어쓰고 상대의 정체를 묻다니… 너무 가소로운 짓 아닌가?"

송추월이 비웃듯 말했다.

"놈, 기습으로 이득을 봤다고 기고만장하는구나."

복면인이 어느새 기력을 회복했는지 천천히 땅에서 검을 떼어 송추월을 겨누며 말했다.

"기습이야 당신들의 특기고… 그런데 아직 칼 들 힘은 남아 있는 모양이지."

송추월이 차갑게 말하며 역시 검을 들어 복면인을 가리켰다. 순간 복면에 뚫린 구멍을 통해 보이는 복면인의 눈빛이 한 차례 흔들렸다. 그의 앞을 막고 서 있는 송추월의 기세가 결코 범상치 않음을 깨달았던 것이다.

"천리표국의 식솔이냐?"

"글쎄, 그건 당신들 정체를 밝히고 난 이후에나 알 수 있는 일이라니까."

팟!

말이 끝나기 무섭게 송추월이 움직였다. 어둠 속에서 그보다 더 짙은 묵빛 그림자를 흘리며 송추월의 신형이 복면인을 향해 닥쳐들었다.

"놈!"

복면인의 입에서 한마디 욕설이 흘러나오며, 그가 재빨리 검을 휘둘렀다.

창!

어느새 닥쳐든 송추월의 검이 복면인의 검과 충돌했다. 둘
의 간격이 손 한 뼘으로 좁혀들었다. 그러나 다음 순간 복면인
이 강력한 권장을 맞은 사람처럼 뒤로 튕겨 나갔다. 송추월이
자신의 공력을 맞닿은 검을 통해 복면인을 향해 밀어 넣었던
것이다.

"컥!"

뒤로 날아가는 복면인의 입에서 붉은 선혈이 토해졌다.

'빙정의 효과가 좋긴 좋구나!'

빙정을 복용한 이후 송추월의 공력은 일취월장하고 있었다.
가뜩이나 마효가 전수한 화수유천의 신공에다 화정의 복용으
로 보통의 무인들보다 수배는 빠르게 공력을 쌓아가던 송추월
이었다. 거기에 빙정의 힘까지 더해지자 송추월의 공력은 불
에 기름을 부은 것처럼 높아지고 있었다. 그 높아진 공력의 힘
이 오늘 그 모습을 드러내고 있었다.

"일단 끝을 보자!"

송추월이 뒤로 날아가는 복면인을 향해 달려들었다. 복면인
은 더 이상 송추월에게 반항할 여력이 없어 보였다. 복면 사이
로 당혹한 눈빛이 드러났다. 그때 지붕 위에서 차가운 목소리
가 흘러나왔다.

"모두 물러나라. 돌아간다!"

지붕 위에 남아 있던 복면인들의 우두머리가 송추월의 등장
으로 싸움의 양상이 불리하게 돌아가자 급히 후퇴의 명을 내
린 것이었다. 우두머리의 명이 떨어지자 곳곳에서 천리표국

표사들과 싸움을 벌이고 있던 복면인들이 급급히 허공으로 떠올라 지붕 위로 물러났다.

당연히 송추월의 공격을 받고 있던 복면인 역시 급히 허공으로 신형을 날렸다. 그러나!

"당신은 갈 수 없어. 내가 말했잖아, 오늘 당신은 운이 없다고!"

어느새 다가온 송추월이 번개처럼 칼등으로 복면인의 허벅지를 가격했다.

"악!"

순간 뼈가 부러졌는지 복면인이 처절한 비명을 지르며 허공에서 떨어져 내려 땅 위에 나뒹굴었다.

"갈 수 없다고!"

땅 위에 나뒹군 복면인이 겨우 움직임을 멈췄을 때 그의 눈앞에 차가운 검날이 다가들며 송추월의 목소리가 들려왔다. 순간 복면인의 눈에 절망의 기운이 깃들었다.

"죽여라!"

복면인이 모든 것을 포기한 음성으로 말했다.

"아니, 난 누운 자에게 칼을 꽂지는 않아. 당신이 살고 죽는 것은 천리표국에서 결정하겠지."

말을 마친 송추월이 번개처럼 손을 움직였다. 그러자 혈도를 제압당한 복면인이 고개를 떨궜다. 그 순간 다시 한마디 비명 소리가 터져 나왔다.

"악!"

송추월이 비명이 들려온 쪽으로 고개를 돌려보니 대일이 그
가 상대하던 복면인의 어깨를 길게 베어내고 있었다. 어깨를
베인 복면인은 피를 흘리며 허공을 솟구쳐 올라 이미 북쪽을
향해 도주하고 있는 동료들을 따라 줄행랑을 치기 시작했다.

"쫓아라!"

천리표국주 황부인의 입에서 차가운 명이 떨어졌다. 그러자
천리표국의 표사들은 사방에서 신형을 떠올려 도주하는 복면
인들을 추격하기 시작했다.

"제길, 잡을 수 있었는데……."

대일이 어깨에 청룡도를 걸쳐 메고 송추월 곁으로 다가서며
투덜거렸다.

"도주를 한다고 해도 살기는 어려울 것 같던데?"

어깨가 잘리고 살아날 사람은 많지 않다. 그것도 도주하느
라 당장 손을 쓰지 않으면 더더욱 살 확률은 낮았다.

"모르지, 재주가 범상한 자들이니까. 그나저나 죽은 거냐?"

대일이 송추월 앞에 쓰러져 있는 복면인을 발로 툭 건드리
며 물었다.

"아니, 혈도를 짚어놓았다."

"그래? 그럼 놈들의 정체를 알 수도 있겠군."

"쉽게 입을 열 자들은 아닌 것 같은데?"

"그거야, 우리가 걱정할 문제는 아니고."

대일의 말이 끝났을 때 천리표국의 국주 황부인과 표두 우
정산이 두 사람 곁으로 다가왔다.

"수고했네, 대 표두."

황부인이 먼저 대일의 어깨를 두드리며 칭찬했다.

"아닙니다. 뭐, 놓치고 말았는데요."

"그래도 대 표두가 아니었다면 오늘 천리표국이 큰 낭패를 당할 뻔했네. 역시 내가 사람을 잘 봤어."

"운이 좋았습니다."

"운이라니, 놈들을 상대하는 걸 보니 강호에 나가도 적수를 찾기 어렵겠더구만."

"고맙습니다."

대일이 황부인의 칭찬이 어색한지 머리를 긁적였다. 그러자 황부인이 이번에는 고개를 돌려 송추월을 응시하며 물었다.

"그런데 이분은 또 누구신가?"

"아, 이 녀석은 제 친구입니다. 마침 절 보러 왔기에 숙소에 방을 내어주고 있었습니다."

"오? 그래? 대 표두는 정말 대단한 친구를 두었군."

"아, 뭐… 흐흐, 이 녀석이 검을 좀 쓰기는 하죠."

대일이 실소를 흘리며 대답을 하는데 곁에 있던 우정산이 찬찬히 송추월을 살피다 눈빛을 반짝이며 말했다.

"혹? 대호산의 그……?"

순간 대일이 얼른 입을 열었다.

"맞습니다. 그때 그 친구들 중 하나지요."

"그래, 맞아. 역시 그 친구들 중 하나였어. 반갑네."

우정산의 말에 송추월이 가볍게 고개를 숙였다.

“조용히 친구나 보고 가려고 했는데 이렇게 뵙게 되는군
요.”

“하하하! 친구만 보고 가다니, 그 무슨 서운한 말인가? 더군
다나 이렇게 큰일을 해놓고는!”

우정산이 쓰러져 있는 복면인을 보며 말했다. 그러자 황부
인이 고개를 끄덕였다.

“맞네. 이제 자네는 여기 대 표두의 손님이 아니라 우리 천
리표국의 큰 손님일세. 아니, 큰 은인이지. 그런데 십삼행단의
숙소에 머물고 있었다고?”

황부인이 대일을 보며 물었다.

“그렇습니다.”

대일의 대답에 황부인이 얼른 고개를 저었다.

“아니지, 아니야. 이런 귀한 손님을 행단의 숙소에 머물게
할 수는 없지. 송원(松園)으로 모시게.”

“송원으로 말입니까?”

대일이 놀란 표정으로 되물었다.

“그래. 표국의 큰 은인인데 당연히 송원에 머물러야지. 오
늘은 밤이 깊었으니 내일 아침 자네가 송원으로 숙소를 옮겨
드리게.”

“알겠습니다, 국주님!”

“그리고… 이자는 죽은 것인가?”

황부인이 옆구리에 피를 흘리며 쓰러져 있는 복면인을 가리
키며 물었다. 그러자 대일이 고개를 저었다.

“아닙니다. 혈도를 제압당해 정신을 잃은 상태입니다.”

“좋아. 이자의 입을 열면 전후 사정을 알 수 있겠군. 우 아우가 맡아주시게.”

황부인이 우정산을 보며 말했다. 본래 우정산은 강호의 기협이었으나 과거 황부인에게 도움을 받은 이후 형제의 의를 맺고 천리표국의 사람이 된 인물이었다.

“알겠습니다, 국주.”

우정산이 고개를 숙여 보인 후 뒤에 다가서 있는 표사들에게 눈짓을 했다. 그러자 표사들이 얼른 다가와 쓰러져 있는 복면인을 들쳐 업고 어디론가 사라졌다.

표사들이 복면인을 데리고 사라지자 황부인이 부드러운 낯으로 송추월을 보며 말했다.

“당장에라도 술 한잔하고 싶지만 밤이 깊었으니 내일 다시 보세.”

“그러시지요.”

“그럼 편히 쉬시게. 오늘이야 다시 소란이 있진 않겠지. 대표두, 대 표두도 친구 분과 함께 그만 들어가 보게.”

“알겠습니다, 국주님! 가자.”

대일이 황부인에게 고개를 숙여 보인 후 송추월을 잡아끌었다. 송추월은 미처 황부인과 우정산에게 인사도 하지 못하고 대일에게 끌려 십삼행단의 숙소 쪽으로 움직였다.

“참으로 특이한 친구들이야.”

대일과 송추월이 멀어지자 황부인이 고개를 갸웃하며 중얼거렸다.

"그렇습니다. 보기 힘든 친구들이지요."

우정산이 맞장구를 쳤다.

"대 표두의 친구라면… 표국에 머물게 할 수는 없을까?"

황부인이 송추월에 대한 욕심을 드러냈다.

"그렇게 된다면야 좋은 일이지요. 저런 친구를 얻는 것은 쉬운 일이 아니지요. 표국에 큰 힘이 될 겁니다."

"내일 넌지시 말을 꺼내보게."

"알겠습니다."

"그리고… 경계를 강화시키게. 아직 표물을 전하려면 며칠이 더 남아 있네. 다시 표물을 노리는 자들이 있을지 몰라."

"그리하지요."

"또한 표행의 숫자를 줄이게. 지금 홍안령 대산문으로 요동의 고수들이 모여들고 있고, 그를 계기로 요동무림을 통합하는 일이 본격적으로 논의될 걸세. 이런 시기에는 표행을 줄이는 것이 좋네. 오늘 같은 경우에도 표두 서넛만 더 있었어도 그리 위험하지는 않았을 거네."

"알겠습니다. 나가 있는 표두들에게도 기별을 넣어 서둘러 표행을 마치라고 전하겠습니다."

"좋아. 우리도 그만 들어가세."

"참 우리도 떠돌이 팔잔가 봐요."

하룻밤 묵은 방에서 짐을 챙겨 나오며 서연이 말했다. 미리 짐을 챙겨 나와 서연의 방 앞에서 대일과 함께 그녀를 기다리고 있던 송추월이 되물었다.

"그게 무슨 말이에요?"

"장춘에 도착한 이후 벌써 세 번째 잠자리를 옮기잖아요."

"하하, 듣고 보니 그렇군요."

송추월이 미소를 지으며 고개를 끄덕였다.

"다행인 것은 그나마 옮길 때마다 좀 더 좋은 곳으로 가는 것이랄까요?"

"껄껄, 그 말은 서 소저 말씀이 맞습니다. 송원은 대단한 곳이지요. 이곳과는 비교할 수 없이 말입니다."

대일이 너털웃음을 터뜨리며 말했다.

"그렇게 대단한 곳이야?"

송추월이 물었다.

"그럼, 대단하고 말고. 송원은 천리표국에서 가장 훌륭한 건물들이야. 본래 귀한 손님을 맞기 위해 만들어진 곳인데 일 년에 사람이 묵는 날이 채 백 일도 되지 않는 곳이지. 어떤 때는 아예 일 년 내내 비어 있기도 하고."

"한마디로 자격이 되지 않으면 방이 비어 있어도 사람을 들이지 않는 곳이란 말이군요."

서연의 말에 대일이 고개를 끄덕였다.

"서 소저 말씀대롭니다. 오직 국주께서 인정한 손님이라야 들 수 있는 곳이 송원이지요."

"호호, 그럼 우린 무척 귀한 손님이 되는 것이군요."

"당연한 일이지요. 사실, 어제 복면인들이 물러간 것은 결국 추월, 이 친구 덕이니까요. 자, 가자!"

대일이 송추월의 어깨를 툭 치고는 앞서서 걸음을 옮기기 시작했다.

수십 그루의 소나무가 반달을 그리며 다섯 채의 건물을 에워싸고 있었다. 그 안에 든 건물들은 그리 크지는 않았으나 한 채 한 채 은은한 기품을 드러내는 것이 보통 정성을 들인 것이 아니었다.

대일은 송추월과 서연을 송림에 싸여 있는 다섯 채의 건물 중 한 채로 데리고 갔다.

"오서 오세요, 표두님."

건물 앞에 도착하자 세 명의 여인이 나와 일행을 맞았다.

"손님을 데려왔어요."

"아침에 기별을 받고 기다리고 있었습니다."

대일의 말에 세 명 중 삼십대 중반으로 보이는 여인이 대답했다.

"그리 까다로운 손님들은 아니니 너무 긴장할 필요는 없어요."

"국주께선 표국 최고의 손님이니 한 치의 소홀함이 없이 모시라고 했습니다만……."

"음. 뭐, 귀한 손님이긴 하지만 까다롭지는 않다는 말이지요. 방은 준비되었지요?"

"송원의 방들은 언제나 준비가 되어 있지요."

"하긴. 그럼 방을 안내해 줘요."

"알겠습니다. 따라오세요."

여인이 공손히 고개를 숙여 보인 후 일행을 이끌고 건물 안으로 들어갔다.

'귀한 손님이 머물 만한 곳이군.'

건물 안으로 들어선 송추월이 내심 고개를 끄덕였다. 건물은 화려하지는 않았지만 들어서는 순간부터 청량한 향이 풍겼고, 저자에서 보기 힘든 족자와 가구들이 정갈한 모습으로 배치되어 있었다. 가운데 커다란 대청을 두고 양쪽 옆과 위쪽에 세 개의 방이 연해 있는 구조였다.

"방 세 개 중 마음에 드시는 대로 사용하시면 됩니다. 또 저희들이 항상 대기하고 있으니 필요하시면 언제든지 불러주세요."

여인이 공손히 고개를 숙여 보이고 밖으로 나갔다.

"어때?"

여인이 나가자 대일이 어깨를 으쓱하며 물었다.

"불편해서……."

송추월은 이런 대접에 익숙하지 않아 오히려 불편해했다. 그러나 서연은 달랐다.

드르륵!

서연이 대청과 연해 있는 방문을 열었다. 그러자 화려한 금

침이 놓인 침상이 눈에 들어왔다. 어디선지 모르게 은은한 난
초 향 또한 흘러나오고 있었다.

"야, 이거 정말 대단한데요? 이런 곳에서 잠을 자게 될 줄이
야."

서연은 거리낌없이 송추월과 자신에게 주어진 행운을 즐기
는 모습이었다.

"정말 거침이 없군."

대일이 팔짱을 끼고 서연이 들어간 방 쪽을 보면서 말했다.

"특이한 성격이지."

송추월이 고개를 끄덕였다.

"그러니까 너하고 다니지."

"무슨 소리야?"

"산적이랑 단둘이 다니는 여인이 얼마나 있을 것 같냐?"

"망할 놈! 내가 지금도 산적이냐? 그렇게 따지면 산적이 표
사질 하는 네놈은 어떻고?"

"흐흐, 그것도 그래. 어쨌든 마음이 놓인다."

"뭐가?"

"저렇게 밝은 서 소저가 네 옆에 있어서. 사실 우리 모두 마
찬가지긴 하지만 난 네놈에 대해 조금 걱정을 하고 있었거든."

"말이 되는 소릴 해라. 내가 네 녀석들 걱정을 해야지, 왜 네
녀석이 내 걱정을 해?"

"뭐, 실력만 보자면 네 말이 맞긴 하지만 네 녀석은 어릴 때
부터 좀 어두운 면이 있었어. 그래서인지 우리보단 좀 더 독하

기도 했고."

"독한 건 내가 아니라 부루 녀석이지."

"그놈은 독한 게 아니라 영악한 거고. 네놈은 독하고 무서웠지."

"내가 무서웠다고?"

"그래, 어려서부터 네 녀석이 화를 내면 사실 모두들 무척 두려워했었어."

"그랬어?"

"그래. 그래서 산을 떠나면서도 사실 네 녀석 걱정을 좀 했지."

"강호에선 독한 놈이 살아남는 거야."

"그렇긴 하지만 우린 좀 다르잖아."

"뭐가?"

"우리가 수련한 무공… 화수유천 말이다."

대일의 말에 송추월도 표정을 굳혔다. 그러자 대일이 말을 이었다.

"난 처음 화수유천이 단지 우리 몸에만 영향을 미칠 줄 알았어. 그런데 시간이 지나고 보니 몸뿐 아니라 성정도 변화시키는 것 같아."

송추월이 묵묵히 고개를 끄덕였다.

"표사 일을 하면서 몇 번 도를 들어 적을 상대할 기회가 있었는데 그때마다… 가끔 내 자신이 무서워지더라고, 특히 보름에는. 그래서 난 가급적 싸움에 끼어들지 않으려 하고 있어."

"그래. 네 말이 맞다. 그 늙은이가 전수한 이 괴이한 무공은 일단 싸움이 시작되면 모든 걸 부숴 버리고 싶은 마음을 들게 하지."

"그래서 네놈이 걱정되었던 거야. 본래 성질 더러운 놈이 무공도 세지. 우린… 조심해야 해. 자칫하다 우리가 본능대로 행동한다면 졸지에 강호 마인으로 낙인찍힐 수도 있다고."

대일의 말은 기우가 아니었다. 송추월도 그와 네 친구가 익힌 무공이 자칫 그들을 강호의 공적으로 만들 수도 있다는 걸 인정하고 있었다. 하지만 송추월은 이내 표정을 바꿨다.

"내 걱정은 마라, 난 스스로 통제할 수 있으니까."

"그래? 그 빙정이라는 물건 덕분에?"

"그도 그렇지만 적어도 난 앞뒤 분간은 하는 사람이니까."

"그래… 네놈에겐 그런 면도 있었지. 하지만 그 늙은이가 준 무공의 그 괴이한 기운은… 음."

대일이 말을 끊었다. 어느새 방에 들어갔던 서연이 모습을 드러내고 있었다.

"우리 언제 떠날 거예요?"

서연이 방문을 나서자마자 송추월에게 물었다.

"글쎄요. 그런데 왜요?"

"아주 오래 머물고 싶어서요."

"예?"

"아마도 내 평생 다신 이렇게 좋은 잠자리를 경험하지 못할 것 같단 말이죠."

서연이 미소를 지었다. 순간 송추월은 대일과의 대화로 인해 생겨났던 우울함이 한순간에 사라지는 것을 느꼈다.

송추월과 서연이 송원으로 처소를 옮긴 지 삼 일이 지났다. 그동안 송추월은 세 번 천리표국주 황부인을 만났다. 황부인은 천리표국의 국주라는 지위와 지긋한 나이에 걸맞지 않게 송추월에게 극진한 예우를 했다. 물론 송추월로 인해 표국에 침입한 복면인들을 물리친 이유도 있었지만 그보다도 송추월의 환심을 사 그를 표국에 묶어두려는 이유가 더 커 보였고, 그런 감정을 송추월에게 숨기지도 않았다.

그러나 송추월로서는 황부인의 바람대로 천리표국의 사람이 될 생각은 전혀 없었다. 애초부터 어떤 문파에 몸을 의탁하는 것은 송추월과 어울리는 생활이 아니었다.

어쨌든 덕분에 마치 황제나 된 듯한 삼 일이 지났을 때 천리표국에 변화가 생기기 시작했다. 외부로 나갔던 표사들이 하나둘 표행을 마치고 표국으로 귀환하기 시작했던 것이다.

다른 때라면 하나의 행단이 귀환하면 다른 행단이 표행에 나서 표국을 떠났겠지만 이번에는 행단이 복귀해도 새로운 행단이 꾸려지지 않았다. 복면인들의 침입과 요동무림의 움직임, 그리고 표국주 황부인의 품속에 있을 그 정체 모를 표물의 중요함 때문인지, 표국주 황부인은 표국의 전력을 계속에서 표국 내로 끌어모으고 있었다.

그런데 그렇게 속속 표사들이 천리표국으로 귀환하는 와중에 표사들과는 조금 다른 인물들이 표국을 방문했다. 송추월과 서연이 송원에 머물기 시작한 지 나흘째가 되던 날 아침이었다.

"어떤 사람들일까요?"

문득 숙소의 창을 통해 송원의 다른 건물로 들어서는 일단의 무인들을 보며 송추월이 중얼거렸다. 담백한 아침을 마치고 차를 마시고 있던 시간이었다.

"모르겠어요?"

서연이 송추월을 보며 되물었다.

"저들이 누군지 알고 있단 말입니까?"

송추월이 다시 서연에게 물었다.

"당연하죠. 요동에서, 아니, 무림에서 저들을 알아보지 못하는 사람은 거의 없을걸요?"

"그렇게 유명한 사람들입니까?"

"잘 생각해 봐요, 저들의 옷차림을."

순간 송추월이 가볍게 무릎을 쳤다.

"아! 이제 알겠군요. 바로 모용세가의 사람들이군요."

송추월은 고월산장을 떠나기 전 모용세가 사람들을 먼발치에서 본 적이 있었다. 오늘 천리표국의 송원으로 들어선 인물들 역시 그때 모용세가 고수들이 입고 있던 청색 무의와 같은 옷을 걸치고 있었다.

"맞아요. 모용세가의 고수들이에요."

“음… 표물을 찾으러 왔나 보군요.”

“그런가 봐요. 그렇다면 곧 다른 요동삼문의 고수들도 볼 수 있겠네요. 천리표국주 말로는 지난번 표행은 요동삼문이 함께 청부한 것이라고 했으니까요.”

“우연찮게 안목을 넓히게 되었군요.”

“그래요. 운이 좋네요. 요동삼문의 고수들을 만나기란 쉽지 않은데. 특히 금문의 고수들은 더욱 그렇지요.”

“금문의 고수들을 보기가 그렇게 어려운가요?”

“그럼요. 모용세가나 장백파와 달리 금문의 고수들은 쉽게 보기 어렵지요.”

“금문은 어떤 곳이지요?”

송추월이 호기심을 드러냈다.

“금문에 관해서는 제법 여러 가지 이야기들이 전해져요. 그 말은 곧 금문의 정체가 그만큼 안개 속에 가려져 있다는 말이기도 하지요. 금문이 고려 출신 고수가 세운 문파라는 말도 있기는 하지만 정확한 것은 아니에요. 어쨌든 금문의 무공은 정말 대단하죠. 특히 궁술에 무척 능한 것으로 알려졌어요. 물론 검술 역시 대단하고요.”

“금문의 문주는 누구죠?”

“김산이란 사람인데 강호에서 그 얼굴을 본 사람이 거의 없다죠? 뭐, 그뿐 아니라 금문의 고수들 중 제대로 알려진 사람은 단 두 명밖에 없기는 하지만요.”

“겨우 두 명이라……. 그런데 어떻게 금문이 요동삼문의 한 자리를 차지하고 있는 거죠?"

"바로 그 두 사람 때문이죠. 그들이 강호에서 보인 능력이 금문을 요동삼문에 올려놓았어요."

"어떤 사람들이죠?"

"김능원과 석조원이라는 사람이에요. 그중 김능원은 십오 년 전쯤 무렵에 나와 당시 장성 일대를 주름잡던 오마(五魔)를 홀로 베어 이름을 떨쳤죠. 오마는 당시 강호 명문대파의 문주들과 겨뤄도 손색이 없다고 알려진 자들이었지요. 그 한 번의 싸움으로 김능원은 요동제일고수란 평가를 듣고 있어요. 석조원이란 사람은 김능원이 금문으로 돌아간 후 칠 년 후에 강호로 나왔는데 당시 그는 중원으로 들어가 천하사패 중 하나인 일월맹의 이십오장로 중 셋을 상대해 승리를 거뒀지요. 그들이 왜 싸움을 했는지는 모르겠으나 어쨌든 일월맹 최고의 고수들이라는 이십오장로 셋을 홀로 상대했다는 것만으로도 석조원의 명성은 김능원에 버금가게 된 것이죠. 더군다나 일월맹에선 더 이상 석조원을 자극하지 말라는 명까지 내려 더욱 유명해졌죠."

"천하의 일월맹이 그런 명을 내렸다니 믿어지지 않는군요."

"그만큼 석조원을 위험한 인물로 본 것이지요. 어쨌든 석조원은 이 년 정도 강호에서 활동하다 금문으로 돌아갔어요."

"대단하군요."

"그래요, 대단하죠. 요동삼문은 각자 특징이 있는데 세력 면에서는 모용세가가, 생사를 가르는 싸움에서는 장백파가, 그

리고 개개인의 무공 면에서는 금문이 서로를 앞선다는 평가예
요."

"그렇군요. 잘하면 오늘 그 금문의 고수를 볼 수 있을지도
모르겠군요."

"저도 기대하고 있어요."

그러나 두 사람의 기대와 달리 금문의 고수들도 장백파의
고수들도 두 사람 앞에 모습을 드러내지 않았다. 그렇다고 그
들이 천리표국을 방문하지 않았던 것은 아니다. 모용세가 고
수들이 송원에 든 그날이 지나고 다음날 아침 대일이 두 사람
을 찾아왔을 때는 이미 금문의 고수들과 장백파의 고수들이
밤을 이용해 천리표국을 다녀간 이후였던 것이다.

"뭐? 두 문파의 고수들이 왔다 갔다고?"

송추월이 놀란 얼굴로 물었다.

"그래."

"그런데 왜 송원에 들지 않은 거지? 그들이라면 송원에 머
물 손님들이잖아?"

"그렇긴 하지. 하지만 그들은 천리표국에서 머물기를 거절
했어. 외부에 숙소를 따로 잡아놓은 모양이야. 아니면 밤을 새
워 길을 떠났을 수도 있고."

대일이 청룡도를 거꾸로 짚고 손잡이에 턱을 대며 말했다.

"길을 떠나다니, 어디로?"

"어디긴 어디야? 지금 요동의 모든 고수들이 가는 곳이지."

"대산문?"

"그렇지 뭐."

"그럼 표물은?"

"제길, 그게 문제야."

"왜?"

"요동삼문이 다시 표행을 의뢰했거든."

"또다시 표행을 의뢰했다고?"

"그래, 이번에는 그 표물을 어떤 한 장소까지 가져다 달래.
정확히 두 달 뒤까지."

"꽤 먼 곳인가 보군, 두 달이나 시간을 주다니."

송추월의 말에 대일이 고개를 저었다.

"그게 그렇지가 않아."

"무슨 말이야?"

"표물을 가져다 달라는 곳이 그리 멀지는 않다고. 장춘에서
길어야 보름 길이야. 말을 빨리 달리면 열흘 안에도 갈 수 있
지."

"이상하군. 그런데 왜 두 달이라는 시간을 줬지?"

"그때 그 시간에 그 물건이 그곳에서 필요하단 말이겠지."

"음… 알 수 없는 일이군. 도대체 그 표물의 정체가 뭐야?"

"나도 모른다고 했잖아?"

대일이 퉁명스럽게 대답했다.

"좋아. 그렇다 치고! 천리표국주는 이번 청탁도 승낙했어?"

송추월의 질문에 대일이 대답없이 고개를 끄덕였다. 그러자

송추월이 혀를 찼다.

"위험한 선택을 했군. 아무리 금자를 많이 준다고 해도……."

"금자 때문이 아니야."

"하면?"

"어쩔 수 없이 승낙한 거지. 요동에서 요동삼문의 청탁을 거절하고 표국을 운영할 수는 없으니까."

"그렇게 되는 건가?"

"뭐, 대가도 적지는 않아. 듣기로 금자 오백 냥에 다른 뭔가를 요동삼문이 국주께 약속했다고 하더군."

"다른 뭔가?"

"아마도 조만간 이뤄질 요동무림의 통합에서 제법 좋은 위치를 약속한 것 같아."

"좋지 않군."

"뭐가?"

"표국은 표국으로 머물러야지 무림에 눈을 돌리면 화를 당할 수가 있어."

"천리표국은 단순한 표국이 아니야."

대일이 자부심을 드러내며 말했다. 비록 표국에 대한 충성심은 깊지 않을지 몰라도 자신이 속해 있는 천리표국에 대한 자부심은 상당한 모양이었다.

"천리표국을 얕잡아보고 한 말은 아니다. 하지만 역시 표국은 표국일 뿐이야. 무림은 다른 곳이지. 내가 아는 한 곳도 그러다가 망했지."

"어디?"

"그런 곳이 있어."

송추월은 산음장을 생각했다. 비록 그 자신에 의해 몰락의 길로 접어들기는 했으나 한때 산음장도 무림을 꿈꿨었다.

"어쨌든 그래서 말인데……."

대일이 말꼬리를 흐리며 송추월의 눈치를 봤다.

"말해봐."

"국주가 좀 보자는데?"

"날?"

"그래. 아마도 표국에 좀 더 머물러 주길 부탁할 것 같은데……. 에이, 솔직히 말하지 뭐. 국주가 나보고 널 좀 설득해 달라고 하더군. 천리표국에 들어오면 안 되냐고. 만약 네가 천리표국에 들어온다면 표두 자리를 줄 수 있다고 했어. 어때?"

"뻔한 걸 왜 물어?"

송추월이 퉁명스럽게 대답했다. 그로서는 천금을 주어도 표국에서 표사 생활을 할 생각은 없었다.

"제길, 나도 안 될 거라고 말해두기는 했는데… 그럼 이건 어떠냐? 이번 표행이 끝날 때까지만 날 도와줘."

"가볼 데가 있어."

송추월이 냉정하게 말했다.

"어딜?"

"홍안령!"

“혹시 대산문에?”

“그래.”

“거길 네가 왜 가?”

“재밌을 것 같아서.”

“망할 놈아. 그러지 말고 이번 한 번만 날 도와다오. 까짓 싸움 구경이야 살면서 숱하게 할 거 아니냐?”

대일이 사정조로 말했다. 그러자 송추월이 고개를 저으며 대답했다.

“애초에 계획이 서 있던 일이라니까?”

그러면서 슬쩍 서연을 바라봤다. 순간 대일은 일의 결정권이 누구에게 있는지를 알아챘다.

“서 소저… 서 소저께서 이 친구를 좀 설득해 주시면 안 되겠습니까? 싸움 구경이야 뭐, 그리 드문 일도 아니지 않습니까? 그보다야 이 기이한 표행의 전모를 알아보는 것도 재밌지 않겠습니까? 금자도 벌고.”

대일의 말에 서연이 잠시 고개를 갸웃하다 고개를 끄덕였다.

“그 표물이 도대체 뭔지 궁금하기는 해요.”

“그렇지요? 표행을 따라가면 분명 표물의 정체를 알 수 있을 겁니다.”

대일이 서연을 부추겼다. 그러자 서연이 송추월을 보며 말했다.

“도와주는 게 어때요? 친구 부탁인데.”

“흐흐. 맞습니다, 맞아요. 세상에 친구만큼 중요한 사람도 없지요.”

대일이 연신 서연의 말에 맞장구를 쳤다.

“표행을 따라가 봐요.”

서연이 송추월을 보며 결심을 재촉했다. 그러자 송추월이 잠시 생각에 잠겼다가 고개를 끄덕였다.

“그럼 그렇게 할까요?”

순간 대일의 얼굴에 음흉한 미소가 번졌다.

“망할 놈, 내 말은 듣지도 않더니… 흐흐흐!”

第七章
기습

화마경

　송원에 들었던 모용세가의 고수들은 곧 떠났다. 홍안령 대
산문에서의 일이 급했으므로 그들이 천리표국에 머물 시간은
결코 길 수 없었다.

　반면 대산문으로 가는 것을 포기하고 천리표국에 남은 송추
월과 서연은 오랜만에 안락함에 빠져 있었다. 두 사람이 천리
표국에 남겠다고 하자 표국주 황부인의 대우는 더 극진해졌
다. 그렇게 보름이 지나자 홍안령 쪽으로부터 소식이 두 사람
에게도 전해지기 시작했다. 소식을 가져온 사람은 당연히 대
일이었다.

　"그래서 홍안령 이봉산 고개에서 실로 대단한 사람들이 만
나게 된 거지. 아마 근자에 들어 그런 고수들이 한자리에 모인

것은 드물걸?"

대일이 신이 나서 떠들었다.

"그래서 어떻게 됐는데?"

송추월은 마치 자신이 그 자리에 있었던 듯 거드름을 피우며 말을 끄는 대일을 타박하듯 재촉했다.

"음, 처음에는 어느 한쪽도 섣불리 나서서 상대를 도발할 수가 없었지. 저쪽은 막북무림의 종주를 자처하는 북사천의 고수들이었고, 이쪽도 요동삼문을 포함해 요동 각지에서 찾아온 만만찮은 고수들이었으니까. 더군다나 세력으로 보자면 이쪽이 훨씬 많기도 하고."

"알고 있는 말 계속하지 말고!"

송추월이 살짝 인상을 썼다. 그러자 대일이 히히거리며 얼른 말을 이었다.

"뭐, 서로 눈치만 보고 있으면 결국 아쉬운 놈이 우물을 파게 마련이지. 싸움은 결국 대산문과 황문의 고수들 사이에서만 벌어졌다고 하더군. 양쪽을 지원하기 위해 나선 자들은 서로 눈치만 보고 말이야."

"그렇다면 대산문이 불리했겠군요. 황문도 이번에는 전력을 기울여 흥안령을 넘었을 테니까요."

서연이 두 사람의 대화에 끼어들었다.

"그런데 그게 그렇지 않았답니다."

"그렇지 않다면 대산문이 이겼단 말인가요?"

"그렇습니다."

“이상한 일이군요. 양쪽이 전력을 다하면 분명 황문의 우세일 텐데. 대산문이 요동의 고수들에게 도움을 청한 것도 그래서 아니었던가요?”

“모두들 그렇게 생각하고 있었지요. 하지만 결과는 예상 밖이었습니다. 승부는 결국 대산문의 완승으로 끝이 났다고 하더군요. 대산문의 기세가 얼마나 센지, 요동삼문이 아니더라도 북사천이 싸움에 끼어들길 꺼려할 정도였다고 합니다.”

“대산문이 그렇게 강한 문파였나요?”

서연이 고개를 갸웃하며 중얼거렸다. 그러자 대일이 좀 더 흥이 나서 떠들기 시작했다.

“분명 대산문은 몇 년 전만 하더라도 그리 대단한 문파가 아니었지요. 하지만 이번에 보인 전력은 마치 대산문을 처음 세운 적문의 시대를 연상케 한다는 평가입니다.”

“대산문주 적표가 숨은 인걸이었던 모양이군요. 은인자중하며 대산문의 힘을 복원했으니.”

“그런데 그게 좀 이상한 소문이 돌더군요.”

“이상한 소문이라뇨?”

“대산문이 그렇게 강력한 힘을 가지게 된 것은 문주 적표 때문이 아니라 한 명의 젊은 총관 때문이라는 소문이 있습니다.”

“젊은 총관이요?”

“그렇습니다. 한 일 년 전쯤에 대산문에 들어온 사람인데 그로 인해 대산문은 단 일 년 만에 요동삼문은 아니더라도 그 아래 요동의 어떤 문파에도 뒤지지 않을 힘을 가지게 되었다고 하더군요. 뭐, 사실 대산문에 숨은 저력이 있었을 수도 있지요. 하지만 어쨌든 이번에 드러난 대산문의 전력은 거의 그 젊은 총관에 의해 만들어진 것이라는 게 정설입니다.”

“어떤 사람일까요?”

“아주 젊다는 것 말고는 알려진 바가 없어요. 지모와 무공 모두 출중해서 이번 싸움이 끝나고는 고월산장의 고무룡 대협과 어깨를 견줄 수 있는 인물이라는 평가를 받고 있다고 합니다.”

“고 대협과요? 고 대협은 지금 요동 후기지수 중 제일로 꼽는 사람인데…….”

“그러니 대산문의 총관이 얼마나 대단한 인물인지 알 수 있지요.”

“그 사람 이름이 뭐래?”

송추월이 물었다.

“그게… 이름이 알려지지 않았어.”

“이상하군. 그 정도라면 이름이 알려져야 하는 것 아냐?”

“그러게 말이야. 하지만 뭐, 그 대산문의 젊은 총관이 알려진 것은 이제 겨우 한두 달 사이의 일이니까 그럴 수도 있지. 앞으로 차차 알려지겠지. 지금은 그저 대산문의 총관으로 부르고들 있어.”

“역시 강호엔 잠룡이 많아요. 이렇게 불쑥불쑥 고수들이 튀어나오니까요.”

서연이 눈빛을 반짝이며 말했다.

"그런데 그 사람, 어쩌면 만날 수 있을지도 모르겠습니다."

대일이 서연의 말을 이었다.

"어떻게요? 그가 이쪽으로 오나요?"

"그게 아니라 대산문과 황문의 일이 일단락되자 드디어 요동삼문이 요동무림의 각 문파에 파발을 돌렸습니다."

"그럼 역시……."

서연이 되묻자 대일이 고개를 끄덕였다.

"맞습니다. 드디어 그들이 요동무림의 회합을 요청했습니다."

"때가 되었군요."

"그렇지요."

"장소는 어디죠?"

"요하 상류 구한산 신단평입니다."

"그런 곳도 있었나요?"

서연은 요동의 지리에 대해 밝은 편이었지만 대일이 말한 장소를 알지 못했다.

"저도 이번에 처음 듣는 곳인데 요동무림의 역사를 잘 알고 있는 사람들은 의미가 깊은 장소라고 하더군요."

"그래요? 어떤 곳이기에 요동무림의 회합 장소로 정해진 걸까요?"

"서 소저께서는 혹 신인(神人) 도명(道明)이란 이름을 들어 보았습니까?"

대일이 문득 물었다. 그러자 서연이 고개를 갸웃하며 혼잣

말을 되뇌었다.

"신인 도명이라… 글쎄요. 가만, 지금 신인 도명이라고 했나요?"

서연이 급히 되물었다.

"그렇습니다."

"혹 지금 대 표두께서 말씀하시는 사람이 오백 년 전 강호에 존재했던 그 절대고수를 말하는 것인가요?"

서연의 말에 대일이 고개를 끄덕였다.

"맞습니다. 사실 나나 추월이나 산적 노릇을 하고 살아 무림사에 어둡지요. 그런데 이번에 들어보니 오백 년 전 요동무림에 신인 도명이라는 절대고수가 나타나 천하무림인들의 가장 꼭대기에 섰다고 하더군요. 당시 강호의 모든 사람들이 그 앞에 서면 삼 배를 했다고 하던데……."

"맞아요. 신인 도명은 단신으로 강호를 주유했지만 어떤 고수, 어떤 문파도 그 앞에 무릎을 꿇지 않은 곳이 없지요. 그러면서도 한 사람의 생명도 앗지 않아서 선인이라 불리기도 했다고 하지요."

"역시 서 소저께서는 강호의 역사에 밝으시군요."

"그런데 그 신인 도명과 이번 회합 장소가 무슨 상관이 있다는 건가요?"

"이번에 요동삼문에서 회합 장소로 정한 요하 상류 구한산 신단평에 한 그루 고목이 있는데 오래전부터 그 고목을 사람들은 천목(天木)이라고 불렀다고 합니다. 모임의 장소가 신단

평으로 정해진 것은 바로 그곳에 천목이 있기 때문입니다. 그
천목을 심은 사람이 바로 신인 도명이라고 하더군요."

"아? 그런가요? 그건 저도 몰랐네요."

서연이 탄성을 흘렸다.

"요동삼문은 요동무림 출신으로 천하무림에 군림했던 신인
도명의 영광을 재현한다는 의미에서 신단평을 회합의 장소로
정했다고 합니다."

"그렇다면 의미있는 장소네요."

서연이 고개를 끄덕였다. 그러자 대일이 그때까지 묵묵히
자신과 서연의 대화를 듣고 있던 송추월에게 시선을 돌리며
말했다.

"우리도 그 신단평으로 가야 할 것 같다."

"천리표국도 요동무림의 회합에 초대된 거냐?"

"그렇기도 하지만 다른 이유도 있지."

"다른 이유?"

"그래, 요동삼문이 청부한 표물이 갈 곳이 바로 그 신단평이
다."

*　　　*　　　*

초원이 끝없이 펼쳐져 있었다. 초록의 빛이 사라진 지는 오
래였다. 가을이 깊어 북방의 풀들은 누런 색 수의를 입고 스러
져 갔다. 안락함의 기억은 천리표국을 떠난 지 하루가 지나지

않아 사라졌다. 그러나 오히려 송추월은 어떤 올가미에서 벗어난 것 같은 자유로움을 느꼈다.

눈에 보이는 경치는 황량했지만 송추월의 마음은 평온했다. 바람이 찬 것도 문제가 되지 않았다. 차라리 탁해졌던 정신이 깨끗이 목욕을 하는 듯한 느낌이었다.

이번 표행에 동원된 천리표국 표사들의 숫자는 삼십여 명. 그중 표두가 여섯이나 되었다. 표사들도 고르고 고른 고수들이어서 사람들은 이번 표행이 천리표국의 역사 중 가장 큰 표행이라고 입을 모았다. 그 무리 속에 송추월과 서연이 끼어 있었다.

"그들이 다시 올까요?"

어깨를 나란히 하고 말을 몰던 서연이 송추월에게 물었다.

"그들이라뇨?"

"그 복면인들 말이에요."

복면인들의 정체는 끝내 밝혀내지 못했다. 송추월이 사로잡은 복면인은 갖은 겁박에도 입을 열지 않았다. 그리고 어느 날 방비가 소홀한 틈을 타 스스로 목숨을 끊었다.

"글쎄요. 어쩌면……"

송추월도 확신할 수 없는 일이었다. 일단 몇 번의 실패를 맛본 복면인들이 다시 표물을 노릴 것인지는 알 수 없었다. 더군다나 그들이 다녀간 후 요동삼문의 고수들이 천리표국에 들렀으므로 그들은 표물이 천리표국을 떠났을 거라고 생각할 수도 있었다.

“정말 궁금해요, 그 표물이 뭔지.”

서연이 고개를 돌려 표행의 중심에서 말을 몰고 있는 천리표국주 황부인을 바라봤다.

“곧 알게 되겠지요.”

표행이 황량한 언덕을 넘었을 때 저녁이 찾아들었다.

“숙영 준비를 하라.”

마침 언덕 아래 물이 흐르고 있었기에 야숙지로 적합한 곳이었다. 황부인이 야숙의 명을 내리자 표사들이 표행을 멈추고 개울 주위에 능숙하게 천막을 치기 시작했다.

천막은 천리표국에서 특별히 준비한 것으로 표행 중 언제라도 손쉽게 잠자리를 만들 수 있게 고안된 것이었다.

작은 언덕을 등지고 순식간에 야숙지가 완성됐다. 천리표국의 표사들이 천막 중앙에 거대한 모닥불을 피우기 시작했다. 마른 초목이 무성했으므로 땔감은 손쉽게 구할 수 있었다.

모닥불이 피어오르기 시작하자 표사들이 이내 저녁 식사 준비를 서둘렀다. 표행 중 간단히 먹을 수 있도록 준비된 건량들이 나왔고 그 건량들을 끓는 물에 넣어 식사 준비가 마무리됐다.

식사 준비가 끝나자 표행에 나선 표사들이 둥글게 원을 그리고 앉아 요기하기 시작했다. 송추월과 서연도 그들 틈에서 앉아 주린 배를 채웠다.

“신단평까지는 얼마나 남았어요?”

문득 서연이 곁에서 요기를 하고 있던 대일에게 물었다. 물론 표사 생활을 일 년밖에 하지 않은 대일이 대답할 수 없는 질문이었다. 대신 대일의 곁에 있던 나이 지긋한 표사가 입을 열었다.

"서둘러 가면 열흘 안쪽에 도착하게 될 겁니다."

"아직도 꽤 남았군요."

서연이 표사의 대답을 들으며 고개를 끄덕였다. 그러다 문득 송추월을 보며 물었다.

"신단평에 가면 아는 사람들을 제법 만날 수 있겠어요."

"그렇겠지요, 고월산장 사람들이 올 테니까."

송추월이 고개를 끄덕였다.

"갑자기 그들이 보고 싶어지네요."

아마도 서연은 양산종의 후예들이 그리운 모양이었다. 순간 송추월은 불현듯 쓸쓸함을 느꼈다. 단순히 서연이 양산종의 후예들을 보고 싶다는 말 한마디에 그녀와 자신이 함께했던 시간들이 그녀에게 아무런 의미가 없는 시간이었던 것 같은, 혹은 참을 수 없는 지루함의 시간이었을지도 모른다는 생각이 떠올랐던 것이다. 물론 그녀가 실제로 그런 생각을 하고 있을 리는 없겠지만. 어쨌든 그런 생각이 들자 문득 송추월의 마음 속에서 이유를 알 수 없는 분노가 거짓말처럼 불쑥 머리를 들고 일어났다.

그 분노의 대상이 서연은 아니었다. 그건 분명했다. 어쩌면 서연이 보고 싶다고 한 그 사람들이 분노의 대상일지도 몰랐다. 그러다 문득 송추월이 퍼뜩 놀라 정신을 차렸다.

'이건 뭐지?'

내면에서 일어나는 갑작스런 분노의 감정을 깨달았을 때 송추월은 마치 자신이 큰 위험에 처해 있는 것 같은 느낌을 받았다. 그대로 두면 훗날 큰 화를 당할 것 같은 그런 위험, 하지만 그건 결국 그 스스로의 내부에서 일어난 문제였다.

'마기 때문인가?'

그럴지도 몰랐다. 마효가 전수한 무공으로부터 시작된 마기는 말로 설명할 수 없을 만큼 깊게 송추월의 내면에 자리를 잡고 있었다. 그리고 어느 순간 무방비 상태에서 불쑥 그 머리를 내밀곤 했다. 아마 지금도 그런 마기가 고개를 든 것일지도 몰랐다.

'좋지 않아.'

어느 날인가 이 분노의 기운을 절제할 수 없을 때가 올 수도 있었다. 만약 그런 날이 온다면 그때 송추월은 세상 사람들이 흔히 말하는 절대마인이 되어 있을 것이다.

'그런 괴물이 되고 싶지는 않은데…….'

송추월이 고개를 들어 하늘을 바라봤다. 차가운 북방의 하늘에 별이 보석처럼 박혀 있었다. 한쪽에선 달도 그림처럼 하늘을 가로지르고 있었다. 순간 송추월의 마음속에서 일어났던 그 뜨거운 분기들이 씻은 듯이 사라졌다. 마치 언제 마음의 동요가 있었던가 싶게. 그러자 송추월의 마음도 한순간에 편안하게 가라앉았다.

‘이렇게 이겨 나갈 수도 있지 않을까?

송추월은 마음속에서 썰물처럼 물러나는 분기를 들여다보며 내심 그가 그 분기들, 혹은 마기들을 통제할 수 있게 되기를 빌었다.

그런데 그 순간, 갑자기 송추월의 눈과 보석처럼 별을 담고 있는 하늘 사이를 검은 물체 하나가 번개처럼 지나갔다.

‘사람?

송추월이 재빨리 자리에서 튕겨 일어났다. 그의 시야를 스치고 지나가는 물체의 한 부분에서 서늘하게 빛나고 있는 것이 한 자루 검(劍)임을 깨달았기 때문이다.

창!

날카로운 격돌음이 조용한 밤하늘에 울려 퍼졌다.

“웬 놈이냐?”

천리표국의 십삼표두 중 한 명인 요천이 어느새 하늘로 떠올라 표국주 황부인을 향해 날아드는 자를 막아서며 소리쳤다.

“제법!”

순간 불청객의 입에서 조롱기 섞인 목소리가 흘러나왔다. 요천에 의해 막힌 그의 신형이 그림자처럼 너울거리더니 한순간에 요천을 덮쳐 갔다.

“놈!”

요천의 입에서 노성이 터져 나왔다. 요천의 검이 검은 그림자를 향해 뻗어나갔다.

쐐애액!

날카로운 파공음이 요천의 검끝에서 일어났다. 그러나 다음 순간 날카롭게 뻗어나가던 검을 검은 그림자가 휘감더니, 한 순간에 요천의 검이 허공으로 날아갔다.

"엇!"

요천의 입에서 다급성이 흘러나왔다. 요천 같은 고수의 손에서 한순간에 검을 뺏어내는 무공. 암습자는 놀라운 무공을 선보이며 당황한 요천을 검은 자신의 품속으로 늪처럼 끌어들였다. 동시에 그림자의 한쪽 끝에서 요기로운 빛이 번뜩였다. 검이었다.

검은 그림자에 휩싸여 옴짝달싹 못하는 요천의 목을 향해 꽂혀들었다. 그 누구도 검은 그림자의 손에서 요천을 구할 수 없었다. 검은 그림자가 요천을 제압한 것은 그야말로 전광석화와 같아서 황부인의 앞을 막아서기에 급급했던 천리표국의 표두들은 요천을 검은 그림자로부터 구할 여유가 없었다.

"운이 없구나, 내 앞을 막아서다니!"

검은 그림자에게서 다시금 한마디 음울한 목소리가 흘러나왔다. 어느새 검은 요천의 목 바로 앞까지 다가와 있었다. 그런데 바로 그 순간, 하늘에서 한 자루 검이 떨어져 내렸다.

쐐액!

하늘에서 떨어진 검은 요천의 목과 그 목을 노리는 검은 그림자의 검 사이를 파고들었다.

"음!"

순간 검은 그림자에게서 나직한 신음성이 흘러나왔다. 동시에 검은 그림자가 자신의 품속에 있던 요천을 팽개치듯 내던졌다.

털썩!

그림자가 던져 낸 표두 요천이 땅으로 나뒹굴었다. 그러자 천리표국의 표사들이 재빨리 요천을 부축했다. 그사이 그림자는 삼사 장 뒤로 물러나 자신을 공격한 인물을 향해 돌아섰다. 송추월이었다.

스스스!

검은 그림자가 움직임을 멈추자 마치 바람에 흩날리듯 그림자들이 흩어지더니 이내 한 명의 복면 흑의인이 모습을 드러냈다.

"네놈은 누구냐?"

그림자를 털어버리고 모습을 드러낸 흑의인이 송추월에게 물었다. 그러자 송추월은 되물었다.

"너는 누구냐?"

순간 복면 속에서 흑의인의 눈빛이 한기를 흘려냈다.

"놈, 감히……."

"감히 뭐가 어쨌다는 거냐? 얼굴을 가리고 기습이나 하는 주제에!"

송추월이 흑의인의 분기를 돋우었다. 순간 흑의인의 눈에서 싸늘한 살기가 흘러나왔다.

"다른 자들은 몰라도 네놈의 목은 반드시 베어주마."

“글쎄, 누구 목이 베일지는 두고 봐야 알겠지.”

“목에 칼이 들어와도 그런 소리를 할 수 있나 두고 보자.”

흑의인이 천천히 검을 들어 올리며 말했다. 그러나 흑의인
은 송추월을 향해 검을 휘두를 수 없었다. 어느새 천리표국의
표사들과 표두들이 빈틈없이 그를 에워쌌기 때문이다.

“나보다 네가 살 궁리를 먼저 해야 할 것 같은데?”

송추월이 천리표국 표사들에게 둘러싸인 흑의인을 보며 조
롱하듯 말했다. 순간 흑의인이 차가운 눈으로 자신을 에워싼
천리표국 표사들을 둘러보다가 황부인에게서 시선을 멈추며
입을 열었다.

“그대가 천리표국주인가?”

“그렇다. 내가 황부인이다. 넌 누구냐?”

황부인이 흑의인을 노려보며 물었다.

“내 정체에 관심을 둘 필요는 없다. 그대는 단지 내가 하는
제안을 받아들일지 아니면 이곳에서 표사들과 함께 죽음을 맞
이할지, 그것만 선택하면 된다.”

“제안?”

“그렇다.”

“일단 들어보지.”

“일은 간단하다. 그대의 품속에 있는 그 물건을 내게 넘기기
만 하면 되니까.”

“역시 표물을 노리는 자였군.”

“그 물건은 일개 표국이 지니고 있기에는 너무 대단한 물건

이지."

"지난번 표국을 습격한 패거리냐?"

"아니. 우리였다면 결코 실수하지 않았겠지."

"우리?"

황부인이 되묻는 사이 갑자기 어둠 저편에서 복면을 한 삼인이 새처럼 날아오더니 가볍게 장내에 떨어져 내렸다.

"혼자가 아니었군."

황부인이 경계의 눈빛을 흘리며 중얼거렸다.

"물론. 대천리표국의 국주에게서 표물을 받아내려는데 나 혼자 올 수는 없는 일이지."

흑의인의 옆에 내려선 자들의 옷차림은 각기 달랐다. 그러나 또한 동질의 기운을 흘려내는 것이 한줄기에서 나온 가지들이라는 느낌을 들게 하는 복면인들이었다.

"누구냐, 너희들을 보낸 자가?"

황부인이 물었다.

"그걸 말해줄 수 없다는 건 그대가 더 잘 알 것이고."

흑의인이 여유있는 표정으로 말했다. 첫 번째 기습은 송추월에 의해 제지됐지만 동료들이 온 이상 표물을 얻어낼 자신이 있는 모양이었다. 복면인의 말이 이어졌다.

"죽음과 삶이 그대 한마디에 달렸다. 표물을 내놓겠느냐? 아니면 네 수족들과 함께 죽음을 맞을 것이냐? 물론 어떤 경우라도 그 물건이 우리 손에 들어오는 것은 마찬가지지만!"

"표사는 표물과 함께 죽는다!"

황부인이 차가운 음성으로 대답했다. 순간 천리표국 표사들의 눈에서 기광이 번뜩였다. 표사는 표물과 함께 죽는다는 황부인의 말에는 그동안 강호제일의 표국을 이끌어온 자의 자부심이 담겨 있었다. 그 자부심은 표국의 표사들에게도 전달되어 흑의인의 뛰어난 무공으로 생겨났던 두려움을 순식간에 밀어버리고 그 자리를 천리표국 표사로서의 자존감으로 대신 채우는 것이었다.

표사들의 변한 눈빛을 보며 흑의인의 눈빛 또한 변했다.

"표사는 표물과 함께 죽는다라…… 천리표국주다운 말이군. 그리고… 오늘 그 말은 현실이 될 것이다."

서늘한 협박이 이어졌다. 이곳에 있는 사람 모두를 멸살하더라도 표물을 가져가겠다는 흑의인의 말은 결코 겁이나 주자고 하는 말이 아니었다.

"먼저… 너부터!"

흑의인이 고개를 돌려 송추월을 응시했다. 자신의 첫 공격을 방해했던 송추월에 대한 분노가 가감없이 드러났다.

"좋을 대로!"

송추월 역시 거리낄 것이 없었다. 이미 일검은 나눠본 상대였다. 한 번의 격돌에서 흑의인에 대한 자신감을 갖게 된 송추월로서는 그의 협박이 두려울 리 없었다.

"어린놈이 제법이더군. 하지만 난 내 일을 방해한 자를 지금껏 살려둔 바가 없다."

"그렇다면 아마 오늘 처음으로 그 알량한 전통이 깨지겠군."

"좋아. 언제까지 건방을 떠나 보겠다."

말이 끝나는 순간 흑의인의 검이 번개처럼 움직였다. 검이 사선을 그리며 송추월을 향해 날아갔다.

"앗!"

흑의인의 검은 워낙 빠르고 강렬해서 장내의 그 누구도 송추월 대신 흑의인의 검을 받아줄 인물이 없었다. 흑의인의 검이 허공에 반달 모양의 검형을 만들어냈고, 그 검형은 그대로 송추월의 몸을 반으로 가를 듯이 닥쳐들었다.

송추월은 상대의 검이 바로 앞에 다가올 때까지 묵묵히 기다렸다, 마치 자신의 몸을 온전히 상대의 검 앞에 내어놓듯이. 그러나 흑의인의 검이 몸을 가른다 싶은 순간 송추월은 그 자리에서 사라졌다.

삭!

미세한 파열음이 일었다. 송추월의 옷깃 하나가 허공에 날렸다. 흑의인의 검에 의해 송추월의 옷깃이 잘려 나간 것이었다. 그러나 단지 옷깃만 베어져 날렸을 뿐 송추월의 신형은 그 어디서도 볼 수 없었다.

흑의인이 송추월이 있던 곳을 날아 넘으며 재빨리 신형을 틀었다. 그 또한 상대의 몸에 검이 닿지 않았다는 것을 손의 감각으로 알고 있었다. 더군다나 순간적으로 적을 시야에서 놓쳤으니 뒤를 이을 것은 반격일 터였다.

흑의인이 재빨리 검을 거둬들여 가슴 앞쪽에 세웠다. 이어질 적의 반격을 방비하기 위함이었다.

　그런데 이상하게도 송추월의 반격은 곧바로 이어지지 않았
다. 그러자 상대의 반격을 기다리고 있던 흑의인의 경계심이
한풀 꺾였다. 그때 불현듯 흑의인의 왼쪽 어깨 위에서 송추월
의 검이 나타났다.

　팟!

　"헛!"

　흑의인의 입에서 헛바람이 새어 나왔다. 한 박자 뒤늦은 송
추월의 공격은 실로 절묘해서 흑의인이 가지고 있는 본인 능
력의 채 삼 할도 발휘할 수 없게 만들었다.

　그럼에도 불구하고 흑의인의 반응은 놀라웠다. 흑의인은 당
황하면서도 본능적으로 몸을 비틀었다. 그러자 그의 몸이 처
음 그가 모습을 나타냈을 때처럼 검은 그림자로 휘감겼다.

　송추월은 빠르게 검은 그림자를 향해 검을 찔러 넣었다.

　팟!

　그러나 검끝이 그림자에 닿는 순간 송추월은 이미 상대가
자신의 공격에서 벗어났음을 깨달았다.

　'역시 쉽지 않은 자다.'

　송추월이 내심 상대에 대한 경각심을 일으키며 재빨리 서너
걸음 뒤로 물러났다. 그러자 검은 보자기처럼 펼쳐졌던 흑의
인의 그림자가 구름처럼 송추월을 덮쳐 왔다.

　순간 송추월의 눈이 가늘어졌다. 아무리 보아도 적의 실체
를 구분해 낼 수 없었다. 몸의 서너 배에 달하는 그림자는 흑
의인의 신형을 완전히 감추고 있어 상대로 하여금 공격할 지

점을 찾을 수 없게 만들고 있었다.

송추월이 재빨리 대여섯 걸음 더 뒤로 물러났다. 그러자 검은 그림자가 땅에 한 번 내려섰다가 다시 허공을 떠올라 재차 송추월을 향해 날아들었다.

'뭐 이런 기괴한 무공이 있단 말인가?'

무공이라면 검과 검, 주먹과 주먹이 맞닿아 이뤄지는 것이라고 생각하고 있는 송추월의 상식을 완전히 깨뜨리는 흑의인의 기괴한 무공은 그를 당혹 속으로 몰아넣었다.

웅!

한순간 검은 그림자의 한쪽이 파공음을 일으키며 움직였다. 연이어 검은 그림자가 순식간에 송추월을 덮쳤다.

파파팟!

순간 송추월이 매섭게 세 번의 검초를 그려냈다. 강렬하고 빠른 검초였지만 허무하게 그림자가 점령한 허공을 베어내는 것에 그칠 뿐이었다. 다행인 것은 그 기세에 송추월을 향해 다가들던 검은 그림자도 일 장 밖으로 물러났다는 것 정도. 그러나 여전히 적의 실체를 구별할 수 없어 물러난 적에게 반격을 가할 수도 없는 송추월이었다.

"제길!"

송추월의 입에서 나직한 욕설이 흘러나왔다. 이런 싸움은 전혀 적성에 맞지 않았다. 강호에서 간혹 환술을 쓰는 자가 있다고는 들었지만 실제로 환술을 사용하는 자를 만난 것은 이번이 처음인 송추월이었다. 그러니 딱히 상대를 상대할 방법이 떠오르지 않았다.

"후후, 피를 말려주마!"

송추월의 당황한 표정을 보았는지 그림자 속에서 조롱 섞인 목소리가 흘러나왔다. 순간 송추월이 눈빛이 반짝였다.

"이따위 속임수를 쓰다니!"

송추월이 상대가 눈치채지 못하게 검을 틀어잡으며 소리쳤다.

"어리석은 놈, 감히 포영술을 속임수라 부르다니. 그 어리석음이 널 죽음으로 이끌 것이다."

순간 송추월의 신형이 움직였다. 그의 검이 그림자의 한 지점을 향해 빛과 같은 속도로 뻗어났다.

"헛!"

그림자 속에서 헛바람 소리가 터져 나왔다. 순간 송추월의 손에 뭔가가 베어지는 듯한 느낌이 전해졌다.

'됐어!'

송추월이 쾌재를 불렀다. 송추월이 이번에는 번개처럼 검을 횡으로 휘둘렀다. 다시 느껴지는 묵직한 감촉. 순식간에 검은 그림자가 와해되기 시작했다. 그러자 허벅지와 어깨에서 붉은 피를 흘려내는 흑의인의 모습이 그림자로부터 분리되었다.

"이제 숨을 곳이 없으니 어쩔 것이냐?"

피를 흘리는 흑의인을 보며 이번엔 송추월이 조롱하듯 물었다.

"어떻게……?"

송추월의 조롱에도 흑의인은 자신의 환술이 왜 깨졌는지가 오히려 궁금한 모양이었다.

"넌 말을 하지 말았어야 했어."

송추월이 차갑게 말했다.

"무슨……?"

"그림자로 몸을 숨길 순 있어도 목소리를 숨길 수는 없거든!"

송추월의 말에 흑의인은 그제야 자신의 실수를 깨달았다. 그가 당황하는 송추월을 비아냥거리며 내뱉은 말이 자신의 위치를 노출시켰던 것이다. 비록 미세한 차이이기는 하지만 고수는 목소리만으로도 상대의 정확한 위치를 찾아낼 수 있다. 흑의인은 송추월이 그 정도의 고수라는 것을 미처 깨닫지 못하고 있었던 것이다.

"이제… 죽어야지?"

송추월이 퉁명스럽게 말했다. 마치 산에서 산적질을 할 때처럼 거칠고 투박한 언사였다. 강호에 나와 고월산장에 들고, 또 서연과 함께 요동을 여행하면서 송추월은 말과 행동을 무척 조심했다. 강호에서의 생활이 산적으로 살 때와 같을 수는 없기 때문이었다. 더군다나 익히고 있는 무공도 범상치 않았다.

그러나 지금의 송추월은 남의 시선을 의식하지 않고 있었다. 흑의인은 송추월이 강호에 나온 이후 본 고수들 중 손가락에 꼽을 수 있는 인물이었다. 그런 상대를 벨 기회를 잡았다는 것에 송추월은 묘한 흥분을 느꼈다. 적에 대한 살기를 넘어선 자신을 가로막았던 일종의 단단한 벽에 대한 파괴의 본능이 스멀스멀 송추월의 가슴에서 일어났고, 그것이 다른 때와 달리 가감없이 입을 통해 흘러나오고 있었다.

만약 누군가 송추월을 유심히 지켜보는 자가 있었다면 이런 그의 변화를 무척 기이하게 생각했을 것이다. 그러나 지금 장내의 사람들은 오직 송추월과 흑의인의 승패에 대해서만 관심을 두고 있었기에 그 변화를 누구도 눈치채지 못하고 있었다.

"결코 네놈에게 죽는 일은 없을 것이다."

여전히 흑의인은 자신의 무공에 자신을 가지고 있는 모양이었다. 어깨와 허벅지에 적지 않은 부상을 입었음에도 그는 전혀 송추월을 피해 뒤로 물러날 생각을 하지 않고 있었다.

"좋아. 그 정도 배포는 있을 거라 기대했어. 하지만… 가끔 그런 오기가 스스로를 무너뜨리는 법이지. 끝을 내주마!"

송추월이 흑의인을 향해 검을 겨눴다. 순간 정면으로 송추월의 시선을 받은 흑의인이 송추월의 동공 깊은 곳에서 일렁이는 강렬한 파괴의 불꽃을 발견했다.

"네, 네놈은……?"

흑의인의 말이 채 끝나기도 전에 송추월의 검이 공간을 끊어내며 흑의인의 목을 쳤다.

팟!

흑의인이 본능적으로 고개를 틀었다. 순간 송추월의 검끝이 매섭게 흑의인의 목을 스치고 지나갔다.

“멈춰랏!”

흑의인이 비틀거리며 뒤로 물러나고 그 뒤를 따라 재차 송추월이 흑의인의 머리를 향해 검을 내려치려는 순간, 싸움을 지켜보고 있던 복면인들 중 한 명이 고함을 터뜨리면 송추월을 향해 달려들었다.

“두 놈이라도 상관없다.”

송추월은 내면에 웅크리고 있던 투기가 꿈틀거리는 것을 느꼈다. 이자들은 그가 지금껏 상대했던 자들과는 달랐다. 자신의 모든 힘을 쏟아부어야 상대할 수 있는 자들이었다. 바로 그 사실, 자신의 모든 것을 끌어낼 수 있는 상대를 만났다는 사실에 송추월의 머리보다 몸이 먼저 반응하고 있었다. 잠들어 있던 투기가 일어나자 그의 눈이 서서히 붉은색 기운을 띠기 시작했다.

팡!

송추월이 비틀거리는 흑의인을 발로 차 멀리 날려 버리고는 이내 자신을 향해 날아드는 또 다른 복면인을 향해 달려들었다. 그러나 미처 송추월이 새로운 적을 상대하기도 전에 대일이 싸움에 뛰어들었다.

“네 상대는 나야.”

대일의 굵은 음성이 흘러나오는 순간 그의 청룡도가 천둥 같은 소리를 만들어내며 송추월을 향해 달려드는 복면인의 머리를 향해 떨어져 내렸다.

꽝!

천지가 폭발하는 듯한 굉음이 터져 나왔다. 대일의 청룡도와 그걸 막아낸 복면인의 대도가 번개를 만들어내며 터져 나온 소리였다.

투투툭!

천지를 진동시키는 굉음을 만들어낸 두 사람이 각기 대여섯 걸음씩 뒤로 물러났다. 이득과 손실을 가늠할 수 없는 결과, 대일이 어깨를 한 번 움찔거리며 투덜거렸다.

"제길, 내가 추월 녀석보다 못하다는 건가?"

아마도 단번에 복면인을 제압하지 못한 것이 불만인 모양이었다. 그러나 그런 대일보다 더 놀란 것은 복면인이었다. 앞서 흑의인을 상대한 송추월의 무공은 그렇다 치더라도 다시 새파랗게 어린놈이 자신과 동수를 이룰 거라고는 예상치 못했던 듯싶었다.

"단순한 표국이 아니었던가?"

복면인이 대일을 경계하면서도 천리표국주 황부인을 보며 물었다.

"천리표국은 언제나 표국이었다, 과거에도 현재에도!"

"아니, 아무리 명성이 자자한 천리표국이라 하더라도 이런 놈들을 둘이나 데리고 있다는 건 앞뒤가 맞지 않아. 이놈들은… 일개 표사일 수가 없다."

복면인이 단정하듯 말했다. 그러자 대일이 걸쭉한 목소리로 끼어들었다.

"물론 난 일개 표사가 아니야. 천리표국의 열세 번째 표두라고!"

"표두? 그 나이에?"

"글쎄 그렇다니까?"

그러자 복면인이 다시 고개를 저었다.

"아니, 표두라도 믿을 수 없군. 네 실력이라면… 표국에 머물 실력이 아니다. 묻겠다, 천리표국은 정말 표국일 뿐이냐? 그리고 네놈은 정말 천리표국의 표사냐?"

"젠장, 그럼 천리표국이 표국이 아니면 뭐겠어? 이 몸은 어려서부터의 꿈이 표사 일을 하는 것이라 천리표국에 들어왔을 뿐이야."

"그래? 그럼 저놈은?"

복면인이 도를 들어 송추월을 가리켰다. 그때 송추월은 조금 맥이 풀린 모습으로 서 있었다. 스스로가 일으켰던 그 투기에 놀라고, 갑작스레 대일이 가로챈 적에 대한 허무감에 허탈해하고 있었던 것이다.

"그 친구는 표국의 손님이고!"

"표국의 손님이라……."

"내 친구야. 날 보러 왔다가 네놈들을 상대하게 된 거지."

대일이 청룡도를 어깨에 걸치며 말했다.

"그러니까 처음부터 천리표국에서 자란 놈들이 아니란 말이지? 좋다. 그럼 네놈들은 어디서 이런 무공을 배운 것이냐? 네놈들 사문이 어디냐?"

그러자 대일이 어이없다는 듯 소리쳤다.

“야, 요새 왜 이렇게 얼굴 가린 놈들이 뻔뻔해진 거야! 나타나는 놈들마다 자기들 정체는 숨기면서 다른 사람 정체를 묻네. 먼저 그 복면을 벗어봐. 그리고 스스로 이름 석 자를 밝히면 우리도 우리 내력을 알려주지. 어때, 할 수 있겠어?”

당연히 복면인으로서는 받아들일 수 없는 제안이었다. 정체를 밝힐 거였으면 처음부터 얼굴을 가리고 나타나지도 않았을 터였다. 복면인이 대답이 없자 대일이 피식 실소를 흘렸다. 그리고는 살벌한 목소리로 중얼거렸다.

“못하겠지? 그럼 너도 묻지 마. 대신 죽어야겠어, 그 얼굴을 보고 싶거든!”

이때만큼은 복면인도 대일의 눈빛에 흠칫했다. 어느 사이 대일도 앞서 송추월이 보였던 그 뜨거운 투기의 욕망을 눈을 통해 드러내고 있었던 것이다.

팟!

제법 큰 대일의 신형이 한순간 복면인을 향해 뛰어들었다. 그리곤 어깨에 멨던 청룡도를 그대로 떨궈내 복면인의 머리를 내려쳤다.

깡!

다시 한차례 강력한 충돌음이 장내를 뒤흔들었다. 복면인이 도를 들어 대일의 청룡도를 막아내고 있었다.

우우웅!

복면인이 청룡도를 막아내는 순간 대일의 도가 광포하게 회전하기 시작했다. 마치 그 자리에서 생겨난 폭풍처럼, 대일의 도가 모든 것을 파괴할 것처럼 복면인을 향해 밀려들었다.

대일의 미친 듯한 칼바람에 복면인이 주춤주춤 물러나기 시작했다. 간간이 대일의 도를 막아내기는 했으나 감히 반격을 가할 엄두는 내지 못하는 복면인이었다.

승부가 갈린 것은 아니지만 대일이 공세를 유지하자 황부인의 입에서 차가운 명이 떨어졌다.

"모두 나서라! 한 놈도 살려두지 마라!"

황부인의 명은 순식간에 장내를 아수라장으로 만들었다. 이미 투기가 올라 있던 천리표국의 표사들이 복면인들을 향해 뛰어들었다.

팟!

가장 먼저 피를 흘린 자는 역시 송추월에게 패퇴한 흑의인이었다. 그는 누군가의 공격을 받지 않아도 목숨이 위중한 상태였는데 그런 그를 천리표국 최고의 고수라는 표두 우정산이 날아들어 단칼에 목을 벴던 것이다.

비록 큰 부상을 당한 적이었지만 일단 우정산이 흑의인을 제거하자 천리표국 표사들의 사기는 더욱 높아졌다. 표사들은 마치 호랑이를 사냥하는 사냥꾼들처럼 나머지 세 명의 복면인을 향해 도검을 뿌려댔다.

차차창!

어지러운 도검의 충돌음이 밤 공기를 타고 초원에 퍼져 나갔다. 송추월은 달빛을 받아 번뜩이는 도검의 광채와 그 속에서 번들거리는 살기 어린 눈빛들을 텅 빈 눈으로 바라보고 있었다.

'나만이 광기에 사로잡히는 것은 아니구나. 마효, 그 늙은이의 무공을 익히지 않은 저들도 적을 앞에 두고는 결국 심연의 살기를 드러내고 있지 않은가?'

한편으로는 마음이 놓이기도 했다. 마효의 무공을 익힌 후 보름이면 찾아오는 그 살의도, 혹은 오늘처럼 강한 적을 상대할 때 자신도 모르게 일어나는 파괴의 본능도 오직 그만이 느끼는 것은 아니었다. 아니, 인간이라면 누구나 가지고 있는 본능인 것이다. 그러니 자신의 내면에 잠자고 있는 마기를 걱정할 필요가 뭐가 있단 말인가.

그러나 송추월은 이내 고개를 저었다. 자신의 내면에 심어진 마효의 마기는 지금 천리표국 표사들이 드러내는 마성과는 달랐다. 그들의 마성은 이 한판의 싸움이 끝나면 잦아들겠지만 자신의 내면에 심어진 마기는 언젠가 자신과 친구들의 목숨을 위협할 것이므로.

"망할 늙은이!"

송추월이 다시금 나직한 욕설을 흘려냈다.

第八章
천목(天木)의 땅
第八章

화마경

"쫓지 마라!"

황부인이 복면인들을 추격하려는 천리표국 표사들의 걸음을 막았다. 그러자 표사들이 재빨리 자신들의 숙영지로 복귀했다.

"젠장, 잡을 수 있었는데……."

대일도 들소처럼 씩씩거리며 돌아왔다.

"표사에겐 표물을 지키는 것이 우선일세. 우리가 자릴 비운 사이 또 다른 자들이 표물을 노릴 수 있네."

노련한 표두인 우정산이 불만 가득한 얼굴의 대일에게 차분한 목소리로 말했다.

"쩝, 그렇군요. 우린 표사지요."

대일이 고개를 끄덕였다.

'역시 표국의 싸움은 조금 다르군.'

대일과 우정산의 대화를 들으며 송추월이 고개를 끄덕였다. 한 번 싸움을 시작하면 반드시 승부를 보는 강호무림인들과 표물을 지키기 위해 적의 추격을 중단하는 표사들은 분명 싸움을 대하는 차이가 있었던 것이다.

"경계를 강화하라. 또 다른 자들이 있을 수 있다."

표사들이 돌아오자 황부인이 재차 명을 내렸다. 그러자 표사들 중 일부가 재빨리 숙영지 주변으로 이동했다. 그러나 황부인의 걱정과 달리 더 이상 표물을 노리는 자는 없었다. 천리표국의 표사들은 분란한 상황 중에도 지친 몸을 쉬며 그 밤을 보냈다. 그리고 아침이 밝아오자 서둘러 숙영지를 떠났다.

검은 가죽으로 만든 신발을 신은 발이 가볍게 타다 남은 나뭇가지를 밟았다.

투툭!

그 발의 무게를 못 이기고 검게 그을린 나뭇가지가 부서졌다.

"천리표국이라……. 제법이군. 단순한 표국은 아니라고 생각했지만… 요동삼문이 물건을 맡길 만한 곳이야."

발의 주인이 중얼거렸다. 묵색 무복을 입은 발의 주인은 깊은 눈으로 이미 점으로 변한 천리표국 일행을 바라보고 있었다.

"북황사자 다섯이 나서고도 일에 실패했다. 더불어 그중 한 명은 죽었고. 손실이 크군. 사자 한 명의 목숨은 만금과도 같거늘… 늙은이들이 잔소리 좀 하겠어."

묵색 무복의 사내가 혀를 찼다. 그러던 한순간 사내가 가볍게 손을 들어 올렸다. 그러자 기이하게도 사내의 뒤쪽에 검은 그림자가 어른거리더니 복면을 한 사내 한 명이 모습을 드러냈다.

"신단평으로 간다."

"하면 물건은……?"

"한 번 실패한 물건을 다시 노리는 것은 내 자존심이 허락지 않아."

"다른 사패에서 노릴 수도 있습니다."

"우리가 실패한 걸 다른 곳에서 손에 넣을 수는 없을 거야."

"알겠습니다."

"일단 오늘 일은 성에 알리지 마라."

"하지만 사자가 죽은 일은……."

"나중에… 나중에 내가 직접 알리겠다. 지금 오늘 일을 성에 알리면 성의 늙은이들이 당장 돌아오라고 난리를 칠 거야. 그리되면 요동에 머물기 힘들다. 그렇다고 이대로 성으로 돌아간다면 중천성과 남제성의 비웃음을 어찌 감당할꼬?"

"알겠습니다, 성주!"

"사람을 먼저 신단평에 보내 돌아가는 사정을 알아봐. 물건을 확보해 사람을 얻으려던 계획이 실패했으니 사람을 얻어 물건을 확보해야겠어. 신단평에 모인 자들의 정보가 필요해."

"조사하겠습니다."

"가봐."

사내의 말에 복면인이 연기처럼 사라졌다. 그러자 사내가 한동안 멀어진 천리표국 표사들을 바라보다 중얼거렸다.

"아예 저들을 앞에 내세워 볼까? 아니야. 그래 봐야 표국은 표국. 다른 자들을 찾는 게 나을 거야."

혼잣말을 중얼거린 사내가 천천히 천리표국이 움직인 방향을 따라 발걸음을 옮기기 시작했다.

＊　　　＊　　　＊

산세가 일어서기 시작했다. 이어지던 평지가 불쑥불쑥 솟아 올라 작은 동산을 만들더니 급기야는 무성한 숲이 들어선 산들이 모습을 드러냈다. 천리표국의 표사들은 산들 사이에 난 길을 따라 질주했다. 그렇게 산들이 보이기 시작한 후 삼 일이 더 지났을 때 일행 앞에 거친 격류가 흐르는 강이 모습을 드러냈다. 요하 상류를 이루는 한 강줄기였다.

강은 그리 넓지 않았다. 이런 작은 강들이 모여서 요하를 이루고 그 대하는 바다로 흘러갈 것이다.

"숙영한다."

강을 앞에 두고 천리표국주 황부인의 명이 떨어졌다. 그러자 천리표국의 표사들이 분주히 움직여 강변에 숙영지를 구축하기 시작했다.

송추월은 표사들이 숙영지를 구축하는 동안 서연과 함께 노을 지는 강변을 거닐었다. 송추월이 자신의 손으로 숙영지를 구축할 필요는 없었다. 표국을 떠날 때부터 송추월에 대한 천리표국의 대접은 각별했지만 지난번 복면인들의 습격 이후에는 더더욱 정성을 다하는 천리표국이었으므로 송추월의 막사 준비는 일반 표사들의 몫이었다.

"얼마나 남았을까요?"

문득 송추월이 입을 열었다.

"이제 이틀이면 도착할 거라고 하더군요."

"다 왔군요."

"강을 건너면 구한산의 시작이라고 하더군요. 신단평은 구한산 서쪽에 있지요."

"그곳에 도명이란 사람이 심은 나무가 있다고 했지요?"

"그래요. 사람들이 천목이라 부르는 나무지요. 한때는 그 나무를 찾아보는 것이 강호 젊은이들의 중요한 일 중 하나였던 시절이 있었다고 하더군요. 물론 지금에 와서야 그 천목을 기억하는 사람이 없지만요."

"그 사람 정말 그렇게 대단한 사람이었나요?"

"호호, 정확한 것이야 저도 모르죠. 벌써 몇백 년 전의 사람인데요. 하지만 전설에 의하면 그는 천하의 모든 무공에 통달했던 사람이라고 하더군요. 강호에는 수많은 종류의 무공이 있는데 그는 강호에서 누군가를 상대할 때 꼭 상대의 무공과 같은 무공으로 상대를 꺾었다고 해요.”

“그게 가능한 일일까요?”

“모르죠, 그 이야기가 정말 사실인지. 어쩌면 그를 신성시하는 사람들이 지어낸 이야기일지도 모르죠. 하지만 어쨌든 그래요. 그는 도검을 넘어 독과 암기, 그리고 권각술에, 의술까지 통달한 사람이었다고 해요. 그래서 무림 사상 그 누구도 받아보지 못한 존중을 받게 되었던 거죠.”

“후손은 없나요?”

“없어요. 이상하죠? 그런 사람이 제자를 두지 않았다는 것이. 어쩌면 자신의 무공을 이어받을 수 있는 인재를 찾지 못했을 수도 있고요.”

“음. 사내가 무공을 수련한다면 그 정도는 되어야 하는데…….”

송추월이 지나가는 말처럼 중얼거렸다.

“혹시 알아요, 송 소협이 그와 같은 고수가 될지?”

“하하하, 그런 사람은 실로 수백 년 만에 하나 나올까 말까 한데 어떻게 내가 그런 사람이 될 수 있겠어요.”

“그건 모르는 일이죠. 솔직히 지금의 송 소협도 강호인들을 경악시킬 만한 무공을 지녔으니까요.”

“제 무공이 대단한 건가요?”

송추월이 되물었다.

“이봐요, 당신은 자신에 대해 정말 잘 모르는군요. 난 양산에서부터 줄곧 당신을 지켜봤어요. 양산에서 처음 보았을 때 당신은 이미 무공이 일류 경지에 올라 있었지요. 그러나 지금은 그때보다 두 배는 더 강해졌을 거예요. 당신이 지난번에 복면인과 상대하던 그 모습은 정말로 대단했어요."

"이게 다 그 빙정이란 놈 덕이지요."

"물론 그렇기도 해요. 빙정을 복용한 것은 정말 천고의 복연이라고 할 수 있지요. 하지만 단지 그 빙정만으로 당신이 그렇게 강해질 수는 없어요. 당신은… 재질이 있어요."

"글쎄요. 하지만 아직은 많이 부족하죠."

"그렇지 않을걸요? 난 이번에 신단평에 모이는 사람들 중 송 소협에 필적할 무공을 지닌 사람은 거의 없을 거라고 생각해요."

"하하, 너무 지나치군요."

송추월이 호탕한 웃음을 터뜨렸다. 그러나 서연은 무척 진지한 표정으로 말을 이었다.

"이봐요. 당신의 무공은 정말 대단해요. 난 결코 당신이라고 해서 과장되게 평가할 사람이 아니에요. 당신은 자신의 무공에 대해 정확하게 알아야 해요. 자신의 능력을 너무 과신하는 것도 좋지 않지만 또한 자신의 진실한 능력을 너무 과소평가하는 것도 위험해요. 특히 지금은요."

서연의 진지한 말투에 송추월도 얼굴에서 웃음기를 거뒀다. 그리곤 되물었다.

"신단평… 위험할까요?"

"위험할 수 있어요. 아니, 위험해요. 요동무림이 통합되든

안 되든 신단평에선 치열한 주도권 싸움이 벌어질 거예요. 아마 사람이 죽을 수도 있어요. 그런 곳에서 당신의 능력은 오히려 당신을 위험에 빠뜨릴 수도 있어요."

"무슨 말인지 알겠어요. 그럼 차라리 떠날까요?"

그러자 이번에는 서연이 웃음을 흘렸다.

"호호호. 그렇다고 도망을 가면 되나요, 남자가. 오히려 당신의 능력으로 한자리 차지해 봐요."

"난 그런 일에는 관심없어요."

"물론 나도 당신이 그런 사람이란 걸 알지요. 아무튼 신단평의 일은 수십 년에 한 번 볼까 말까 한 재밌는 구경거리가 될 거예요. 조금 위험하다고 그 구경을 포기할 수는 없잖아요?"

"후후, 그렇기도 하군요. 하긴 겁을 먹을 이유는 없지요. 어떤 자든 날 건드린다면 후회하게 될 테니까."

"아, 이제야 정말 고수 같군요. 그 자신감 좋아요."

"칭찬을 들으니 저도 좋군요. 하하!"

송추월과 서연이 서로를 보며 유쾌한 웃음을 터뜨렸다. 그런데 그렇게 한바탕 웃던 송추월의 얼굴에서 문득 웃음기가 지워졌다. 그의 시선이 동쪽으로 향했다. 송추월의 행동에 서연 역시 웃음을 멈추고 동쪽으로 시선을 돌렸다.

길은 서서히 어둑해지고 있었다. 그 어둠 속으로 일단의 인물들이 말을 몰아오고 있었다.

"누굴까요?"

송추월이 경계심을 드러내며 말했다.

“모르겠어요. 하지만 신단평과 가까운 곳이니 누구라도 마주치는 것은 당연한 일일 거예요. 그런데 저렇게 드러내 놓고 길을 오고 있다면 경계할 필요는 없을 것 같은데요?”

“그런가요? 그만 돌아가죠.”

송추월과 서연이 천리표국의 숙영지로 돌아왔을 때 천리표국의 표사들은 이미 숙영지를 완성해 놓고 있었다. 숙영지를 구축한 천리표국의 표사들은 한곳에 모여 동쪽에서 다가오는 사람들을 지켜보고 있었다. 이미 오는 길에 한 번의 습격을 받았던 터라 표국의 표사들 얼굴에는 경계심이 드러나 보였다.

송추월과 서연도 표사들 사이에 섞여서 다가오는 사람들을 지켜보고 있었다. 그러다 어느 순간 송추월의 얼굴에 반가운 기색이 드러났다.

“그들이군요.”

“그들이라뇨?”

미처 다가오는 사람들의 정체를 알아채지 못한 서연이 되물었다.

“저 옷차림을 보세요.”

송추월이 손을 들어 말에 탄 자들을 가리켰다. 그러자 서연이 눈을 가늘게 뜨고 다가오는 사람들을 살피다가 이내 탄성을 흘렸다.

“고월산장이군요.”

“맞아요. 바로 그들이에요.”

"역시 고월산장도 신단평으로 왔군요."

서연이 고개를 끄덕였다.

"가볼래요?"

송추월이 서연에게 물었다.

"오면 보게 되겠죠."

서연이 담담한 표정으로 대답했다. 그때 대일이 송추월을 툭 치며 물었다.

"저들이 고월산장의 사람들이라고?"

"그래, 그들이야."

"음, 그렇다면 걱정할 필요 없겠군. 고월산장의 사람들이 표물을 노릴 리는 없을 테니까."

"당연하지."

송추월이 고개를 끄덕였다.

고월산장의 고수들은 천리표국의 숙영지 삼십여 장 앞에서 말을 세웠다. 그리고 그중 세 명이 천리표국 표사들을 향해 걸어왔다. 낯익은 얼굴, 고무룡과 그의 두 호위 이각과 우태였다.

"전 고월산장의 고무룡이라 합니다. 혹 천리표국의 표행입니까?"

고무룡이 천리표국 표사들 십여 장 앞에서 걸음을 멈추고 입을 열었다. 그러자 천리표국주 황부인이 앞으로 나서며 대답했다.

“그렇소이다. 우린 천리표국의 사람들이외다. 난 국주인 황 부인이라 하오. 고 대협의 명성은 익히 들어 알고 있소이다.”

황부인이 앞으로 나서자 고무룡이 얼른 포권을 취했다.

“황 국주님께서 직접 표행을 이끌고 계신 줄 몰랐습니다. 후 배가 인사드립니다.”

“하하하, 나 또한 오늘 요동 최고의 고수로 꼽히는 고 대협 을 만날 줄은 몰랐구려.”

“과찬이십니다.”

“무슨 말씀을! 혁가장과의 싸움을 통해 고 대협이 요동제일 고수를 다툴 수 있는 경지에 올랐다는 것은 모두가 인정한 사 실 아니겠소. 그런데 장주께선……?”

“함께 오셨습니다. 잠시만 기다려 주십시오. 모셔오겠습니 다.”

고무룡이 가볍게 고개를 숙여 보이고는 신형을 돌리려다 문 득 송추월과 서연을 발견하고는 눈을 크게 떴다. 고무룡과 시 선이 마주친 송추월이 가볍게 고개를 숙여 보였다.

“두 분 여기 계셨구려.”

고무룡이 반가운 얼굴로 말을 건넸다.

“어쩌다 보니 천리표국의 신세를 지고 있었네요, 사형.”

송추월 대신 서연이 대답했다.

“하하, 신단평에 오면 혹 송 소협과 사매를 만나게 될 수 있 을 것이라 기대했지만 이렇게 일찍 만나게 될 줄은 몰랐군. 어 쨌든 다시 만나게 되니 기쁘군. 그럼 잠시 후에 보지.”

고무룡이 서연에게 말을 건네고는 서둘러 뒤로 물러갔다.

"그러니까 저 사람이 고무룡이란 말이지?"

고무룡이 물러가자 대일이 나직하게 물었다.

"그래. 기억 안 나?"

"뭐, 어렴풋이 나는 것 같기도 하고… 벌써 여러 해 전 일이 잖아."

"난 혼강 변에서 고 대협을 봤을 때 한 번에 알아봤는데."

"그래, 네 머리 좋다."

대일이 입을 삐죽였다. 그러는 사이 고무룡이 고모수와 고월산장 고수들을 대동하고 천리표국주 앞으로 다가왔다. 고모수가 다가서자 황부인이 먼저 포권을 해 보였다.

"어서 오십시오. 천리표국의 황부인입니다. 고 장주님의 명성은 익히 들어 알고 있습니다. 이렇게 만나뵙게 되어 영광입니다. 더불어 늦었지만 서압록의 패자가 되신 것 축하드립니다."

"환대에 감사드립니다. 저 또한 황 국주를 만나뵙게 되어 반갑습니다. 천리표국은 요동을 넘어 전 무림천하에서 손에 꼽히는 표국인데 저와 같이 벽촌에 살고 있는 사람을 알아봐 주시니 영광입니다."

고모수도 정중하게 황부인의 말을 받았다.

"무슨 말씀을! 고월산장의 명성이 이미 강호를 뒤덮고 있음을 어찌 모르겠습니까. 혹 거처를 정하지 않으셨다면 오늘 밤함께 야숙을 하심이……?"

“하하, 그리해 주신다면 고맙지요.”

“저야말로 고월산장의 고수 분들을 접대할 수 있어서 영광입니다.”

황부인은 노련한 사람이다. 천리표국을 키운 것은 그와 그를 따르는 표사들의 용맹도 있었지만 그의 노련한 상인적인 기질도 크게 한몫했다. 그는 중요한 사람을 사귈 줄 알았고, 고월산장주 고모수는 그가 꼭 사귀어둘 필요가 있는 사람이었다.

“근처에 숙영할 준비를 해라.”

고모수의 명에 고월산장의 고수들이 빠르게 움직이기 시작했다.

“자네를 보다니 운이 좋군.”

고월산장의 고수들이 움직이자 고모수가 송추월에게 다가서며 말을 건넸다.

“신단평에 오면 뵐 거라 생각했습니다.”

“설죽암에서의 일은 전해 들었네. 몸은 어떠신가?”

“오히려 그전보다 좋아졌습니다.”

송추월의 대답에 고모수가 고개를 끄덕였다.

“그러고 보니 그런 듯하군. 조금 변한 것 같으이.”

“운이 좋았지요.”

“하하하, 새옹지마인가?”

“그런 듯합니다.”

“어쨌든 자네의 기세가 많이 부드러워진 것 같아 보기 좋으이.”

“모두 덕분이지요.”

송추월이 가볍게 고개를 숙여 보였다. 본래 고모수와 고무룡은 송추월이 고월산장을 떠나기 전 그의 기도를 걱정했었다. 그런데 송추월이 빙정을 복용한 후 화기가 가라앉음으로써 두 사람이 걱정했던 기운은 더 이상 보이지 않았다. 아무리 고모수라고 해도 화기 밑에 잠자는 마효의 마기는 읽어내지 못하는 모양이었다.

“두 분이 친분이 있으셨나요?”

황부인이 송추월과 스스럼없이 이야기를 나누는 고모수를 보며 물었다. 대일이야 송추월이 고월산장에서 혁가장을 상대로 싸운 일을 알고 있지만 황부인은 아직 모르고 있는 일이었다.

“제가 신세를 졌지요.”

고모수가 대답했다.

“아, 그런가요? 우리 천리표국 또한 송 소협에게 많은 신세를 졌습니다만.”

“오, 그렇습니까? 그렇게도 인연이 이어지는군요. 하하하!”

“자, 안으로 들어가시지요.”

황부인이 자신의 막사로 고모수를 인도했다.

“그럴까요? 나중에 보세.”

고모수가 황부인을 따라 걸음을 옮기며 송추월에게 말했다.

“그러지요.”

송추월이 가벼운 미소와 함께 대답했다.

"아직 식사 전인가?"

고모수가 황부인을 따라 막사로 들어가자 고무룡이 다가와 물었다.

"그렇습니다."

"그럼 함께하세."

"그럴까요?"

송추월이 고무룡의 청을 거절치 않고 응낙했다. 그런데 그때 대일이 불쑥 입을 열었다.

"안녕하십니까, 고 대협!"

갑작스런 인사에 고무룡이 의아한 눈으로 대일을 바라봤다. 그리고는 잠시 후 당황스런 표정으로 입을 열었다.

"미안하오만… 기억에 없는 분인데……."

"하하하. 물론 그러실 겁니다. 전 천리표국의 표두인 대일이라고 합니다."

"아, 그렇소이까? 이거 몰라 뵈어 미안하외다."

"미안하실 일은 아니지요. 하지만 고 대협께서는 절 못 알아보실지 모르겠지만 전 고 대협을 예전에 한 번 뵌 적이 있지요."

"아, 그렇소이까? 이거 그러면 더욱더 미안하구려. 내가 한 번 본 사람은 잊지 않는 편인데."

여전히 고무룡이 당황스런 표정을 지으며 열심히 대일의 얼굴을 살폈다. 그러나 고무룡의 머리에선 대일에 대한 기억을 끄집어낼 수가 없었다.

"고 대협께서 절 기억하지 못하시는 것은 당연한 일입니다. 그때 전 도망가기 바빴으니까 말입니다. 하하하!"

"도망을 가다니, 날 피해서 말이오?"

"그렇습니다."

"허, 이것 참… 그렇다면 분명 기억을 해야 하는데……."

고무룡이 난감한 표정을 지었다. 그러자 곁에 있던 송추월이 입을 열었다.

"고 대협께선 이 친구를 몰라보실 수밖에 없습니다. 그때 이 친구가 워낙 빨리 도망을 갔거든요. 그 대호산에서 말입니다."

순간 고무룡의 눈빛이 반짝였다.

"대호산이라면… 그러면 그때의 그……?"

"그렇습니다. 그때 고 대협에게 혼쭐이 난 다섯 중 하납니다."

대일이 미소를 지으며 말했다. 그러자 고무룡이 새삼스런 눈으로 대일을 바라봤다. 그리고는 고개를 저으며 중얼거렸다.

"참으로 기이한 일이오. 사람의 운이라는 것이 풍운 같다고는 해도 대호산의 어린 친구들이 하나같이 이렇게 고강한 고수로 성장했다니 말이오. 물론 송 소협에게 다른 친구들도 모두 뛰어난 고수가 되었다는 말은 들었지만 이렇게 직접 만나보니 기대 이상이구려."

"하하하, 운이 좋았지요. 그러고 보니 그때 고 대협을 만난 이후부터 우리 운이 좀 트인 것 같습니다. 안 그러냐?"

대일이 송추월의 어깨를 툭 쳤다.

"뭐, 생각해 보면 그런 것 같군."

송추월도 고개를 끄덕였다.

"자자, 밤은 기니 여기서 이럴 것이 아니라 저쪽에 가서 천천히 이야기를 나눕시다."

고무룡이 송추월과 대일을 고월산장 고수들이 마련해 놓은 야영지 쪽으로 이끌었다.

*　　　*　　　*

구한산 인근에서 조우한 천리표국과 고월산장의 고수들은 함께 강을 건넜다. 본시 고월산장주 고모수는 정명한 사람이고 천리표국주 황부인도 부드럽지만 강단있는 사람이라 두 사람은 금세 친근한 사이로 발전했다. 물론 그 속내에는 구한산 신단평에서 벌어질 요동무림의 대회합에서 서로에게 도움이 될 수 있을 거란 계산도 포함되어 있는 것이 분명했다.

하지만 이유야 어쨌든 길 위에서 만나 제법 돈독한 사이로 발전한 고월산장과 천리표국의 관계는 천리표국에 있어서는 무척 반가울 일이었다. 왜냐하면 고월산장의 고수들까지 합류한 이상 길 위에서 표물을 노릴 자는 더 이상 없을 터였기 때문이다.

강을 건넌 두 문파의 고수들은 구한산 남쪽 기슭을 따라 이틀을 이동했다. 그러자 사람들 눈에 구한산의 서쪽 능선을 타고 내려 호리병 모양의 계곡을 이루는 지형이 눈에 들어왔다. 계곡은 제법 넓어 근 일천 장에 달하는 너른 초원이 들어차 있었다. 구한산 신단평이었다.

"저게 천목인가 보군요."

산기슭에서 내려다보이는 신단평을 유심히 살피고 있던 송추월이 입을 열었다. 그의 눈에 신단평 북쪽을 가로막고 있는 가파른 절벽 아래 한 그루의 주목나무가 서 있는 것이 보였다.

멀리서 보아도 두께가 장정 두어 사람이 감싸 안을 만했고 밑동부터 용틀임을 시작한 기둥은 신령스럽게 회전하며 하늘로 치솟아 있었다. 그 가지의 품도 넓어 족히 일백여 명은 그 아래 그늘에서 땀을 식힐 만했다.

"그런 것 같아요. 보통 나무가 아니네요."

서연이 대답했다.

"사연을 들어서 그런지 신령스런 느낌이 나긴 하는군요."

"무림인들에겐 신령스런 나무가 맞지요. 신인 도명의 전설이 서린 나무니까요. 뭐, 어쨌든 오긴 왔군요."

"많이 왔군요. 아직 날짜가 제법 남아 있는데."

요동삼문이 정한 요동무림의 회합 날짜까지는 아직 닷새가 더 남아 있었다. 그럼에도 불구하고 신단평 곳곳에는 회합에 참가하기 위해 몰려든 고수들이 친 천막이 가득 들어서 있었다.

“내려간다.”

앞에 서 있던 천리표국주 황부인의 목소리가 들려왔다. 그러자 잠시 걸음을 멈췄던 천리표국의 표사들이 천천히 신단평을 향해 걸음을 옮기기 시작했다.

신단평으로 내려선 천리표국과 고월산장의 고수들은 북쪽 천목이 있는 곳으로 이동했다. 천목이 가까워질수록 천막의 숫자가 늘어났다. 사람들은 마치 신단평의 천목이 알현해야 할 제왕이라도 되는 듯 천목 주변으로 모여들고 있었다.

그렇다고 천목에 이르는 길이 막혀 있는 것은 아니었다. 천목 가까이 막사를 세우면서도 사람들은 일정한 공간을 두어 천목으로 이어지는 길을 만들어놓고 있었다. 만약 누군가 그 길 중간에 막사를 세운다면 아마도 그 문파는 그 즉시 신단평을 떠나야 할 터였다.

가까이 다가서자 천목은 더더욱 신령스런 자태를 드러냈다. 먼저 그 크기가 멀리서 보던 것보다도 훨씬 커서 보는 사람들을 압도했다. 꿈틀거리며 하늘로 솟아 있는 천목은 천신이라도 되는 듯 고개를 굽혀 자신을 경배하러 온 요동의 무림인들을 내려다보고 있었다.

“대단하군요!”

서연이 감탄사를 흘려냈다.

“그렇군요. 이렇게 큰 나무는 본 적이 없어요.”

송추월도 고개를 끄덕였다.

"역시 천목은 천목인가 봐요. 수백 년이 지나도 생기가 여전해요. 아직도 계속 자라고 있나 봐요."

"신인 도명이 이 나무에 무슨 기운이라도 남겼나 보군요."

"호호, 그럴지도 모르죠."

서연이 낮게 웃음을 터뜨렸다. 그사이 앞서 숙영지 세울 자리를 찾아 움직였던 천리표국의 고수들과 고월산장의 고수들이 돌아왔다. 그들은 각기 황부인과 고모수에게 말을 전했고, 그 말을 들은 두 사람은 고개를 끄덕이더니 양쪽의 고수들에게 명을 내렸다.

"동쪽으로 간다."

황부인이 손을 들어 가야 할 곳을 가리켰다. 천목을 중심으로 보자면 동쪽에 치우친 곳으로 구한산으로 이어지는 능선의 끝자락이었다.

"괜히 둘러가네요."

애초에 그들이 구한산 자락에서 내려왔으므로 숙영지로 정한 장소로 가려면 천목이 있는 신단평 중앙 북단으로 올 필요가 없었다.

"그래도 천목은 한 번 봐야지요."

서연의 투덜거림에 송추월이 미소를 지으며 말했다.

"하긴 그렇네요."

서연이 고개를 끄덕이는 사이 고월산장과 천리표국의 고수들이 서서히 움직이기 시작했다.

　신단평 동쪽은 아직 그리 많은 사람이 모여 있지는 않았다. 천목으로부터도 멀리 떨어져 있고 신단평의 중심에서 먼 곳이라 그런 모양이었다.

　하지만 오히려 신단평의 중앙보다는 숙영지로 훨씬 좋은 조건을 갖추고 있었다. 일단은 가장 중요한 물이 가까웠다. 구한산 자락을 타고 내려온 작은 개울물이 있어 식수로 사용하기에 충분했다. 더불어 산자락 끝이나 뒤쪽으로 다른 사람들이 숙영지를 구축할 수 없었으므로 호젓한 분위기가 나기도 하는 곳이었다.

　고월산장과 천리표국 고수들은 황부인과 고모수가 지정한 장소에 도착하자 신중하게 숙영지를 구축하기 시작했다. 그들의 손놀림은 앞서 길 위에서 숙영지를 만들 때와는 사뭇 달랐다. 그도 그럴 것이, 앞으로 이곳에서 얼마나 오랫동안 머물지 아무도 예상할 수 없었다. 신단평의 회합은 적어도 열흘 이상, 길게는 한 달 이상 이어질 수도 있었다. 혹은 그보다 더 오랫동안 지속될 수도 있었다. 당연히 길 위에서 야숙하는 것과는 다른 단단한 숙영지가 필요한 것이다.

　고월산장과 천리표국의 고수들은 반나절을 숙영지를 구축하는 일에 매달려 시간을 보냈다. 그리하여 그들이 숙영지 구축을 마쳤을 때에는 이미 신단평에 어둠이 내리고 있었다.

　힘써 일한 사람들은 서둘러 저녁 요기를 마친 후 이른 잠자리에 들었다. 송추월 역시 서연과 이웃한 천막에 들어 신단평에서의 첫날밤을 맞이했다.

안개가 피어올랐다. 신단평은 평지라 안개가 만들어질 리 없었지만 구한산은 달랐다. 구한산은 밤새 품었던 습기를 아침이 되자 하늘로 되돌려 보내기 시작했다. 그렇게 만들어진 안개가 밀물처럼 구한산 아래 신단평으로 밀려 내려왔다.

송추월은 밀려드는 안개를 헤치며 구한산 정상으로 향했다. 이른 아침 안개 속에서 새소리가 들려왔다. 안개에 휩싸였던 나무들이 찬 이슬을 뿌려댔다. 송추월에게는 이 모든 것이 지극히 평온하게 느껴졌다. 그가 대호산을 떠난 지는 이미 일 년이 넘어서고 있었다. 물론 그 와중에 다른 산에 오르지 않은 것은 아니었으나 이렇게 대호산에서처럼 온전히 산을 즐길 시간은 없었다. 이 시간을 위해 서연과 대일도 모르게 숙영지를 빠져나온 송추월이었다.

구한산은 깊었다. 요하에 한줄기 물길을 대는 구한산은 오를수록 강렬한 기세로 송추월을 맞이했다. 솟구치기 시작한 산세는 산에 능숙한 사람조차도 두 손을 발처럼 사용해야 할 만큼 가팔랐다.

그러나 무공을 익힌 송추월에겐 그리 어려운 길이 아니었다. 그는 잠에서 깨어나는 숲을 음미하며 계속해서 산의 정상으로 향했다. 그렇게 얼마나 걸었을까, 드디어 송추월이 안개 위로 머리를 내밀었다. 그러자 구름처럼 펼쳐진 안개 너머로 멀리 초원이 보이고 그 초원 끝, 지평선에 붉은 화염을 일으키며 솟아오르는 태양이 보였다.

　송추월은 좀 더 걸음을 빨리했다. 그의 신형이 나는 듯이 산을 타고 올랐다. 그렇게 일각을 달리자 드디어 구한산의 정상이 송추월을 받아들였다.

　송추월은 훌쩍 신형을 날려 정상에 천신처럼 우뚝 서 있는 바위 위로 올라섰다. 구한산 아래 광활한 초원이 환상처럼 펼쳐졌다. 지평선 끝에서 하늘과 땅을 붉게 물들이며 태양이 꿈틀대고 있었다.

　불덩이 같은 태양을 대하는 순간 송추월은 뜨거운 무엇인가가 가슴속에서 이글거리기 시작하는 것을 느꼈다. 그 강렬한 기운은 순식간에 송추월의 전신을 휘감았다. 그러나 견디기 힘든 고통의 열기는 아니었다. 어쩌면 그것은 뜨거움이 아니라 격렬한 감정의 폭발인지도 몰랐다. 하지만 어쨌든 그 가슴의 불덩어리가 전신을 장악하는 순간에도 송추월은 명료한 정신으로 태양이 지평선을 벗어나 풍선처럼 하늘로 떠오르는 것을 보고 있었다.

　순간 태양과 마찬가지로 그의 몸도 바위 위에서 한 치 정도 떠올랐다. 그 미세한 바위와의 공간은 그리 대단한 높이가 아니었으나 중요한 것은 송추월의 몸이 무의식중에 허공에 떠올랐다는 것이었다. 사실 송추월은 자신의 몸이 허공에 떠 있다는 것조차도 모르고 있었다.

　송추월은 지금 온전히 지평선 위 태양의 열기에 빠져 있었다. 일출과 일몰을 본 것이 하루 이틀이 아니지만 오늘은 뭔가가 달랐다. 태양이 하늘이 아니라 그의 가슴속으로 들어온 듯한 느낌이었다. 그 강렬한 열기를 느끼면서도 전혀 고통스럽지 않은, 그렇게 태양을 품에 안는 듯한 경험은 생전 처음이었다.

그러나 시간은 흐른다. 시간이 흐르면 태양은 그 꼬리를 싹둑 자르고 허공에 자리를 잡는다. 그러면서 천지를 물들였던 적염은 사라지고 이제 투명한 햇빛을 온 천하에 뿌려대는 것이었다. 그때 인간은 감정의 폭풍에서 이성의 땅으로 돌아올 시간을 맞이하게 된다.

송추월이 문득 자신의 발이 바위에 닿는 것을 느꼈다. 그리고 그제야 그는 자신의 몸이 한동안 허공에 떠 있었다는 걸 깨달았다. 아직 그의 내면에서 꿈틀거리는 태양을 서서히 삭이며 송추월이 한숨을 내쉬었다. 그건 흥분과 절망의 느낌이 묻어나는 한숨이었다.

"도대체 그 늙은이가 우리에게 뭘 전해준 거지?"

송추월이 중얼거렸다. 오늘의 경험은 송추월에게 새로운 사실을 알려주고 있었다. 그건 괴노 마효가 남긴 것이 지금까지 생각했던 것보다 훨씬 강렬한 그 무엇이라는 것. 그러니 그 힘을 쓸 수 있다면 상상하지 못했던 경지에 오를 수 있다는 사실이었다. 반면 그건 또한 한 가지 절망적인 사실을 확인시켜 주었다. 그간 빙정으로 어느 정도 균형을 찾았다고 생각했던 몸의 화기가 사실은 빙정의 힘보다 훨씬 강력하다는 사실이었다. 그동안 그 화기는 그저 빙정의 가면 뒤에 잠시 가려져 있었을 뿐이었던 것이다. 그러니 언젠가 그 화기가 성을 낸다면 어쩌면 송추월의 몸은 견뎌내지 못할 수도 있었다.

"곤륜에 아니 갈 수는 없겠어."

송추월이 중얼거렸다. 아마도 이 화기의 저주를 풀려면 반드시 마효를 만나야 할 터였다.

"그 노인네가 전한 신공이 화수유천이라 했는데 정말 이름은 제대로 지은 것 같군. 불의 강이 하늘로 흐른다라… 그 속에서 어떻게 사람이 살아남아? 망할 노인… 그런데 왜 이렇게 기분은 상쾌한 거지?"

송추월이 고개를 갸웃했다. 분명 숨어 있던 거대한 화기의 존재를 확인했지만 그의 몸은 어느 때보다도 상쾌했다. 깃털처럼 가벼워진 몸은 허공으로 뛰어오르면 단숨에 구한산을 날아 내려 신단평에 서 있을 것처럼 느껴졌다.

"나쁜 것만은 아니군. 하여간에 화복을 점칠 수 없는 무공이라니까."

송추월이 투덜거리며 바위 위에서 몸을 날렸다. 그러자 그의 몸이 둥실 떠오르더니 가볍게 땅 위에 내려섰다.

"역시 조금 변하긴 했군."

송추월이 고개를 끄덕였다. 몸이 전하는 감각은 정확했다. 그는 다시 한 단계를 넘어서고 있었다.

"어! 배가 고프네."

내려가야 할 시간이었다. 어쩌면 지금쯤 잠에서 깨어난 사람들이 송추월을 찾느라 부산을 떨고 있을 수도 있었다. 송추월이 서둘러 자리를 떠났다.

　그런데 송추월이 자리를 떠난 후 얼마 지나지 않아 불쑥 한
사람의 그림자가 구한산 정상에 나타났다. 그는 송추월이 내
려간 숲을 뚫어지게 바라보고 있다가 나직하게 중얼거렸다.
　"괴물 같은 놈, 그때보다도 더 강해진 것 같군. 하지만 네놈
이 아무리 강해도 결국은 내 손에 죽고 말 거다. 왜냐하면 난
아주 제대로 된 살수를 고용했거든! 네놈과 고무룡… 너희 두
놈은 반드시 내가 숨을 끊어주겠어."
　혁지광이었다. 석 달 전 고월산장에 인질로 들어가는 것을
거부하고 도주했던 혁지광이 모습을 나타냈다. 그는 당시와는
많이 변해 있었다. 옷차림은 어두웠고 눈 아래까지 모자를 푹
눌러쓰고 있어 누구도 그의 정체를 알아보기 힘들었다. 오직
송추월이 그의 얼굴에 남긴 자상만이 그가 도주할 당시와 닮
아 있는 유일한 것이었다.
　송추월을 향해 한마디 저주를 내뱉은 혁지광이 천천히 숲
속으로 사라졌다.
　그런데 그 혁지광이 사라지자 문득 다시 한 명이 모습을 드
러냈다. 그는 혁지광이 사라진 방향을 바라보며 가벼운 미소
를 짓더니 한줄기 말을 남기고 사라졌다.
　"그전에 네놈이 먼저 죽을 거야. 너야말로 강호 최고의 살수
에게 쫓기는 신세란 걸 모를 테지."

"어딜 갔다 와요?"

숙영지에 도착하자 예상했던 대로 서연과 대일이 분주하게 송추월을 찾고 있었다.

"산 정상에요."

"거긴 왜?"

대일이 신경질을 내며 물었다. 아마도 송추월을 찾는 동안 분깨나 삭인 모양이었다.

"해 뜨는 것 좀 보러."

"일출? 팔자 좋구나."

대일이 빈정거렸다. 반면 서연은 서운한 표정을 지었다.

"그럴 거면 함께 가지 그랬어요?"

서연이 툭 쏘아붙였다.

"모두들 단잠을 자는 것 같아서 그랬어요. 어? 그나저나 이 구수한 냄새는 뭐야? 혹시 밥?"

"그래, 밥이다. 어서 처먹어라!"

대일이 들고 있던 밥그릇을 송추월에게 내밀었다. 그러자 송추월이 얼른 밥그릇을 받아 들고 입에 떠 넣기 시작했다.

"보자, 이게 얼마 만에 먹어보는 밥이냐?"

기실 그동안 긴 여행을 하면서 줄곧 건량으로 요기를 해결했던 일행이었다. 오랜만에 그럴듯한 숙영지를 구축하고 화덕을 걸어 지어낸 밥은 꿀처럼 달았다.

송추월이 정신없이 밥을 먹고 있는데 문득 대일이 입을 열었다.

“왔군.”
대일의 말에 송추월이 입에 밥을 물고 물었다.
“누가?”
“모용세가야!”
송추월이 시선을 돌렸다. 그러자 남쪽에서 일단의 무림인들
이 신단평으로 진입하고 있었다.

第九章
무공으로 증명하라

화마경

모용세가의 등장은 구한산 신단평에 새로운 바람을 일으켰
다. 그동안 요동 각지에서 모여든 무림인들로 인해 시장판처
럼 북적이던 신단평이 모용세가가 등장하자 차갑게 가라앉았
다.

모용세가의 고수들은 신단평에 들어서자 곧바로 천목이 있
는 곳까지 이동했다. 그리고는 천목에서 이십여 장 떨어진 남
쪽 공터에 숙영지를 구축하기 시작했다. 마치 아주 오래전부
터 자신들의 자리였던 것처럼. 본래 그 자리는 천목과 가장 가
깝고 신단평에서 숙영하기 가장 좋은 자리 중 한 곳이었는데,
그 때문에 오히려 누구도 함부로 차지하지 못하고 있던 곳이
기도 했다.

"호기가 대단하군."

대일이 숙영지를 구축하는 모용세가 고수들을 보며 빈정대듯 말했다.

"이 회합을 이끌어낸 장본인들이니까. 아무래도 주인 같은 느낌 아닐까?"

"흐흐, 신단평의 진정한 주인이 누가 될지는 두고 봐야 알겠지."

대일이 음산한 웃음을 흘리며 말했다.

"천리표국도 이 싸움에 참여하는 거야?"

"그게 무슨 소리야? 벌써 신단평에 와 있는데."

"그 말이 아니라 정식으로 요동무림의 권력에 도전하냐고."

"글쎄. 하지만 사실 표국은 장사치로 분류되기도 하지만 실질적으로는 무림문파나 다름없잖아? 그리고 이곳에서 한자리 차지해야 앞으로 표행을 하는 데도 수월할 것이고."

"그렇겠군. 제길, 식었군."

송추월이 손에 든 밥그릇을 내려놨다. 모용세가의 등장에 신경 쓰느라 밥 먹는 것을 잊었던 것이다. 그런데 송추월이 숟가락을 내려놓고 있을 때 문득 숙영지를 구축하고 있던 모용세가의 고수 셋이 고월산장과 천리표국의 막사 쪽으로 걸어오기 시작했다.

"무슨 일이지?"

대일이 고개를 갸웃했다.

"표물을 확인하러 오는 걸지도 모르지."

“그런가? 아무튼 알려야겠군.”

대일이 재빨리 자리를 벗어났다.

잠시 후 고월산장주 고모수와 천리표국주 황부인이 막사 앞쪽으로 나섰다. 때맞춰 모용세가의 고수 세 명도 두 문파의 막사 입구에 도착하고 있었다.

“어서 오십시오, 노사.”

모용세가의 고수들이 도착하자 황부인이 부드러운 미소를 지으며 먼저 인사를 건넸다. 그러자 모용세가의 고수들 중 가장 연장자로 보이는 인물이 가볍게 포권을 해 보이며 응대했다.

“국주께서 먼저 와 계셨구려. 역시 천리표국이외다. 어려움은 없으셨소이까?”

“중간에 약간의 분란은 있었지만 다행히 무사히 도착했습니다.”

“음, 표물을 노리던 자들이 또 있었던가요?”

“그렇습니다.”

“어떤 자들이었소이까?”

“얼굴을 가린 자들이라 정체를 알 수는 없었습니다.”

“허허, 참으로 기이한 일이외다. 물건을 맡긴 것은 우리 요동삼문 외에 누구도 알지 못하는 일인데 그동안 벌써 세 번의 공격을 받았으니… 어디서 말이 샌 것인지……?”

“세상에 비밀은 없다지 않습니까?”

"그건 그렇지요. 하지만 어쨌든 물건을 무사히 가져오셨다
니 다행이외다. 노고가 많으셨소이다."

"무슨 말씀을! 표국이 물건을 호송하는 일이야 직분이지 않
습니까?"

"하하, 그렇기도 하지요."

모용세가의 노고수가 웃음을 흘리며 고개를 끄덕이더니 이
내 시선을 돌려 고모수에게 인사를 건넸다.

"고 장주께서도 일찍 와 계셨구려."

"녹산은 먼 곳이니 서둘러 아니 올 수 없었소이다. 모용 노
사께서도 평안하셨소이까?"

고모수가 담담하게 응대했다. 그러자 모용세가의 노고수 입
가에 의미를 알 수 없는 미소가 지어졌다. 어찌 보면 그저 의
미없는 웃음 같기도 하고 또 달리 보면 묘한 비웃음이 담긴 웃
음 같기도 했다.

'기분 나쁜 자군. 그나저나 아마도 고월산장에 왔던 그자인
듯……'

송추월은 고월산장을 떠나기 전 잠깐 스치듯 보았던 모용세
가의 고수들 중 이 노인이 포함되어 있었다는 것을 깨달았다.

'그러고 보니 당시 모용세가와 고월산장 사이에 무슨 이야
기가 오갔는지 물어보지 않았네.'

송추월이 내심 두 문파 사이에 이뤄졌을 이야기에 관심을
기울이는 사이 모용세가 노고수가 입을 열었다.

"저야 편하게 지냈지요. 요동 이곳저곳을 유람하면서 말입

니다.”

“세가로 돌아가신 것이 아니었소이까?”

“아니외다. 구한산 입구에서 세가에 합류했소이다. 그래서 말인데, 혹 생각이 바뀌지는 않았소이까? 사실 세가주께 아직 장주의 대답을 전하지 않은 터라 다시 한 번 확인하고 싶소이다만.”

“제 생각에는 변함이 없소이다. 고월산장은 오직 이번 대회합에 참가한 문파들의 결정에 따를 뿐이외다. 더불어 서압록의 문파들에게도 그들의 행보를 강제할 생각이 없소이다.”

“하하하, 알겠소이다. 뭐, 그렇게 생각하신다면 어쩔 수 없는 일이지요. 그럼 다시 뵙지요, 두 분.”

모용세가의 고수가 가벼운 미소를 흘리며 고모수와 황부인에게 포권을 해 보이고는 이내 숙영지를 떠났다. 그러자 황부인이 걱정스런 표정으로 고모수에게 물었다.

“두 문파 사이에 무슨 일이 있었습니까?”

“그가 두어 달 전에 고월산장을 방문했었지요.”

“그랬었습니까? 무슨 일로?”

“서압록을 모용세가의 그늘에 넣고 싶다고 하더군요.”

“음… 요동삼문이 회합에 앞서 세력 확장에 몰두해 있었다고 해도 고월산장에 그리 직접적인 요구를 하는 것은 참으로 큰 실례인데…….”

“모용세가 사람들의 성정이야 널리 알려진 것 아닙니까?”

“그렇긴 하지요. 해서 어찌 답을 하셨습니까?”

“고월산장이 비록 혁가장과의 싸움에서 승리했다고는 해도 서압록 제 문파의 운명을 결정할 수는 없는 일이지요. 또한 요동무림이 하나의 세력으로 통합되면 권력을 위해 동분서주하지는 않겠지만 그렇다고 뒤로 물러나 있지는 않을 겁니다. 본장의 행보는 오직 이 회합의 결과에 의해 정해지게 될 것이지 다른 문파에 의해 결정되지는 않지요.”

고모수가 모용세가의 고수가 눈앞에 있는 것처럼 단호하게 대답했다. 그러자 황부인이 어두운 안색을 드러내며 말했다.

“위험하지 않겠습니까?”

“우리가 위험을 감수해야 한다면 그들 또한 그리해야 할 겁니다. 난 모용세가가 그렇게 무모하다고는 생각지 않습니다.”

고모수의 대답에 이번에는 황부인이 고개를 끄덕였다.

“듣고 보니 그렇기도 하군요. 현재로선 그들이 고월산장을 적으로 돌릴 이유가 없지요. 하지만 나중의 일은 역시 걱정입니다.”

“요동이 대화합을 한 마당에야 더더욱 손을 쓰긴 어려울 겁니다.”

“하지만 강호란 곳이 없는 명분도 만들어내는 곳이니 조심해서 나쁠 것은 없습니다. 일단 저들의 요구를 거절했으니 좋은 감정을 갖지는 않을 겁니다. 주의를 기울여야 할 겁니다.”

“너무 염려치 마십시오. 저희도 나름대로 준비는 하고 있습니다.”

“하하, 제가 너무 걱정이 지나쳤군요. 하긴 혁가장과의 싸움을 통해 고월산장의 저력이 강호에 널리 알려졌으니 아무리 모용세가라 해도 함부로 고월산장을 적대시하지는 못하겠지요. 하지만 그래도 모르니 이번 회합에서 제대로 목소리를 내셔야 할 겁니다.”

“무슨 말씀이신지?”

“이번 회합에서 중요한 위치를 점하게 된다면 누가 감히 고월산장에 시비를 걸겠습니까? 물론 장주께서 강호의 권력에 큰 관심이 없다는 것은 알지만 고월산장과 서압록의 안위를 위해서는 이 기회에 힘을 얻는 것이 좋을 겁니다. 또한 장주께는 충분히 그럴 능력이 있으시고 말입니다.”

“충고 고맙습니다. 일이 어찌 되어가나 살피면서 행보를 결정하지요. 국주께서 많이 도와주시길 바랍니다.”

“하하, 저야 그저 한낱 장사치일 뿐이지요.”

“이곳에 모인 그 누구도 천리표국을 그렇게 생각하는 사람은 없을 겁니다.”

“그런가요?”

“들어가서 차나 한잔하시지요.”

“좋습니다.”

황부인과 고모수는 마치 수십 년 사귀어온 사람들처럼 의기가 맞는 듯 보였다. 두 사람은 어깨를 나란히 하고 고모수의 막사로 들어갔다. 두 사람이 막사로 들어가는 것을 보고 있던 송추월이 고무룡에게 다가서며 물었다.

“누굽니까?”

이미 막사에서 멀어진 모용세가 고수에 대한 질문이었다.

"모용산이라는 사람일세. 당금 모용세가주 모용우의 세 아우 중 막내지."

"도도하군요."

"그럴 능력이 있는 사람일세. 뛰어난 머리를 지니고 있고 검술에도 능하지."

"하지만 저래서야 어디 다른 사람들이 모용세가를 따르겠습니까?"

"강호는… 의(義)보다는 힘이 앞서는 곳 아닌가? 그게 모용세가의 자신감이겠지."

"하지만 대협은 전혀 걱정하는 표정이 아닌데요?"

송추월이 고무룡의 얼굴을 보며 물었다.

"그리 보이나? 그렇다면 자네가 잘못 본 걸세. 사실 난 걱정이 된다네."

"그런가요? 고월산장도 걱정해야 할 만큼 대단한 모용세간가요?"

송추월은 일순 모용세가에 대한 반발심이 생겼다. 어려서 겪은 산음장의 일 때문인지는 모르겠지만 송추월은 누군가가 힘으로 다른 이를 억압하는 것에 본능적이 거부감을 지니고 있었다.

"물론 저들이 고월산장을 무너뜨리거나 할 수는 없을 거네. 그건… 내가 용납하지 않을 데니까. 하지만 조금 곤란해질 수는 있겠지. 또한 자칫 피를 보는 일이 생길 수도 있고. 난 그걸 원치 않네.”

“역시 정인군자시군요.”

“날 놀리는군.”

“아뇨. 정말입니다. 그리고 사실 전 모용세가에 대해 크게 걱정하지도 않습니다.”

“왜 말인가?”

“그야 당연히 고월산장엔 고 대협께서 계시기 때문이지요. 양산종도 뒤에 있고. 그나저나 양산종 사람들은 모두 어디로 갔지요?”

“자네가 산장을 떠난 이후 모두들 떠나갔네.”

“신단평에 오지 않는 겁니까?”

“글쎄. 양산종의 사람들은 본래 강호에 뜻을 두지 않는 이들이라서……. 하지만 뭐, 구경 삼아 올 수도 있겠지.”

“그렇군요. 그들이 있다면 고월산장에 큰 힘이 될 텐데요.”

“후후, 과거 아버님이 양산종 형제들과 거리가 멀어진 이유 중 하나가 바로 강호에 대한 의견 차이 때문이었다네. 그러니 그들에게 이런 일에 힘을 보태주길 기대하기는 어려운 일이지.”

“듣고 보니 그렇군요.”

송추월이 고개를 끄덕였다. 그런데 그때 다시 대일의 목소리가 들렸다.

“또 몰려오는데? 이거 본격적으로 사람들이 밀려들기 시작하는구만.”

대일의 말에 송추월과 고무룡이 시선을 돌리니 과연 신단평으로 이어진 산길을 따라 다시 서너 문파의 고수들이 들어서고 있었다. 바야흐로 요동무림의 대회합의 막이 오르고 있었다.

모용세가가 신단평에 들어온 그 다음날 또 한 문파의 고수들이 사람들의 이목을 집중시키며 신단평에 들어왔다. 요동 최고의 검수들을 배출한다는 장백파의 고수들이었는데, 그들은 동쪽에서 신단평으로 들어서 곧장 천목으로 향하더니 모용세가와 마찬가지로 천목 남동쪽 이십여 장 밖에 숙영지를 구출했다.

모용세가에 이어 장백파까지 출현하자 신단평은 분위기가 한껏 고조되기 시작했다. 아직 대회합의 첫 번째 날이 되려면 이틀이 더 남아 있었지만 신단평에 모인 각 파의 고수들은 제각기 이해득실을 계산하며 분주한 왕래를 거듭하고 있었다.

장백파의 고수들 역시 고월산장을 찾아왔다. 그러나 그들과 고월산장주 고모수의 만남은 앞서 모용세가의 고수 모용산과의 만남과는 달리 제법 화기애애한 면이 있었다.

그건 아마도 장백파가 요동의 동쪽에 치우쳐져 있어 모용세가에 비해 고월산장의 저력을 더 잘 알고 있었기 때문이기도 하거니와 의외로 장백파의 이단아라 불리던 청송산이 문파의 수뇌들과 함께 모습을 드러냈기 때문이기도 했다.

청송산은 혁가장과의 싸움에서 고월산장을 도운 고수였기

에 비록 말을 많이 하지는 않았지만 존재하는 것만으로도 장백파와 고월산장의 만남을 부드럽게 만들고 있었다.

또한 장백파는 모용세가와 달리 고월산장에 어떠한 것도 요구하지 않았다. 그들은 고월산장을 자신들과 동등한 위치에 있는 문파로 대했으므로 고월산장의 고수들도 장백파에 대해서 모용세가에 비해 한결 우호적인 감정을 품게 되었던 것이다.

장백파까지 등장한 신단평은 발 디딜 틈 없을 만큼 빼곡하게 무림인들로 들어찼다. 그런 와중에도 오직 두 곳만은 한가한 바람이 흘러 지나고 있었는데, 그건 천목을 중심으로 이십여 장 안쪽의 공간과 천목 북쪽 절벽 아래 위치한 작은 공터였다.

본래 천목 근처를 비워두는 것은 그곳이 앞으로 각 문파의 대표들이 모여 회합을 펼칠 장소이기 때문이었지만 그 북쪽 공터는 제법 요지에 해당하는 곳인데도 아무도 차지하지 않는 것은 확실히 특이한 일이었다.

하지만 장백파가 신단평에 도착한 그 다음날 북쪽 공터에 세 채의 막사가 세워졌을 때, 의문을 품고 있던 사람들은 다른 문파들이 그곳에 막사를 세우지 않은 이유를 분명하게 알 수 있었다. 그곳은 이미 누군가의 자리로 정해진 장소였던 것이다.

"금문이군요."

서연이 잔뜩 호기심을 드러내며 입을 열었다. 그녀의 시선이 향한 곳은 천목의 북쪽, 요지임에도 불구하고 아무도 자리를 차지하지 않은 바로 그 장소에 세워진 세 채의 막사였다.

"저들이 금문의 고수들인가요?"

송추월도 새삼스런 눈으로 막사 앞에 서 있는 십여 명의 고수를 보며 물었다.

"그래요. 저들이 바로 금문의 고수들이에요. 이건 정말 대단한 일이에요."

"뭐가요?"

"저렇게 많은 금문의 고수들을 한자리에서 볼 수 있다는 것 말이에요."

"하긴, 금문의 문도들은 강호에 얼굴을 보이지 않기로 유명하다고 했죠?"

"그래요. 그런데 그들도 왔을까요?"

"누구요?"

"그 유명한 고수 있잖아요. 김능원과 석조원, 그 두 사람이요."

서연이 말한 두 명의 고수에 의해 금문은 요동삼문의 한자리를 차지하고 있었다. 그러니 서연뿐 아니라 사람들의 관심은 온통 그 두 사람이 과연 신단평에 왔을까 하는 데 쏠렸다. 그러나 그런 호기심을 풀고자 금문의 막사 근처로 가는 사람은 없었다. 본래부터 신비에 싸여 있던 문파라서 그런지 금문의 숙영지에서는 왠지 모를 두려움 같은 것이 느껴졌기 때문이다.

"어떤 사람들인지 나도 보고 싶군요."

송추월도 그 두 사람에 대한 호기심이 일었다.

"왔다면… 결국 보게 될 거예요."

서연이 진지한 표정으로 대답했다. 그런데 그때 문득 대일이 고개를 돌려 구한산의 북서쪽 능선을 타고 내려오는 일단의 무리를 가리켰다.

"웬 사람들이 저렇게 많이 오지?"

대일의 말에 송추월이 시선을 돌려보니 과연 구한산 북서쪽 능선을 타고 근 오십여 명에 이르는 사람들이 신단평으로 내려서고 있었다. 그들은 다른 사람들처럼 천목을 향해 다가왔다. 그리고 천목에 가까이 왔을 때 사람들은 그들이 한 문파가 아니라 여러 부류의 사람들이 모인 무리라는 것을 깨달았다.

그때 누군가의 입에서 시작된 말이 신단평의 무림인들에게 전해졌다.

"대산문이다!"

대산문이라는 이름은 곧 신단평 전체로 퍼졌다. 당연히 송추월의 귀에도 그 이름이 들려왔다.

"이제 보니 대산문의 문도들과 그들을 돕기 위해 갔던 요동의 고수들이 함께 온 모양이군."

대일이 말했다.

"그런 모양이야."

송추월이 대답했다.

"대단한 기센데? 역시 스스로 황문을 이겨냈다는 소문 때문일까? 남달라 보여."

천목 앞에서 서 있는 대산문 고수들의 기세는 대단했다. 천리표국과 고월산장의 막사가 서 있는 곳은 천목으로부터 꽤 멀리 떨어져 있어서 그 얼굴들을 일일이 확인할 수는 없었지만 그들이 고수들의 거대한 용광로 같은 신단평에 들어와서도 전혀 위축되지 않았다는 것은 멀리서도 확인할 수 있었다.

대산문을 돕기 위해 갔던 고수들은 천목 앞에서 잠시 이야기를 나누더니 이내 뿔뿔이 흩어지기 시작했다. 남은 사람은 대산문의 문도들뿐, 숫자는 대략 십오 인쯤 되어 보였다.

자신들을 돕기 위해 왔던 고수들이 흩어지자 잠시 후 대산문 고수들은 천목으로부터 서북쪽으로 이동해 자신들이 내려왔던 구한산 기슭에 숙영지를 구축했다. 대산문이 자리를 잡자 그들에게 기울었던 사람들의 관심도 바람처럼 잦아들었다.

대회합이 열리기 전 마지막 날, 요동 각지에서 막바지로 몰려든 고수들은 급기야 신단평에 자리를 잡지 못하고 구한산 숲 속으로까지 그 숙영지를 넓히기 시작했다. 고월산장의 숙영지 주위에도 다시 여러 문파의 숙영지가 구축되었는데, 그들은 모두 서압록에 뿌리를 둔 문파들이었다. 고월산장은 신단평에서 자연스럽게 서압록 문파들의 우두머리가 되어가고 있었다.

대회합 전야의 밤은 대낮처럼 밝았다. 신단평에 모인 문파의 숫자만도 대략 오십여, 본래 요동삼문이 파발을 돌릴 때 신단평에 각 문파가 대동할 문도 수를 이십 명 안쪽으로 제한했기에 망정이지 그렇지 않았다면 신단평은 물론 구한산까지도 사람들로 가득 찼을 터였다. 더군다나 송추월과 서연처럼 어떤 문파에도 속하지 않은 고수들까지 즐비해서 신단평에 모인 사람 숫자는 근 일천에 육박하고 있었다.

대낮처럼 밝았던 전야를 보내고 아침이 찾아오자 요동삼문의 고수들이 천목 아래에 커다란 누각을 세우기 시작했다. 미리부터 준비했던 모양인지 누각을 세우는 데는 그리 오랜 시간이 걸리지 않았다. 그리고 그곳으로 신단평에 모인 오십여 문파의 문주들이 초대됐다.

신단평을 가득 메운 고수들은 오전 내내 오십 인의 고수가 모인 천목 아래의 누각을 주시했다. 누각에선 간간이 큰 소리가 흘러나오기도 했는데 아마도 제법 치열한 논쟁이 벌어지고 있는 모양이었다.

문주들의 회합은 반나절이 지나서야 끝이 났다. 첫 번째 회합을 끝낸 각 파의 문주들은 정오가 되어서야 자리를 떠 자파의 숙영지로 돌아갔다.

고모수와 황부인 역시 천목 아래서의 회합을 마치고 숙영지로 돌아왔다. 그들을 양 파의 고수들이 나와 맞았다.

"어찌 되었습니까, 아버님?"

숙영지로 돌아온 고모수를 보며 고무룡이 물었다. 다른 사람들 역시 고모수의 입을 주시했다.

"음, 요동삼문이 여러 가지 준비를 해놓았더구나."

"그들이 주도한 회합이니 당연한 일이겠지요."

"하지만 그들은 자신들의 의도대로 이 신단평의 대회합을 끌고 나갈 수 없게 되었다."

"무슨 말씀이신지?"

"애초에 그들은 자신들 삼문의 문주들이 대장로가 되어 요동무림의 통합을 이끌 생각이었던 모양이다. 회합이 시작되자 다른 문파들에게 요동삼문의 문주가 대장로가 되는 것에 대한 동의를 요구했지."

"예상했던 일이군요."

"그렇지. 또한 예상대로라면 요동삼문의 그 요구를 대부분의 문파가 수용했어야 했는데, 그 예상이 틀어졌다."

"누군가 반대를 했다는 말이군요."

"그렇다."

"대단하군요. 누가 감히 요동삼문의 권위에 도전을 했습니까? 설마 아버님은 아니시겠지요?"

"하하하. 무룡, 넌 나를 모르느냐? 나야 서압록의 문파들이 손해만 보지 않으면 족한 사람이고."

"하면 새로운 야심가가 출현했다는 말이군요."

"글쎄, 그가 야심가인지 아닌지는 두고 봐야 할 것 같지만… 어쨌든 대단한 배포를 지닌 인물임은 분명한 것 같더구나."

"누굽니까?"

고무룡이 왕성한 호기심을 드러내며 물었다. 장내의 사람들 역시 요동삼문의 제안을 반대한 인물이 누구인지 궁금해했다. 그런데 고모수의 입에서 사람들이 예상치 못한 문파의 이름이 흘러나왔다.

"대산문이다."

"예?"

고무룡이 당황스런 표정으로 물었다.

"대산문이 요동삼문의 제안을 반대하더구나."

"그게… 그게 정말입니까?"

이번에는 지금껏 두 사람의 대화를 듣고 있던 고흘수가 믿을 수 없다는 표정으로 물었다.

"그렇다네, 아우. 대산문의 문주가 요동삼문의 제안을 반대하고 새로운 제안을 내놓았네."

"참으로 기이한 일이군요. 얼마 전까지만 해도 황문의 공격에 존폐의 위기에 몰렸던 대산문 아닙니까? 그래서 요동무림인들에게 구원을 청해 위기에서 벗어난 대산문이 요동삼문의 제안을 거부하다니… 제정신이 아닌 것 아닙니까?"

"아니, 그는 무척 현명한 사람이었네. 요동삼문조차도 그의 논리에 승복할 수밖에 없었네. 더군다나 이번 황문의 공격은 기이하게도 대산문을 쇠락시킨 것이 아니라 그들의 명성을 요동의 고수들에게 확실히 각인시킨 결과를 가져왔네."

"어째서 그렇습니까?"

"아우도 소문을 들어 알고 있겠지만 그들은 자신들을 돕기 위해 나선 요동 고수들의 도움을 거의 받지 않고 스스로의 힘으로 황문을 물리쳤네. 당시 대산문을 돕기 위해 홍안령으로 갔던 요동 고수들은 현장에서 대산문이 황문을 상대하는 것을 목격했지. 그리곤 그 자리에서 대산문의 저력을 확인했게 된 것이네. 사실 지금으로선 대산문이 요동의 고수들에게 도움을 요청한 목적 자체도 의문스럽다네."

"무슨 말씀이십니까?"

"홍안령에 갔던 사람들의 말을 들어보면 대산문은 다른 문파의 도움 없이도 충분히 황문의 공세를 막아낼 힘이 있었다는 것이지. 그럼에도 불구하고 그들이 요동의 고수들에게 도움을 청한 것은 어쩌면 이번 대회합을 염두에 둔 치밀한 포석이라는 얘기가 있네."

그러자 이번에는 곁에 있던 천리표국주 황부인이 입을 열었다.

"저 또한 그 의견에 동의하는 편입니다. 오늘 보니 대산문의 기세가 결코 만만치 않았습니다. 더군다나 홍안령에 직접 갔던 문파의 수장들은 대산문을 마치 요동삼문 대하듯 하고 있었습니다. 그러니 결국 대산문이 요동의 고수들을 초청한 것은 황문의 공격을 막아내기 위해서가 아니라 요동의 고수들에게 자신들의 힘을 과시하기 위함이었던 것이지요. 그 결과 오늘 그들은 감히 요동삼문에 맞서 다른 의견을 내고 또한 다른 문파의 동의를 이끌어냈던 것이지요."

"나 또한 국주의 생각과 같습니다. 대산문이 이번 회합에 큰 변수가 될 듯합니다."

"그들이 요동삼문의 뜻에 반해 내놓은 제안은 무엇입니까?"

고흘수가 물었다. 그러자 고모수가 침착한 표정으로 대답했다.

"그들이 내놓은 제안은 무척 공정한 것이어서 요동삼문도 반대할 수 없는 것이었네. 그들은 무관(武關)의 설치를 제의했네."

"무관(武關)이라시면……?"

"한마디로 무를 시험하는 무관을 만들자는 말이지. 그 무관을 통과하는 자들이 모여 요동무림의 통합을 논의하자는 것이었네. 그래야 요동무림 전체가 동의할 수 있는 결과를 낼 것이라고 말이네."

"다시 말해 각 문파들이 가지고 있는 기존의 권위를 인정치 않겠다는 말이군요."

"그런 셈이지. 숨은 고수들은 앞으로 나설 수 있고, 그동안 실력에 비해 높은 명성을 얻은 자들은 물러날 수밖에 없는 상황이 된 것이지."

"그래서 그리하기로 결정이 되었습니까?"

"그렇다네. 홍안령에 갔던 몇몇 문파의 수장들이 대산문주의 의견에 동조했고, 또 요동삼문 역시 순순히 대산문주의 제안을 받아들였네."

“그들로서는 자존심이 상했겠군요.”

고흘수의 말에 이번엔 황부인이 입을 열었다.

“비록 자신들의 의견을 반대한 것에는 기분이 상했을 수 있으나 결과적으로는 자신들의 권위를 높일 수 있다는 생각에 반대하지 않은 것으로 생각되더군요.”

“그 말씀은 그들이 무공에 관한 한 다른 문파를 압도할 자신이 있다는 말이시군요.”

“그렇다고 봐야지요. 힘을 보임으로써 누구도 거부할 수 없는 위치를 점할 수 있다고 본 것이지요. 뭐, 조금 귀찮기는 하겠지만 말입니다.”

“그럼 무관은 어떤 형태로 진행되는 겁니까?”

고흘수의 물음에 다시 고모수가 대답했다.

“사실은 그 방법을 논의하느라 시간이 오래 걸린 것이네.”

“결정은 났습니까?”

“그렇다네. 일단 무관의 시험을 주관할 사람은 삼지왕으로 결정됐네. 물론 그들의 동의를 얻어야겠지만.”

“삼지왕이라면… 그들이 신단평에 왔습니까?”

“그렇다고 하더군. 본래 그들은 나름대로 교분이 있어 구한산 중턱에 함께 머물고 있다고 하더군.”

고모수의 말에 지금껏 침묵을 지키고 있던 천리표국의 표두 우정산이 낯빛을 흐리며 말했다.

“삼지왕이라면 좋은 무관을 만들 수 있을 것입니다. 하지만 그들이 과연 공정한 판결을 내릴 수 있을지는 모르겠군요. 그들 중 독심호리 심온 같은 경우는 성격이 괴팍하기로 유명하지 않습니까?”

순간 송추월이 놀란 표정을 지었다. 독심호리 심온이라면 송추월이 너무도 잘 알고 있는 사람이었다.

“그자가 삼지왕이라는 무리에 들어가는 겁니까?”

송추월이 나직하게 서연에게 물었다. 그러자 서연이 고개를 끄덕였다.

“그래요. 본래 삼지왕은 요동에서 활동하는 세 명의 뛰어난 두뇌의 소유자들을 일컫는 말인데, 그 성정이 제각기 다르지요. 그러면서도 서로의 지모에 반해 친분을 맺고 있는 기이한 존재들이에요.”

“어떤 자들입니까?”

“삼지왕은 백선(白仙) 서언, 독심호리 심온, 통천(通天) 가섭 이 세 사람을 일컫는 말인데, 백선 서언은 성정이 공명정대하면서 유하고, 독심호리 심온은 별호 그대로 독한 성정을 지니고 있으며, 통천 가섭은 자존심이 특히 강한 인물로 알려져 있어요. 이들 삼 인이 관여하면 어떤 일이라도 풀리지 않는 것이 없고, 또한 어떤 일이라도 꼬이지 않을 일이 없다고 하지요.”

“그럼 문제네요.”

송추월이 걱정스런 표정을 지었다.

“그래요. 독심호리 심온이 무관을 주재하는 자 중 하나라면… 과거 혼강에서의 싸움이 문제가 될 수도 있지요.”

　모두의 걱정은 하나였다. 과거 혼강 변에서 고월산장과 혁가장이 서른 명씩의 고수를 내어 정수 대결을 벌였을 때 독심호리 심온은 혁가장 편에 서서 고월산장과 싸웠었다. 물론 중도에 혁지광이 쏘아낸 화살 공격을 받고는 전장을 떠났지만 고월산장으로선 탐탁지 않은 인물임이 분명했다.

　"형님께선 그를 반대치 않으셨습니까?"

　고흘수 역시 무거운 낯빛으로 고모수에게 물었다.

　"반대하지 않았네."

　"어째서입니까? 심온은 우리와 싸웠던 자입니다."

　"물론 그가 혁가장을 도와 우리와 싸운 것은 사실이나 아직도 그가 우리에게 좋지 않은 감정을 가지고 있는지는 확실치 않네. 그는 혼강의 싸움에서 중도에 빠지지 않았나?"

　"하지만 그렇다 해도……."

　"또한 내가 반대를 한다 해도 이미 삼지왕에게 이번 무관의 주관을 맡긴 결정을 번복하기 어려운 상황이었네. 괜히 그의 심기를 건드릴 필요가 없었다는 말이지. 더불어 어차피 삼지왕 셋이 이번 무관을 주관하게 되었으니 그 혼자 독단으로 우리에게 피핼 주기는 힘들 걸세."

　고모수의 말에 그제야 고월산장의 고수들도 수긍하는 듯 고개를 끄덕였다.

　"무관에 도전하는 사람은 각 문파에서 세 명까지 허용되네. 물론 개인 자격으로야 누구나 도전할 수 있지만 삼지왕의 무관이라면 그리 쉽게 통과할 수는 없을 것이네. 일단 무관을 통과하면 그는 이번 회합에서 요동무림의 통합에 관해 자신의 의견을 낼 수 있는 자격이 생기게 되네. 최종적으로는 십 인의 대장로를 선출할 것이고, 그 대장로들이 통합된 요동무림을 움직이게 될 것이네."

"대장로의 선출은 어떤 방식으로 이뤄지는 겁니까?"

"무관을 통과한 사람은 한 명의 대장로 후보를 추천할 자격을 갖네. 그런 식으로 무관을 통과한 사람들에게서 가장 많은 추천을 받은 사람 열 명에게 대장로의 지위가 주어지게 될 걸세. 이후의 일은 대장로들의 협의하에 결정될 걸세. 물론 무관을 통과한 사람들은 향후 통합된 요동무림의 중추가 될 것이고. 어쨌든 이번 대회합에서 주도적인 역할을 하려면 무관을 통과한 자들의 믿음을 이끌어내는 것이 중요하게 된 것이지. 무공과 신망, 이 두 가지를 겸비해야 대장로가 될 수 있을 것이네."

"암중으로 치열한 움직임이 있겠군요."

"그렇겠지."

"우리도 준비를 해야 하는 것 아닙니까?"

고흘수의 말에 고모수가 고개를 저었다.

"욕심은 없네. 대장로가 되기 위해 다른 사람들을 설득할 생각도 없고."

"하지만……."

"됐네. 고월산장의 덕이 충분하다면 일은 자연스레 이뤄지겠지. 그렇지 않다면 부족함을 알고 뒤로 물러나면 그뿐일세.

들어가세.”

　고모수가 담담한 표정으로 말을 끝내고는 자신의 막사로 향했다. 그러자 황부인 역시 발걸음을 돌려 천리표국의 막사 쪽으로 이동했다.

　회합의 결과가 신단평에 모여든 고수들에게 전해졌다. 무관을 설치한다는 소문이 전해지자 신단평의 고수들은 제각기 자신만의 꿈을 꾸기 시작했다. 이름없는 무인은 무관을 통과해 자신의 이름을 무림에 알릴 꿈을, 이름이 있는 자들은 대장로의 지위에 오를 꿈을 꾸기 시작했다.

　대장로를 노리는 거대 명문들은 암중에 무관을 통과할 만한 사람들을 찾아 세력을 규합하기 시작했다.

　마치 전쟁을 준비하는 사람들처럼 신단평의 고수들이 자신의 야망을 위해 움직였다. 그리고 그런 암중모색의 와중에 삼지왕은 구한산에서 내려와 천목 근처에 무관을 만들기 시작했다.

＊　　＊　　＊

　“그런데 표물은 어찌 된 거야?”

　송추월이 대일을 보며 물었다. 송추월과 대일, 그리고 서연은 신단평과 이어진 구한산 자락으로 이십여 장 올라가 천목을 중심으로 세워지는 거대한 무관을 지켜보고 있었다.

“아직 국주께서 가지고 계신 모양이야.”

“왜 요동삼문에 전하지 않는 거지?”

“이유야 나도 모르지. 요동삼문도 찾으려 하지 않고. 뭐, 때가 되면 전해지겠지.”

“도대체 뭘까?”

“흐흐, 나도 그게 궁금해서 미칠 지경이다. 그렇다고 국주의 품속을 뒤질 수도 없고.”

대일이 머리를 두드리며 말했다. 그때 서연이 두 사람을 돌아보며 물었다.

“두 분도 무관에 도전하실 거예요?”

서연이 묻자 대일이 송추월을 돌아봤다.

“할 거야?”

“글쎄. 귀찮기도 하고…….”

“하자.”

“너야 천리표국의 사람이니 당연히 해야겠지만… 나야 뭐…….”

“이거 왜 이래. 네가 무관을 통과하면 고월산장주를 대장로에 추천할 수 있잖아. 이름도 얻고.”

“그래서 고민 중이기는 하다만.”

“하자.”

“생각 좀 해보고.”

“이놈은 가끔 불 같다가도 이럴 때는 영 결단력이 없단 말씀이야.”

대일이 송추월을 보며 투덜댔다. 그러다 문득 멀찍이 보이는 구한산 남쪽 자락에 눈이 가더니 의아한 목소리로 중얼거렸다.

"저건 또 뭐야?"

"무슨 일인데?"

송추월이 고개를 돌렸다. 그러자 구한산 자락을 타고 수십 명의 사람이 신단평 쪽으로 다가오는 것이 보였다.

"저건… 산적들 아닌가요?"

서연이 황당하다는 표정으로 말했다. 그런데 자세히 보면 정말 구한산 자락에서 나타난 인물들은 짐승 가죽으로 만든 옷을 걸치고 험상궂은 용모에 위협적인 병기를 들고 있는 영락없는 산적의 모습을 하고 있었다.

"허, 설마 여기서 산적질을 하려는 것은 아니겠지?"

대일이 기가 막히다는 듯 중얼거렸다.

"여기서 산적질을 하려다간 단번에 목이 달아날걸요?"

서연이 실소를 흘렸다.

"저기에 자리를 잡으려는 모양이군. 그렇다면 신단평의 회합에 참가하려는 것 같은데……."

구한산 남쪽에서 나타난 산적들은 북쪽으로 이동해 신단평이 내려다보이는 작은 공터에 숙영지를 만들기 시작했다. 가까워진 거리에서 보니 숫자가 근 삼십여 명에 달해 보였다. 본래 신단평에 온 각 문파의 문도 수는 많아야 스무 명이 넘지 않았기 때문에 갑작스레 등장한 산적들은 그 숫자 면에서는 제법 위압감을 주는 규모였다.

"도대체 어디서 온 산적들일까?"

송추월이 호기심을 드러냈다. 일 년 전까지만 해도 그 역시 산적이었으므로 한편으로는 호감이 가기도 했다.

"글쎄. 하지만 보통 배포는 아니군. 의협을 자처하는 고수들이 득시글거리는 곳에 나타나다니. 누구라도 뛰어들어 목을 베자고 하면 어찌 버틸지……."

대일은 오히려 산적들의 행보가 불안한지 혀를 찼다.

"중원에서는 산적들도 무림의 한 세력으로 자리 잡고 있지요."

서연이 말했다.

"그런가요?"

"그럼요. 현재 중원의 녹림은 사패도 함부로 손을 대지 못할 만큼 강력한 힘을 가지고 있어요. 그들 중 대단한 고수도 많은 편이고요. 해서 중원무림에서 녹림도는 요동과는 좀 다른 대우를 받고 있지요. 어쩌면 저들도 그런 중원의 녹림도처럼 무림의 한 세력으로 인정받기 위해 왔는지도 모르죠."

"흠, 그럴 수도 있겠군요. 가볼까?"

대일이 문득 송추월에게 물었다.

"궁금해?"

"흐흐, 뿌리가 같아서 그런지 호기심이 생기는군. 가보자. 도대체 어느 산의 산적들이 이 신단평까지 왔는지 보자고!"

대일이 송추월의 대답도 듣지 않고 성큼성큼 걸음을 옮기

기 시작했다. 송추월과 서연이 재빨리 그런 대일의 뒤를 따랐
다.

　"어서어서 서둘러라. 단단히 얽어매. 여러 날 묵을 것이니
허술하게 했다가는 치도곤을 당할 줄 알아라!"
　산적들이 숙영지를 구축하는 곳에 가까이 다가가자 거친 목
소리가 들려왔다. 더불어 마침 때를 맞춰 사방에서 제법 많은
사람들이 몰려들기 시작했다. 그들도 산적들의 등장을 기이하
게 여기고 구경을 나온 모양이었다.
　"뭐요? 무슨 볼일들 있소? 왜들 이렇게 몰려와?"
　송추월 등이 산적들의 숙영지 십여 장 앞에까지 다가갔을
때 산적들 중 한 명이 대도를 들고 앞으로 나서며 소리쳤다.
그 기세가 자못 대단해서 비록 무림고수들이지만 쉽게 그의
앞에 나서서 응대하는 자가 없었다.
　"거, 볼일없으면 돌아들 가쇼! 남의 집 살림 자세히 살피는
것 아니우!"
　다시 대도를 든 사내가 걸쭉한 목소리로 소리쳤다. 그러자
구경하러 나온 자들 중 한 명이 불쑥 질문을 던졌다.
　"도대체 어느 산채에서 나오신 분들이오? 그리고 이 구한산
에 웬일이오? 설마 구한산에 산채를 차리려는 것이오?"
　누군가의 질문에 사람들의 웃음소리가 터져 나왔다. 그러자
대도를 든 산적이 정색한 표정으로 대답했다.
　"설마 구한산에 산채를 차리러 왔겠소? 우린 신단평의 회합

에 참가하기 위해 온 것이오. 그리고 당신 말투가 좀 기분 나
쁜데? 설마 우릴 무시하는 것은 아닐 테고… 괜히 시비 걸지
마시오. 우리 장백십삼채를 무시할 만한 주제는 아닌 것 같구
려!"

산적의 대답에 질문을 던진 자의 얼굴이 벌겋게 변했다.
그러나 그는 산적의 말에 함부로 반발하지 못했다. 산적이
한 말, 그들이 장백십삼채의 산적들이란 말은 그냥 흘려보낼
것이 아니었다. 장백십삼채라면 요동 화적 무리들의 우두머
리들이라고 할 수 있었다. 평소 그들은 서로 치열한 세력 다
툼을 벌이는 것으로 유명했다. 그런데 그들이 이렇게 하나의
세력으로 뭉쳐 신단평을 찾았으니 기이한 일일뿐더러 하나
로 뭉친 장백십삼채를 업수이 여길 사람은 그리 많지 않았
다.

"정말 장백십삼채가 하나로 모인 것이오?"

또 다른 누군가가 물었다.

"그렇다니까 뭘 다시 묻는 거요? 자, 구경들 끝났으면 어서
돌아들 가시오! 이거 슬슬 부아가 나려고 하네!"

대도의 사내가 어깨에 척 도를 걸치며 소리쳤다. 그러나 신
단평에 모인 고수들이 산적의 위협에 굴할 사람들은 아니었
다. 사람들은 여전히 그 자리에 서서 이제 거의 완성되어 가는
산적들의 숙영지를 보고 있었다. 그런데 그때 문득 가장 먼저
세워진 산적들의 막사에서 거대한 체구의 사내가 모습을 드러
내며 소리쳤다.

"뭐야? 뭐가 이렇게 시끄러워?"

순간 송추월과 대일의 눈이 화등잔처럼 커졌다. 막사에서 모습을 드러낸 사람은 바로 대호산에 남았던 친구 곽풍산이었던 것이다.

第十章
산적들, 다시 만나다

화마경

"내가 말이야, 두 달 전에 장백십삼채를 모두 접수했어!"

산적들의 막사 앞에 푸짐한 상이 차려졌다. 어디서 잡아왔는지 멧돼지 한 마리가 급히 만든 화덕 위에 걸린 큰 솥에서 익어가고 있었다. 그 주위로 송추월과 대일, 그리고 곽풍산이 마주 앉아 있었고 서연은 신기한 눈으로 이 세 명의 친구를 바라보고 있었다.

"어떻게 일 년 새에 그렇게 할 수 있었지?"

대일이 이해가 가지 않는다는 표정으로 물었다. 그도 그럴 것이 장백십삼채는 장장 수백 리에 걸쳐 장백산맥 곳곳에 터를 잡고 있었기에 일일이 산채들을 접수하러 다니는 데만도 수개월이 걸리게 마련이었다. 비록 곽풍산의 무공이 다른 장

백십삼채의 수장들보다 뛰어나다고 해도 단 일 년 만에 장백
십삼채를 접수하는 것은 거의 불가능한 일이었다. 더군다나
곽풍산은 용호채는 몰라도 다른 산채들에 대한 욕심을 가지고
있지 않았다.

"뭐, 운이 좋았지. 아니, 기회가 좋았다고 할까?"

"기회가 좋았다니?"

"이 요동무림의 회합 말이야. 그게 나에게 기회를 준 거야.
요동무림이 하나로 통합될 거라는 소문은 산채들 사이에도 널
리 퍼져 있었어. 예전 우리 대호채도 그랬지만 산채들은 산 아
래 무림의 소식에 무척 민감한 편이잖아? 그래서 요동무림이
돌아가는 사정은 모두 듣고 있었지. 그런데 일단 요동무림이
하나로 통합될 거란 소문이 돌자 장백십삼채의 채주들은 불안
해하기 시작했지. 왜냐하면 일단 요동무림이 통합되면 그중
누군가가 장백십삼채를 토벌하겠다고 나설 수도 있기 때문이
지. 혁지광 같은 놈이 또 있을 수 있으니까. 참, 그런데 그 자식
은 어떻게 됐어?"

곽풍산의 말이 갑자기 삼천포로 빠졌다.

"도망갔어."

송추월이 담담하게 말했다.

"뭐야? 살려줬다고?"

"살려준 게 아니라 제 가문을 버리고 도망갔다고."

"흐흐, 망할 녀석. 겨우 그 정도 그릇밖에 안 되는 녀석이 감
히 대호채를 무너뜨렸다니… 언제 한번 만나기만 해봐라!"

곽풍산이 호랑이 털을 덮은 의자에 등을 기대며 등불 같은 눈빛을 번뜩였다. 다른 친구들과 마찬가지로 곽풍산 역시 일 년 전 대호산에서 헤어질 때의 그가 아니었다. 그는 제법 수백 산적들의 우두머리로서의 풍모를 풍기고 있었다. 그래서 만약 그의 실제 나이를 모르는 사람이 본다면 그를 이십대 초반이 아니라 삼사십대의 노련한 산적으로 생각했을 것이다.

"하던 말이나 계속해 봐."

송추월이 곽풍산의 말을 재촉했다.

"알았어. 에… 그래서 요동무림의 통합에 위협을 느낀 장백 십삼채의 채주들도 나름대로 준비해야 할 필요성을 느낀 거지. 그 준비가 바로 십삼채를 통합하는 거야. 비록 산적들이긴 하지만 각 채에는 제법 무공에 뛰어난 자들이 어느 정도는 있 거든. 그들이 모이면 웬만한 중소문파는 우습게 알 만한 실력 이 될 거라는 거지. 더불어 장백산 깊은 숲에 의지하면 누가 토벌을 와도 능히 상대할 수 있을 거라 생각했던 거야."

"그럴듯한 생각이군."

송추월이 고개를 끄덕였다.

"그래서 두 달 전에 장백십삼채의 회합이 이뤄졌지. 흐흐, 그 자리에서 이 곽풍산의 무공에 십삼채의 채주들이 모두 승 복을 했단 말씀이야. 하하하!"

곽풍산이 호탕한 웃음을 터뜨렸다.

"하긴 네 녀석의 도끼질을 당해낼 사람이 있었을 리 없지. 그래 봐야 산적들이니까."

마효의 무공을 전수받은 곽풍산이다. 산적 중에 무공을 익힌 자가 있다고 해도 마효의 무공을 전수받은 곽풍산을 대적할 자가 있을 리 만무했다.

"야야, 너, 장백십삼채를 너무 무시하지 마라. 물론 내 무공이 다른 사람들에 비해 낫기는 했지만 그래도 도검에 능숙한 사람들이 꽤 있었단 말씀이야. 우리 장백십삼채가 산을 내려와 구한산에 온 걸 보면 모르겠냐?"

"그래서 말인데, 도대체 구한산엔 뭐 하러 온 거야?"

대일이 퉁명스럽게 물었다.

"이 자식이 지금까지 무슨 말을 들은 거야? 당연히 신단평의 회합에 참가하려고 온 거지."

"과연 다른 문파들이 너희들을 받아줄까?"

"후후후, 반대하는 자들에겐 이 도끼 맛을 보여주면 되지. 아니, 듣자 하니 무슨 무관이란 것을 설치한다고 하던데, 그 무관을 통과하면 누가 무슨 소리를 하겠어? 이제 우리 장백십삼채도 중원의 녹림과 마찬가지로 요동 무리의 한자리를 차지하겠다는 말씀이지. 후후후."

곽풍산이 의미심장한 웃음을 흘렸다. 그런데 그런 곽풍산을 향해 송추월이 나지막한 목소리로 물었다.

"그거 누구 생각이냐?"

"뭐?"

"이 신단평에 와서 요동무림의 회합에 참가하겠다는 것 말이야. 누구 생각이냐? 네놈이 그런 생각을 했을 리는 없을 것 같은데?"

송추월의 날카로운 질문에 곽풍산이 멋쩍은 미소를 짓다가 이내 고개를 끄덕였다.

"역시 추월, 네놈은 날카로운 면이 있어. 물론 부루에는 못 미치지만. 맞아. 나야 산이 좋아 산에 남은 놈인데 처음부터 이곳에 올 생각을 할 이유가 없지."

"그래서?"

송추월이 되묻자 곽풍산이 고개를 돌리더니 누군가를 불렀다.

"어이, 월산채주, 이리 좀 와봐!"

곽풍산의 부름에 사십대 중반으로 보이는 갸름한 얼굴의 사내가 송추월 등이 있는 곳으로 다가왔다.

'보통은 아니군.'

송추월은 다가온 사내를 살피며 내심 감탄했다. 사내는 한 눈에 보아도 무척 뛰어난 지모를 지닌 것이 분명했다. 눈빛은 깊었고 행동 또한 마른 체형에 어울리지 않게 진중했다.

"부르셨습니까, 총채주."

사내는 나이 어린 곽풍산에게 깍듯이 존대를 했다.

"이리 좀 앉아!"

곽풍산은 능숙하게 사내에게 하대를 했다. 그럼에도 불구하고 그들의 대화는 다른 사람들에게 조금도 불편하게 들리지 않았다. 이들이야말로 강한 자가 모든 것을 차지하는 산적들이 아니던가.

곽풍산의 말에 사내가 한쪽에 자리를 잡고 앉았다. 한 치의 균형도 잃지 않는 사내의 움직임에 다시 한 번 송추월이 감탄하고 있을 때 곽풍산의 말이 들려왔다.

"이 사람은 장백십삼채 중 월산채주 우술이야. 봐서 알겠지만 보통 인물이 아니지. 검술도 날카로워서 내 도끼에 삼십 초를 버텼어. 물론 그 정도 무공을 지닌 채주가 더 있지만 이 사람은 그 무공에 더해 내가 따라갈 수 없는 지모를 가졌거든? 그래서 내가 아니면 아마도 십삼채의 총채주는 이 사람 차지가 되었을 거야."

곽풍산이 월산채주 우술을 소개했다. 그러자 우술이 낮고 침착한 목소리로 입을 열었다.

"우술이라고 합니다. 채주님의 친구 분들이 오셨다기에 어떤 분들인지 궁금했는데, 과연 모두 대단한 영웅들이시군요. 이렇게 뵙게 되어 영광입니다."

우술에게선 산채에서 쓰던 말투가 그대로 흘러나왔다. 영웅이니 하는 말투는 산채의 산적들이 상대를 높여주기 위해 즐겨 쓰는 말이었다.

"반갑습니다. 난 대일이라고 합니다. 천리표국의 표두지요. 흐흐… 이것 참, 표국의 표두와 산적의 두목이 인사를 하고 있다니. 낄낄!"

대일은 지금의 상황이 재밌는지 키득거렸다.

"송추월이라고 합니다. 한때 대호채에 있었지요."

송추월도 간단히 자신을 소개했다. 그러자 우술이 다시 입을 열었다.

"말씀 많이 들었습니다. 총채주께서 말씀하시길 대호채의 친구 분들이 모두 모이면 요동무림을 휘어잡을 수 있을 거라 하시던데 오늘 두 분을 뵈니 결코 과장이 아니었음을 알겠습니다."

"흐흐. 이것 봐, 월산채주. 그럼 지금까지 내가 허풍을 떨고 있었다고 생각했던 거야?"

곽풍산이 은근한 목소리로 물었다. 그러자 우술이 얼른 고개를 저었다.

"그런 뜻으로 드린 말은 아닙니다. 단지 친구 분들의 기도가 범상치 않다고 느껴져서 드린 말입니다."

"흐흐흐, 그렇지? 이 친구들은 말이야, 제법 대단한 무공을 지니고 있다고. 특히 추월이 이 녀석은… 어? 그리고 보니 넌 좀 변한 것 같다?"

"뭐가?"

송추월이 심드렁하게 대꾸했다.

"네 녀석은 좀 특별해진 것 같은데? 안 그러냐, 대일?"

곽풍산의 질문에 대일이 고개를 끄덕였다.

"맞아. 추월이는 우리와 좀 달라졌지. 지난번에 검을 쓰는 것을 보니까 내 실력으론 도저히 따라갈 수 없겠더라고. 뭐, 영약을 먹었다니까."

"영약?"

"그래. 빙정이라고 했지?"

대일의 물음에 송추월이 고개를 끄덕였다. 그러자 곽풍산이
투덜댔다.

"하여간 운이 좋은 놈은 뭐가 달라도 다르다니까? 이봐, 월
산채주."

"예, 총채주."

"산채에 뭐 영약 같은 것 없어? 그래! 산삼! 아주 오래된 산
삼 같은 거라도 말이야."

"한번 찾아보겠습니다."

"좋아. 산삼이라도 캐 먹어야지. 이러다가 추월이 녀석 발
끝도 못 따라가겠어."

곽풍산이 실실 웃음을 흘리며 말했다. 그러자 송추월이 정
색을 하며 물었다.

"어쨌든 이곳에 오자고 한 건 여기 월산채주님의 생각이란
말이지?"

"그래. 오늘의 계획은 모두 여기 월산채주가 생각한 거지.
물론 나도 그의 생각에 동의했고."

곽풍산의 대답에 송추월이 이번에는 월산채주 우술에게 물
었다.

"채주께선 이번 일에 승산이 있다고 생각하신 겁니까?"

송추월의 질문에 월산채주 우술이 고개를 끄덕였다.

"그렇습니다. 현재 십삼채의 고수들과 총채주님의 무공이
라면 충분히 요동무림에 우리 장백십삼채의 힘을 과시할 수
있을 거라 생각합니다. 특히나 무관을 설치해 회합에 참여할

자를 가린다니 더더욱 잘된 일이지요. 이번 일이 잘되면 장백
십삼채를 산적이라 업신여기는 자들은 없어질 겁니다."

"음… 그럼 무관엔 누가 도전합니까?"

"총채주님과 저, 그리고 용호채주가 할 겁니다."

"너? 용호채의 채주 자리를 뺏은 것 아니었어?"

송추월이 곽풍산을 보며 물었다. 그들이 대호산을 떠날 때
곽풍산은 용호채를 접수하기 위해 무악산으로 향했었다.

"물론 용호채를 접수했었지. 하지만 이젠 장백십삼채의 총
채주니 용호채주 자리는 다시 돌려줬다. 사실 용호채주의 무
공은 십삼채주 중 최고야. 날 잘못 만나서 채주 자리에서 쫓겨
난 거지."

"그랬군. 어쨌든 그렇게 세 명이라… 그럼 이번 회합이 끝나
면 어쩔 거야?"

"뭘 어째, 산으로 다시 돌아가야지. 이번 회합에 우리 십삼
채가 참여한 것은 요동무림인들이 우릴 업신여기지 못하게 하
는 것이 목적이야. 우리가 뭐, 무림의 권력 싸움에 관심이 있는
건 아니야."

"그렇다면 다행이다."

"뭐가?"

"괜한 분란에 빠져들까 걱정했거든."

"흐흐, 산적이 산에 살아야지 어디 살겠냐? 그나저나 먹어!"

곽풍산이 멧돼지 다리 한쪽을 들어 올리며 말했다. 송추월
과 대일 등은 오랜만에 산에서의 생활을 추억하며 곽풍산과

이런저런 얘기를 나누다 오후 늦게 숙영지로 돌아왔다.

무관 설치는 오 일 동안 이어졌다. 그사이 걸음 느린 고수들이 뒤늦게 신단평을 찾아들었다. 이제 신단평은 그야말로 발 디딜 틈 없이 빼곡히 사람들로 들어찼다.

고월산장 주변에도 수많은 고수들이 자리를 잡았다. 대부분 서압록을 기반으로 활동하는 고수들로, 그들 사이에선 서압록을 대표해 고월산장주 고모수가 대장로의 한자리를 차지해야 한다는 공감대가 형성되어 있었다.

송추월은 여전히 무관에 도전할지를 결정하지 못하고 있었다. 무관에 도전한다는 것은 결국 무림의 일에 관여하게 된다는 의미이기 때문에 어쨌든 껄끄러운 면이 있었다. 고월산장주 고모수와 고무룡은 송추월을 볼 때마다 무관에 도전할 것을 권했다. 그럴수록 송추월의 고민도 깊어졌다.

송추월과 서연은 자신들의 막사 앞에서 저물어가는 신단평의 석양을 바라보고 있었다. 어느새 신단평에 온 지도 열흘 가까이 흐르고 있었다. 곽풍산을 만난 것을 제외하자면 지루하기 짝이 없는 생활. 송추월은 가끔 이대로 신단평을 떠날까 하는 생각도 할 즈음이었다.

늦은 오후 송추월과 서연의 막사는 고월산장과 천리표국의 숙영지의 가운데 뒤쪽에 위치해 있었다. 양쪽 모두 인연이 있는 사람들이라 그 중간에 자리를 잡아도 그를 탓하는 사람은 없었다. 굵은 나무기둥을 베어 만든 의자에 앉아 석양을 즐기던 서연이 문득 입을 열었다.

"손님이 오나 보네요?"

아침도 아니고 해 지는 저녁에 무슨 손님일까 하는 생각에 송추월이 시선을 돌렸다. 그러자 과연 사내 다섯이 석양을 등져 얼굴을 그늘로 가린 채 고월산장의 막사 앞에 다가서고 있었다.

"무슨 일이오?"

고월산장 막사 앞에 서 있던 우태가 경계 어린 시선을 던지며 물었다.

"고 장주님을 뵙고 싶어 찾아왔소이다."

대답하는 자의 목소리가 제법 담대했다.

"어디서 오신 분들이오?"

다시 우태가 물었다.

"우린 대산문의 사람들이오."

순간 고월산장의 막사와 천리표국의 막사에서 몇몇 사람들이 고개를 내밀었다. 이번 신단평에 모인 요동 고수들 중 대산문의 고수들은 단연 사람들의 관심을 끄는 인물들이었다. 그들이 홍안령에서 황문을 물리친 것도 그렇고, 또한 신단평에 도착하자마자 요동삼문에 맞서 무관의 설치를 이끌어낸 것도 그렇고, 요동의 중소문파로서 보일 수 있는 모습을 뛰어넘는 대산문의 활약이 무림고수들의 시선을 끄는 것은 당연한 일이었다.

"대산문이 웬일일까요?"

서연이 고개를 갸웃하며 물었다.

"현재 신단평에 모인 요동의 문파들 중에 요동삼문을 제외하자면 서압록을 대표하는 고월산장과 황문의 공격을 막아낸 대산문이 가장 건실한 문파지요. 그러나 양 문파 모두 여전히 요동삼문의 명성에는 미치지 못하고 있는 실정입니다. 그러니 두 문파가 서로 협조할 일이 적지 않을 겁니다."

"힘을 합치자고 온 것일까요?"

"아마도 그렇겠지요."

"역시 소문대로 대산문주는 야망이 큰 인물인가 보군요."

"지난번 회합에서 요동삼문에 맞선 것을 보면 보통 인물은 아니겠지요."

그렇게 송추월과 서연이 낮은 목소리로 대화를 나누고 있는데 갑자기 대산문 고수들이 서 있는 입구 쪽에서 대일의 커다란 목소리가 들려왔다.

"부루!"

순간 송추월이 고개를 돌렸다.

"부루, 너 이 녀석! 정말 부루가 맞구나!"

다시 대일의 목소리가 들려오고 송추월이 훌쩍 자리에서 일어났다.

"무슨 일이에요?"

서연이 어리둥절한 표정으로 물으며 주춤 자리에서 일어났다.

"또 한 놈 만난 것 같군요."

송추월이 훌쩍 신형을 날리며 대답했다.

호리호리한 체구에 싸늘한 인상, 상대의 머릿속을 파헤칠 것 같은 날카로운 안광. 부루는 과연 대산문 고수들 사이에 끼어 있었다. 대일은 그런 부루를 향해 손을 내밀고 있었고, 부루가 차가운 얼굴에 어울리지 않는 미소를 지으며 대일의 손을 잡았다.

"여기 있다는 소린 들었다."

"알면서 왜 이제야 찾아온 거냐? 이 망할 녀석아!"

대일이 소리쳤다.

"조금 바빴어. 그런데 추월은?"

"나 여기 있다!"

송추월이 거의 이 장을 한걸음에 날아가 부루 앞에 내려섰다. 송추월의 이 움직임은 세 친구의 만남으로 관심 밖의 일이 될 수 있었지만 부루는 한 번 걸음으로 이 장을 움직인 송추월의 움직임을 놓치지 않았다. 부루가 약간 놀란 표정으로 송추월을 보며 말했다.

"많이 늘었구나."

"보자마자 무슨 소리냐?"

"무공 말이다. 움직임이 예전과 달라."

"뭐, 제법 좋아졌다고 할 수 있지. 그런데 너 대산문에 있었던 거냐?"

"그래, 대호산을 떠난 이후 줄곧 대산문에 있었다."

"멀리도 갔군."

대호산과 대산문은 요동의 남동과 북서의 끝에 위치했으니 부루는 요동의 끝에서 끝으로 움직인 셈이었다.

"어쩌다 보니⋯⋯."

부루가 말꼬리를 흐렸다. 아마도 하자면 제법 긴 이야기일 듯싶어 보였다. 그때 대산문의 문주 적표인 듯한 굴강한 인상의 초로의 고수가 입을 열었다.

"총관, 친구들과의 이야기는 나중에 해야 할 것 같군."

그러자 부루가 재빨리 시선을 돌렸다. 그의 눈에 막 자신의 막사를 나서는 고모수가 보였다. 그 곁에는 언제나처럼 고무룡과 고흘수가 따르고 있었다.

"나중에 다시 이야기하자."

부루가 송추월을 보며 빠르게 말하고는 대산문주 적표를 따라 고모수 앞으로 다가갔다.

"지금 대산문주가 저 녀석을 총관이라고 부르지 않았냐?"

부루가 멀어지자 대일이 재빨리 다가와 송추월에게 물었다.

"맞아."

"그럼 그 유명한 대산문의 젊은 총관이 바로 부루 저 녀석이었던 거야?"

"대산문에 총관이 둘이 아니라면."

"헛! 참, 그 녀석⋯ 정말 대단히 출세했는걸? 현재 요동의 무인들은 사실 대산문주보다 대산문의 젊은 총관에 더 관심이 많잖아? 황문을 물리친 실질적인 주인공이라고 해서 말이야."

“부루가 대산문을 자신의 발판으로 삼은 모양이야. 녀석의 재주로 보면 대산문의 총관이 된 것이 그리 놀랄 일도 아니지.”

그러는 사이 가볍게 인사를 나눈 대산문주 적표와 부루가 고모수를 따라 고모수의 막사로 들어갔다.

부루가 고모수의 막사로 들어간 이후 송추월과 대일은 고월산장의 숙영지 앞을 서성이며 부루가 나오기를 기다렸다. 그러나 부루는 쉽사리 고모수의 막사에서 나오지 않았다. 어느새 해는 지고 신단평에 어둠이 찾아들었다. 그러나 신단평에 모인 무인들이 피워 올린 횃불로 인해 사방은 대낮처럼 환했다.

“뭐가 이렇게 오래 걸려? 도대체 무슨 거래를 하는 거지?”

대일이 열리지 않는 고모수의 막사를 보며 투덜거렸다.

“아마도 두 문파의 협력에 대해 이야기를 나누고 있겠지. 만약 두 문파가 서로 협력하게 된다면 그땐 요동삼문에 버금가는 힘을 가지게 될 수도 있어.”

“그건 그래. 현재 요동삼문을 제외하자면 고월산장과 대산문이 가장 강한 편이니까. 그러고 보니 제법 시간이 걸릴 만한 거래겠군. 부루 녀석… 드디어 기회를 잡은 건가?”

“그렇다고 봐야지. 녀석은 이 기회를 놓치지 않을 거야.”

“도와줘야 하나?”

“뭘?”

"무관에 도전해서 녀석을 도와줄 수도 있잖아."

대일의 말에 송추월이 고개를 끄덕였다.

"녀석이 그걸 원할 수도 있겠군."

"부탁하면 해줄 거야?"

"뭐… 못해줄 것도 없긴 한데. 넌?"

"국주께서 허락만 한다면야 녀석을 도와야지. 하지만 나야 일단 천리표국이 먼저야."

"네 사정은 그렇겠지. 일단 녀석의 말을 들어보자."

송추월의 말이 끝날 즈음 고모수의 막사가 열렸다. 잠시 후 대산문주 적표와 부루가 고모수 등과 함께 모습을 드러냈다. 서로 간에 이야기가 잘되었는지 양쪽 모두 가벼운 미소를 짓고 있었다.

"전 친구들을 만나고 가겠습니다."

"그러시게. 총관의 친구들이라면 나도 한번 초대하고 싶군."

"나중에 자리를 만들도록 하겠습니다."

"그러세. 그리고 조심하고 조심하게."

대산문주 적표의 말과 행동에서 그가 부루를 얼마나 아끼는지가 여실히 드러났다. 그는 마치 자신의 친아들을 챙기듯 부루를 걱정했다.

"돌아가서 뵙겠습니다."

"그러세. 그럼 먼저 가겠네. 장주, 또 뵙겠소이다."

적표가 고모수에게 정중하게 포권을 해 보였다.

"오늘 뵙게 되어 무척 영광이었소이다."

고모수 역시 적표 못지않은 정중함으로 그를 배웅했다. 고모수에게 작별을 고한 적표는 부루의 어깨에 손을 한 번 올리고는 이내 깨알같이 늘어선 막사들 사이로 사라졌다.

"세 사람이 친구라고 들었네만."

적표가 멀어지자 고모수가 송추월 등을 보며 물었다.

"그렇습니다. 같이 산적질 하던 친구지요. 뭐, 아직도 산적인 녀석도 와 있고요."

대일이 대답했다.

"저 사람들 말인가?"

고모수가 고개를 돌려 어둠 속에서도 환히 불을 밝히고 있는 구한산 기슭의 장백십삼채의 숙영지를 가리켰다.

"그렇습니다. 감히 산적 주제에 요동무림을 휘어잡아 보겠다고 나선 엉뚱한 놈이지요. 하하하!"

말은 그렇게 했지만 대일의 말속에선 곽풍산에 대한 은근한 자신감이 드러나 있었다.

"자네들 친구라면 허술하게 나섰을 리 없겠지. 요동에도 녹림의 세가 생겨나는가 보군."

고모수가 다시 한 번 장백십삼채의 숙영지에 눈길을 주고는 막사로 들어갔다.

"어디로 갈까?"

고모수가 막사로 들어가자 송추월이 물었다.

"풍산 녀석을 한번 보자."

부루가 말했다.

"아직 만나지 못했어?"

"온 줄 알고는 있었지만……."

"좋아. 그럼 가자."

송추월이 고개를 끄덕이고는 자신이 먼저 밤길을 헤치고 곽풍산의 장백십삼채 숙영지로 향하기 시작했다.

"너, 도대체 무슨 일을 꾸미고 있는 거냐?"

대일이 의심스런 표정으로 부루를 보며 물었다. 하늘 높이 솟구치는 횃불을 사이에 두고 대호산의 네 산적이 둘러앉아 있었다. 주변에는 장백십삼채 산적들이 흘끔흘끔 눈을 돌려 네 사람을 신기한 모습으로 살피고 있었다.

"무슨 일을 꾸미다니?"

"네 녀석이 하는 일이 결코 평범할 리 없어. 아니, 그전에 어떻게 대산문엔 들어간 거야?"

"그러게. 그 먼 곳에 있는 문파엔 어떻게 들어간 거냐? 혹시 산에 들어오기 전부터 인연이 있었던 거냐?"

곽풍산도 호기심을 드러냈다.

"아니, 산을 내려오기 전에는 대산문이 있는지조차 몰랐지."

"그래? 그런데 어떻게 대산문에 가게 된 거지?"

"사실 난 산을 내려오면서 대산문보다는 요동삼문 중 한 곳으로 가려고 했다. 무림을 꿈꾸려면 역시 요동삼문을 등에 업는 것이 유리하다고 생각했던 거지."

"그렇긴 하지. 그런데?"

"그래서 일단 모용세가가 있는 심양으로 갔어. 그리곤 모용세가의 사정을 살피기 시작했지. 그런데 모용세가에 대해 알면 알수록 내가 몸담을 곳으론 어울리지 않는다는 걸 알게 됐지."

"왜?"

"모용세가의 수뇌들을 조사하다 보니까 구 할이 모용 씨족이더라고. 그런 곳에서 내가 무슨 일을 할 수 있겠어? 더군다나 타 성을 가진 나머지 일 할의 고수들도 모용세가와 특별한 인연으로 얽혀 있었지. 그래서 난 모용세가에 들어가는 것을 포기했다. 그리고 그런 이유에서 보자면 금문과 장백파도 크게 다를 것 같지 않았어. 본래 전통적으로 명성을 유지하고 있는 문파들은 아무래도 혈연으로 이어지게 마련이니까."

"하지만 그렇게 따지면 대산문도 마찬가지 아닌가? 대산문 역시 적씨의 혈통이 문주 자리를 이어오잖아?"

대일이 물었다.

"그건 사실이야. 대산문 역시 적씨의 혈통으로 이어져 왔지. 하지만 요동삼문과는 다른 점이 있어."

"뭐가 다른데?"

"일단 대산문의 역사가 그리 오래되지 않았다는 거야. 대산문의 시작은 현 문주님의 조부인 적문 조사로부터 시작이거든. 그러니까 이제 겨우 삼 대를 내려왔을 뿐이라는 거지. 그

건 곧 아직 적씨 혈통의 기반이 공고하지 않다는 걸 의미하는
거야. 단적으로 지금 대산문에는 십이고수라고 불리는 사람들
이 있는데, 그들은 중 적씨는 오직 문주와 문주의 아우이신 적
황 노사 한 명뿐이란 말이야. 나머진 모두 타 성이지."

"그래? 다시 말해 네가 수뇌가 될 수 있는 확률이 높은 문파
란 말이지?"

"맞아. 그리고 벌써 난 수뇌가 됐잖아?"

"그러고 보니 그렇네. 그런데 어떻게 그렇게 빨리 총관 자리
에 오를 수 있었냐? 아무리 생각해도 신기해. 사실 네가 총관
자리에 오를 나이는 아니잖아?"

대일이 물었다.

"본래 난 운이라거나 인연 따위의 말은 믿지 않는 놈이었지.
세상일이란 원인에 따라 결과가 나온다고 생각하던 사람이었
단 말이야."

"물론 네 녀석이 그렇게 삭막한 녀석이란 건 익히 알고 있
다. 흐흐흐!"

곽풍산이 음흉한 웃음을 흘렸다.

"그런데 난 대산문에 들어가면서 우연한 인연이란 것도 존
재한다는 것을 알게 됐어."

"좋아. 그 인연을 털어놔 봐."

곽풍산이 재촉했다.

"모용세가에 들어가기를 포기한 나는 심양을 떠났지. 내가
클 수 있는 적당한 문파를 찾아보기 위해서 말이야. 그런데 우

연히 작은 야산에서 벌어지는 싸움을 보게 됐어. 싸움은 무척 치열했는데 일곱이 셋을 공격하고 있었지. 나중에 알게 되었지만 그 일곱은 황문의 고수였고 나머지 세 명은 우리 대산문의 십이고수 중 셋이었지. 그중에는 문주님의 아우이신 적황 노사도 포함되어 있었고."

"오호라. 그곳에서 네가 대산문의 고수들을 도와주게 된 것이구나. 그런데 이상하네. 네가 남의 싸움에 끼어들다니?"

본래 성정이 차가운 부루가 누군가를 도와주기 위해 위험을 무릅쓰고 다른 사람의 싸움에 끼어든다는 것은 있을 수 없는 일이었다.

"물론 내가 원해서 끼어든 건 아니야. 마침 황문의 고수들에게 밀린 적황 노사께서 도주를 시도했는데 그 방향이 내가 있던 곳이었거든. 그런데 황문의 고수들이 나도 대산문 사람인 줄 알고 공격했던 거지. 그래서 그 자리에서 황문의 고수 둘을 죽여줬지."

"어이구, 이 독한 녀석!"

대일이 혀를 찼다.

"두 놈이 죽자 황문의 고수들은 황급히 꼬리를 말았어. 졸지에 난 대산문의 큰 은인이 된 거지 뭐. 그렇게 대산문과 인연을 맺게 되었는데 그날 하루 밤을 함께 지내면서 난 대산문이 내가 몸을 담아 뜻을 펼칠 만한 곳이라는 걸 알게 되었어."

"너무 약한 문파 아니었나?"

오랜만에 송추월이 물었다. 대산문이 흥안령의 마적단으로 부터 시작되었다는 것은 이번 황문과의 일전으로 요동에 널리 알려진 사실이었다. 그런 곳에 몸을 담기엔 부루의 야망이 너무 크다는 것을 송추월은 알고 있었다.

"나도 처음에 그렇게 생각했는데 자세히 알아보니 저력이 있더라고. 사실 대산문의 조사이신 적문 조사의 시절에는 대산문이 요동의 강자였어."

"음, 그 말은 들은 것 같군."

송추월이 고개를 끄덕였다.

"물론 그 이후 쇠락하기는 했어도 이야기를 나눠보니 은근한 저력이 느껴지더란 말이야. 특히나 황문과 싸움이 벌어지게 된 동기가 내 관심을 끌었지."

"어, 그래. 황문과는 왜 싸운 거야?"

대일이 그렇잖아도 궁금했다는 듯 물었다.

"본래 대산문과 황문은 서로 적대시하는 문파가 아니었어. 오히려 흥안령의 동서에 위치해 있어서 의외로 친분이 있던 사이였지."

"그것참, 그런데 왜 충돌하게 된 거지?"

"문제는 대산문에서 다섯 권의 비급을 찾았기 때문이지."

"비급?"

대일이 눈을 크게 뜨며 물었다.

"그래. 본래 대산문의 가세가 기울게 된 것은 적문 조사와 그를 추종하던 일부 수뇌들의 무공이 후대에 이어지지 못했기 때문이었지. 적문 노사의 무공 비급은 과거 대산문이 아직 마적 수준에 머물 때 홍안령 깊숙한 밀동에서 발견한 것인데, 그 비급을 익혀 적문 노사와 그를 따르는 마적들이 일약 무림의 고수가 되어 대산문을 세웠어. 그리곤 금세 요동을 호령했지. 그런데 대산문의 문도 중 흑저라는 자가 그 비급을 훔쳐 달아나는 일이 벌어졌어. 적문 조사와 일부 고수는 당시 그 흑저란 자가 하독한 독에 중독되어 죽었고. 그렇게 갑작스럽게 적문 조사와 비급이 동시에 사라지자 조사의 진전을 얻지 못한 대산문은 쇠퇴할 수밖에 없었던 거야. 해서 대산문의 후예들에겐 그 도주한 흑저라는 자와 그 후손을 찾는 것이 문중 최고의 목표였지. 대산문의 후예들은 주기적으로 강호에 나와 흑저의 흔적을 찾았어. 그러다가 일 년여 전 그의 흔적을 발견했지.”

“그래? 어디서?”

“흑저는 열하의 맥반산이란 곳에 숨어서 비급을 익히다 죽었던 모양이야.”

“죽어?”

“그래. 아마도 무리하게 모든 비급을 익히다 주화입마를 당한 듯해. 어쨌든 대산문으로서는 조사가 남긴 다섯 권의 비급을 찾게 되었는데, 마침 그 비급의 존재를 황문도 알게 된 거지. 그래서 그들은 비급을 회수하기 위해 출도했던 적황 노사 일행을 공격했던 거야.”

“음, 결국은 비급 쟁탈전이었군.”

곽풍산이 중얼거렸다.

"맞아. 하지만 강호에는 비급에 대한 소문은 나지 않았어. 대산문 입장에선 비급의 존재가 화를 불러올 수도 있으니 침묵했고, 황문 입장에선 타 문의 비급을 노렸다는 비난을 받을 수 있으니 역시 침묵하게 되었던 거지."

"그 비급이 네가 대산문에 들어간 것과 관계가 있는 거냐?"

다시 송추월이 물었다.

"그래. 당시 적황 노사와 대산문 고수들은 흥분에 휩싸여 있었어. 그 다섯 권의 비급이면 대산문은 충분히 과거의 영화를 회복할 수 있을 거라고 했지. 특히나 시간도 많이 필요하지 않았어. 대산문 고수들은 오직 선대 무공의 정수만을 모르고 있었을 뿐, 그 기초는 착실히 닦아놓고 있었으니까. 그 비급이 전해지기만 하면 그들은 한순간에 강호의 일류고수로 성장할 수 있었어. 해서 난 대산문이 수개월 안에 요동의 강자가 될 수 있다고 판단했지. 뭐, 결과는 너희들이 보는 것과 같고."

"그런데 네가 총관이 된 이유는 뭐냐? 아무리 네가 그들을 구해줬다고 해도 총관이란 자리가 쉽게 주어질 수 있는 자리는 아닌데?"

송추월의 질문에 부루가 갑자기 얼굴이 붉어졌다.

"사실은 말이야… 음, 난 정혼을 했어."

"뭐?"

대일과 곽풍산이 화들짝 놀라며 부루를 바라봤다. 그러자 부루가 겸연쩍은 표정을 지으며 말했다.

"내가 대산문에 든 이유 중 하나는 문주에게 마땅한 후손이 없었기 때문이기도 해. 문주님은 오직 따님 한 분을 두었을 뿐이고 그 아우이신 적황 노사는 아예 혼인을 하지 않아 자식이 없었지."

"요놈, 그러니까 데릴사위가 된 것이구나!"

대일이 음흉한 미소를 지으며 소리쳤다.

"뭐, 결과적으로 그리된 거지. 하지만 대산문의 총관이 된 것이 오로지 그 이유 때문은 아니야. 솔직히 내가 아니었다면 대산문은 홀로 황문에 대적하지 못했을 거야. 그랬다면 요동 무림에서 지금과 같은 명성을 얻을 수 없었을 거고."

"네 머리가 실력을 발휘했군."

"그래, 머리 좀 썼지. 황문의 작자들은 무공은 뛰어나도 계책에는 약했거든. 거기에 더해 내 쇄금수는 대산문이든 황문이든 적수를 찾기 어려웠지. 아마도 우린… 제대로 된 무공을 배운 것 같아."

부루의 눈빛이 번득였다. 그건 곧 자신의 무공에 대한 자신감이 충만하다는 말이었다.

"맞아. 마효, 그 늙은이가 무공 하나는 제대로 가르쳐 준 것 같아. 나도 아직 적수를 만나지 못했으니까."

"흐흐, 나 역시 마찬가지야. 산에선 내 도끼를 제대로 받아 내는 자가 없었지."

곽풍산도 손으로 도끼날을 쓰다듬으며 말했다.

"어쨌든 그렇게 해서 내가 오늘날 대산문의 총관이 된 것이지."

"그런데 어디까지 갈 생각이냐?"

송추월이 물었다.

"무슨 말이야?"

"네 목표가 어디냐고."

"후후, 갈 수 있는 데까지. 너희들, 도와줄 거지?"

"네가 누구 도움 필요한 녀석이냐?"

대일이 퉁명스럽게 말했다. 그러자 부루가 고개를 저었다.

"아니, 도움이 필요해. 무림은… 그리 만만한 곳이 아니더라고. 믿을 수 있는 사람들이 필요해. 추월, 도와줄 거지?"

"뭐, 곁에 있으면."

"그 말은 다른 곳으로 갈 수도 있다는 말이냐?"

"신단평의 회합이 끝나면 떠나야지."

"정말 무림에는 관심이 없는 거야?"

"관심없어."

"알았다, 알았어. 어쨌든 이곳에 있는 동안은 도와주는 거다?"

"그러지."

"좋아. 흐흠, 제법 해볼 만하겠어. 일단 무관엔 도전들 해라."

"가만, 그러고 보니 무관 설치를 주장한 것이 대산문이라고 했지? 그럼 그 생각 네 머리에서 나온 거냐?"

대일이 물었다.

"그래, 내가 낸 생각이다. 현재의 요동무림에선 요동삼문의 힘이 너무 강해. 그걸 비집고 들어가자면 제대로 된 통로가 필요했지. 난 그걸 무관에서 찾을 거다. 무관을 통과한 자들의 마음을 얻는다면 제대로 된 힘을 갖게 될 테니까."

부루가 눈빛을 번뜩이며 말했다.

네 명의 친구는 밤늦게까지 지난 일 년간 그들이 대호산을 벗어나 겪은 일들을 떠들어대다 새벽이 가까워져서야 각자의 막사로 돌아갔다. 송추월은 친구들을 떠나보내고 홀로 구한산을 오르기 시작했다. 친구들을 만나 기쁘기는 했지만 왠지 모르게 마음이 무거운 송추월이었다.

"녀석들, 너무 큰 욕심을 부리고 있는 건 아닐까?"

부루만의 문제는 아니었다. 곽풍산도, 대일도 적지 않은 야망을 가슴에 품고 있는 듯 보였다. 그 야망이 송추월을 불안하게 만들었다. 그리고 그들이 야망의 세계로 들어간다면 송추월 역시 그 세계에서 자유로울 수는 없었다.

"뭐, 길어야 오 년. 어차피 곤륜에서 우리의 생과 사가 결정될 거니까 그때까지는 제 마음대로 살아보는 것도 괜찮겠지."

송추월이 바쁘게 걸음을 옮겼다. 아직 어둠이 사방을 지배

하고 있었지만 구한산 정상에 오르면 날이 밝아올 터였다. 그곳에서 송추월은 다시 한 번 태양을 가슴에 품어볼 생각이었다. 그러면 마음속의 근심이 한순간에 타 없어질 것 같았다.

숙영지를 떠난 지 근 반 시진 만에 송추월은 하늘과 땅이 경계를 이루는 구한산 봉우리에 도착했다. 송추월은 지난번과 마찬가지로 동쪽을 향해 아슬아슬하게 서 있는 바위 위에 올랐다.

새벽을 끌어오는 바람이 동쪽으로부터 불어왔다. 어둠 속에서 슬며시 일어나 구한산 자락을 뱀처럼 휘감고 있는 안개가 눈에 들어왔다. 송추월은 바위 위에 가부좌를 틀고 앉았다. 태양이 고개를 내밀 때까지 화수유천을 운기할 생각이었다. 모든 것이 침묵 속에 있었다. 송추월의 상념도 그 침묵 아래로 잦아들어 갔다.

그런데 어느 순간 송추월이 앉아 있는 구한산 정상을 향해 세 개의 그림자가 모습을 드러냈다. 온몸을 모두 검은 천으로 휘감은 삼 인의 불청객. 그런 삼 인의 복면인 뒤에서 나직한 목소리가 들려왔다.

"가서 놈을 데려오시오. 청부대로 반드시 살려서 내 앞에 데려와야 하오."

목소리가 끝나자 복면인들이 그림자처럼 땅 위를 움직이기 시작했다. 복면인들이 움직이자 다시 살기 어린 목소리가 들려왔다.

“오늘 네놈의 목을 내 손으로 따겠다.”
별빛이 어둠을 잠시 밀어낸 사이 칼자국이 선명한 사내의
얼굴이 보였다. 혁지광이었다.

『화마경(火魔經)』 4권 끝

魔君宗師 마도종사

백일 新무협 판타지 소설

문피아 연재 시 화제를 불러일으켰던 바로 그 작품!
비장미로 감싼 전율적인 마도의 영웅 서사!

화산을 불태우고 무당을 짓밟았노라.
소림을 멸문시키고 대정(大正)의 뿌리를 멸종시켰노라.
강호는 이런 나를 잔인하다고 말하지 말라.
참된 용사는 마인으로 배척되고
위정자가 영웅이 되는 세상이라면,
니는 아귀의 심정으로 칼을 들어 이 세상을 열 번도 더 파멸시키겠노라.

아비의 혼을 가슴에 품고 무너진 마도의 뜻을 바로 세우기 위해
훗날 위대한 마도의 종사가 될 무인이 일어선다!

마도종사 능비, 그의 전설에 주목하라!

Book Publishing CHUNGEORAM

화마경

火魔經

허담 新무협 판타지 소설

대호산의 다섯 산적이 자칭 천하제일인을 만난다.

괴노 마효(魔梟)!
그는 정말 천하제일인이었을까?
그의 화마경은 정말 천하제일무경일까?

인간의 마음속에 억압된 자아를 끌어내는 자(者)의 무공!
그 화마경의 세계로 다섯 산적이 뛰어든다.

"본래 사람 사는 세상이 화마의 세계인 거다."